Cowan · Schwein

ANDREW COWAN

SCHWEIN

AUS DEM ENGLISCHEN
VON
EIKE SCHÖNFELD

HAFFMANS VERLAG

Die Originalausgabe ›Pig‹
erschien 1994 bei Michael Joseph Ltd, London.

Das Schwein ist von
Liane Payne

1. Auflage, Frühling 1997

Satz: Fotosatz Michel, Gießen
Herstellung: Offizin Andersen Nexö, Leipzig
ISBN 3 251 00355 0

Für David,
zum Gedenken an
Dobbie

Anmerkung des Autors:
Ich habe Mutter und Vater sowie einen Bruder.
Sie kommen in diesem Roman nicht vor.

EINS

Es war das Schwein, das meinen Großvater am Morgen von Omchens Tod weckte. Es quiekte draußen im Garten. Das Geräusch weckte ihn nicht sofort, sondern kroch in seinen Schlaf und löste einen Traum aus. Er träumte, er wäre wieder zu Hause in Glasgow, in dem Schlachthaus, in dem er zuerst neben Omchen gearbeitet hatte. Sie waren da noch Kinder gewesen, kaum älter als zehn, doch in seinem Traum waren sie schon alt, eingefallen und runzlig, doppelt so alt wie ihre Eltern. Opa versuchte, ein Schwein zu schlachten. Wiederholt schlug er ihm mit einem Holzhammer hinten auf den Schädel, doch das Tier war störrisch und weigerte sich, unter ihm in die Knie zu gehen. Die ganze Zeit, während es quiekte, hockte Omchen neben einem Zuber voll kochendheißem Wasser, bereit, es abzuschaben, wartete geduldig. Im Dunkel hinter ihr kauerten ihre Eltern flüsternd beieinander. Opa strömte der Schweiß bald ebenso ungehemmt wie das Blut, das von dem Schwein floß, bis er kaum noch sehen konnte, was er tat. »Ich hab keine Kraft, Agnes«, sagte er. Doch Omchen gab keine Antwort. Sie tauchte den Ellbogen ins Wasser und lächelte ihren Eltern zu, die bewundernde Laute murmelten. Er schlug weiter auf das Schwein ein, nun weinend vor Enttäuschung, noch immer schweißüberströmt, und als er aufwachte, waren Unterhemd und Schlafanzug klatschnaß.

Das Zimmer war in nahezu völliges Dunkel getaucht, die Vorhänge waren fest zugezogen. Er versuchte, an dem Sonnenstreifen, der sich unter der Tür zeigte, die Zeit abzuschätzen, doch er wußte, daß es spät war. Normalerweise quiekte das Schwein nur, wenn es hungrig war. Zunächst erkannte er nicht, was mit Omchen war. »Das Vieh will sein Fressen, Agnes«, sagte er. Aber natürlich antwortete sie nicht.

Es war nicht ihre Art, nicht als erste aufzuwachen. Bevor mein Großvater in Rente ging, begann er jeden Morgen um sechs Uhr mit der Arbeit, doch nie stand er auf, ohne gerufen worden zu sein. Während er noch schlief, stieg Omchen aus dem Bett und zog die Vorhänge auf. Sie schlüpfte in ihre Pantoffeln und ging in die Küche hinab, wobei sie sich schon den Regenmantel überzog. Während das Wasser im Kessel warm wurde, zündete sie sich ihre erste Zigarette an und setzte sich an den Herd. Sie tippte die Asche in die hohle Hand, starrte zum Fenster hinaus auf die Lichter, die über dem Stahlwerk verblaßten, und die Sonne, die sich hinter ihm erhob. Und als sie ausgeraucht hatte und das Wasser soweit war, schüttete sie die Asche in die Spüle, goß eine große Teekanne voll und ging danach mit einem Eimer voll Essensreste für das Schwein in den Garten. Viel später kam sie dann zurück, um Opa mit einer Tasse bitterem Tee wach zu bekommen.

Ihr Tagesablauf änderte sich nicht, als Opa nicht mehr arbeiten ging, auch nicht, als ihm ein paar Jahre darauf das Bein abgenommen wurde. Es wurde knapp unterhalb des Knies amputiert, und er bekam einen Ersatz aus Plastik. Das Krankenhaus stellte ihm noch ein Gehgestell zur Verfügung, doch die Wunde verheilte nie richtig, und länger als eine Stunde am Tag konnte er dann nicht mehr stehen. Das falsche Bein und das Gestell wurden bald zu einem Teil der Einrichtung, wurden ebenso regelmäßig abgestaubt wie die Anrichte und die Zierstücke. Ein paar Monate nach seiner Operation kam ich zur Welt, in einem anderen Krankenhaus, doch Opa beharrte immer darauf, ich sei am selben Tag auf der Nachbarstation angekommen. Er meinte, es sei ein guter Tausch gewesen.

Kurz nachdem er aus dem Krankenhaus wieder nach Hause gekommen war, hatte Omchen ihr Bett ins Wohnzimmer hinabschaffen lassen. Sie ließ ihn dann jeden Morgen eine Stunde länger schlafen, stand aber nach wie vor zur selben Zeit auf. Sie war eine kleine rundliche Frau und ständig in Bewegung. Das Muster ihrer Tage stand felsenfest. Wegen der Regelmäßigkeit ihres täglichen Lebens war ich lieber bei ihnen als bei mir zu Hause, und als ich jünger war, bettelte ich oft darum, über Nacht dort bleiben zu dürfen. Ich schlief auf einer klumpigen Matratze oben im hinteren Schlafzimmer, einem Teil des Hauses, aus dem sie sich fast ganz zurückgezogen hatten. Ihr altes Schlafzimmer mit dem Blick auf den Vorgarten blieb leer.

Opa nahm den Verlust seines Beins recht heiter hin, doch weder er noch meine Großmutter gaben ihre Zigaretten auf. Das komme vom Rauchen, hatte der Chirurg ihnen gesagt, daß das Bein schlimm geworden sei. Opa zündete sich gleich nach dem Aufwachen eine Zigarette an, und er zündete sich auch eine an, als er an jenem Morgen das Schwein quieken hörte. Er mußte davon husten, aber es half ihm, sich aus seinem Traum zu lösen.

Als der Husten schließlich nachließ, drehte er sich um, um nach Omchen zu fassen. »Hast du nicht das Schwein quieken hören, Agnes?« sagte er und tastete auf der Fläche umher, wo sie hätte sein sollen. Das Bettzeug war kalt und unberührt. Er richtete sich auf und sah sie sofort. Sie saß im Nachthemd bei der Anrichte, auf dem Stuhl, auf den sie sich jeden Abend setzte, um Strümpfe und Schuhe auszuziehen. Ihre Arme hingen steif an den Seiten herab. Selbst in dem Dunkel konnte kein Zweifel bestehen, was da nicht stimmte, doch er redete weiter mit ihr. »Was ist denn, Agnes?« sagte er und drückte die Zigarette aus. »Läuft der Motor heute morgen nicht?«

Langsam hievte er sich aus dem Bett, spürte die

Feuchtigkeit in seinen Sachen, die Kühle auf seiner Brust. Sein gutes Bein ächzte unter seinem Gewicht, und er mußte nach Atem ringen. Nach dieser Anstrengung legte er eine Pause ein und stützte sich auf die Armlehnen seines Rollstuhls, wobei er unablässig Omchen im Auge behielt. Als sein Atem ruhiger geworden war, schwenkte er seinen Körper auf den Sitz, löste die Bremse und rollte sich zu den Vorhängen. Im Tageslicht konnte er sie deutlicher sehen. So wie sie dasaß, hätte sie auch schlafen können. Er näherte sich ihr vorsichtig und flüsterte ihren Namen. »Was ist denn?« fragte er sie. Ihr Mund hing leicht geöffnet herab, als wollte er gleich antworten. Sie schien seinen Blick zu erwidern mit den halb geschlossenen Lidern und ihn geduldig zu betrachten. Er berührte sie mit dem Daumen am Kinn und erzitterte bei der Berührung. »Kein Wunder, daß du so kalt bist, Agnes«, sagte er. Ihr Nachthemd war offen, entblößte ihren Brustkorb. Die Haut war stellenweise weiß wie der Stoff, dann wieder wies sie Flecken auf wie bei jemandem, der zu lange an einem Feuer gewesen war. Er raffte den Kragen ihres Nachthemds zusammen, schloß die Knöpfe, zog dann eine Decke vom Bett und hüllte sie damit ein.

Es gab kein Telefon im Haus, weil Omchen keines gewollt hatte, sie hatte sie nicht gemocht. Die Uhr auf der Anrichte zeigte fünf vor acht, eine Stunde, nachdem der Milchmann gewöhnlich kam. Bis zum nächsten Nachbarn war es eine halbe Meile, anderthalb bis zum Stadtrand. Opa beschloß, auf den Zeitungsjungen zu warten. Mit täppischen Händen zog er sich an und angelte in der Tasche nach Kleingeld. Er würde den Jungen, wenn er kam, bitten, zu einer Telefonzelle zu radeln und den Notruf zu wählen; für seine Mühe würde er ihm die Münzen anbieten. Opa hatte immer Geld. Jedesmal wenn ich kam, gab er mir eine Handvoll, unauffällig, fast heimlich, während Omchen in der Küche war und Tee kochte. Und später dann, wenn ich zum Gehen aufstand, folgte Omchen mir zur Hintertür mit ihrer Börse, nur für den Fall, daß er es vergessen hatte. »Hat er dir deinen Lohn gegeben, Junge?« fragte sie mich dann. Sie nannten es immer meinen Lohn, und ich durfte ihn nicht zurückweisen.

Ihr Schlafzimmer unten war einmal die vordere Stube gewesen, mit einer Tür, die auf den Garten hinausging, nun aber selten benutzt wurde, weil das Schloß für Opa zu schwer ging. Er machte kehrt und rollte durch den kleineren Hinterraum und den Wintergarten in die Küche und hinaus auf den Hof, um die Seite des Hauses herum. Die Luft war dicht und warm, und er spürte die ersten Regentropfen auf dem Arm. Am oberen Ende des Gartens reckte das Schwein die Schnauze über den Rand des Kobens und beobachtete, wie er näher kam. Es schnüffelte die Luft und spitzte die Ohren, schnoberte und quiekte aufgeregt. Als er heran war, hielt er ihm die Handfläche hin und sprach leise mit ihm: »Leere Hände, Tier«, sagte er. Das Schwein stupste seine Finger an und ließ sich wieder fallen, schnüffelte auf dem Boden seines Stalls umher. Opa blickte den Feldweg entlang, der zur Hauptstraße führte. Er klopfte mit den Münzen auf das Rad des

Rollstuhls. In der Ferne konnte er den ersten Verkehrsschwall auf der Schnellstraße hören, einen Krankenwagen, der sich in Richtung der Neustadtsiedlungen entfernte.

ZWEI

Eines Nachmittags, drei Jahre vor Omchens Tod, kam ich von der Schule nach Hause und sah, wie meine Eltern auf der Treppe miteinander rangen. Ich war zwölf Jahre alt. Mein Vater hatte getrunken, und das Haus roch nach Bier. Er lag hingesackt auf meiner Mutter ein paar Stufen unterhalb des oberen Treppenabsatzes und mühte sich, ihr die Arme niederzudrücken. Seine Hose war herabgerutscht, und ich bemerkte einen Ausschlag quer über seinem Kreuz. Mama hatte nur ihren Morgenmantel an, und ihre Haare waren aufgelöst, grau und zerwühlt. Ich erinnerte mich, daß es ihr nicht gut ging und sie sich den Tag freigenommen hatte. Während sie unter ihm umherrutschte, ging ihr Morgenmantel auf.

Ich versuchte nicht, sie zu trennen, sondern sah

schweigend vom Fuß der Treppe aus zu. Sie waren ganz fern und ohne Verbindung mit mir, zwei Fremde, und ich überlegte, ob ich gehen sollte, vielleicht meine Schwester besuchen. Doch ich war unfähig, mich zu bewegen. Ich lehnte den Kopf gegen die Wand. Auf dem Platz vor unserem Haus schrien ein paar Kinder. Sie jagten hinter einem Fußball her, ihre Schritte schallten über den Beton, wurden von den Gebäuden um uns herum zurückgeworfen. Ich erkannte sie an ihren Stimmen und stellte mir vor, wie ich mit ihnen spielte, während meine Mutter drin in der Küche war und Papa von der Arbeit kam. Dann prallte ihr Ball gegen unser Fenster, und einen Augenblick lang war alles still.

Ich hob den Kopf und sah, daß meine Mutter weinte. Sie wehrte sich nicht mehr, und ihr Gesicht war auf mich gerichtet. Mir wurde bewußt, daß ihre Stimme meinen Namen nannte, erst leise, dann lauter, bis sie schluchzte. Papa löste den Griff um ihre Handgelenke und rappelte sich hoch. Sein Hals und seine Schläfen waren rot, glänzten vor Schweiß, und als er sich um einen klaren Blick bemühte, lief ich zur Tür. Seine Stimme verfolgte mich, als ich vom Haus wegrannte. Ich hörte sie noch immer, als ich die Schnellstraße entlang zum Haus meiner Großeltern ging.

Omchen wirkte nicht überrascht, mich zu sehen. Als ich oben am Garten erschien, grub sie gerade den Gemüsegarten um, eine Stoffkappe auf dem Kopf, die einmal meinem Großvater gehört hatte. Ihre Gummistiefel waren lehmig und oben umgeschlagen, wodurch man die Adern an ihren Beinen sah. Sie steckte die

Gabel in die Erde, rief mir zu, ich solle hineingehen, und kam dann nach. Opa saß in seinem Sessel in der hinteren Stube. Er blickte mit größer werdenden Augen auf und hielt mir die Hand hin. Zwei Rauchfähnchen ringelten sich aus seiner Nase. Seine Hand war innen feucht und warm. »Setz dich, Junge«, sagte er. »Kommst grad recht zu den Nachrichten.« Er fragte nicht, warum ich gekommen war, und beide erwähnten sie nicht meine Eltern, wenngleich Omchen mich mehrmals forschend ansah. Am Abend dann, als der Fernseher lief, machte sie Sandwiches und stand dicht hinter mir, während ich aß. Wir hörten Opa zu, wie er das Pferderennen vom Nachmittag beschrieb, die Namen der Jockeys und Favoriten. Dann half ich mit, das Futter für das Schwein zu richten.

In jener Woche ging ich jeden Nachmittag hin, nahm einen Weg von der Schule, auf dem ich nicht an meinem Haus vorbeikam, hinaus an den Stadtrand und eine Straße entlang, die von Hecken und gelb werdenden Bäumen gesäumt war. Omchen achtete darauf, daß ich zu Essen bekam, und sorgte dafür, daß ich immer etwas zu tun hatte, bis es dunkel wurde, dann war, wie ich wußte, mein Vater ins Pub gegangen. Ich ging langsam nach Hause und blieb, bevor ich hineinging, noch vor der Hintertür stehen und zählte bis hundert. Das Haus lag dann zumeist im Dunkeln, meine Mutter im Bett. Sie ging noch immer nicht zur Arbeit. Mein Bruder war bei der Armee.

Als ich an jenem Freitag am Haus meiner Großeltern ankam, sah ich Papas Wagen oben auf der Anhöhe geparkt stehen. Einen Moment lang zögerte ich und näherte mich dann vorsichtig dem Haus, halb in der Erwartung, er werde an der Seite des Hauses erscheinen und wissen wollen, warum ich nicht zu Hause sei. Ich wich seinem Blick aus, als ich zur Tür hereinkam. Er saß neben Mama in der hinteren Stube, vorgebeugt und nickend. Omchen sagte gerade etwas zu ihm, verstummte aber, als sie mich sah. Ich setzte mich auf die Kante des Sofas neben Mama, und sie legte mir die Hand aufs Knie. Sie lächelte schmal, begann, Omchen eine Geschichte über jemanden zu erzählen, dem sie beim Arzt im Wartezimmer begegnet war. Papa hielt eine Zigarette zwischen Zeigefinger und Daumen, rauchte sie aber nicht. Gelegentlich tippte er Asche in eine Untertasse zu seinen Füßen und hustete leise. Er rieb sich die Augen. Wie meine Mutter wirkte er sehr müde. Ich fragte mich, wann sie wohl etwas zu mir sagen würden, aber niemand stellte Fragen nach der Schule, und auch meine Abwesenheit beim Abendbrot wurde nicht erwähnt.

Schließlich sagte mein Großvater: »Hast du beim Reinkommen das Schwein gesehen, Junge?« Bis dahin hatte er nichts gesagt, und seine Stimme war fast ein Flüstern. Ich schüttelte den Kopf. Die andern hatten aufgehört zu reden, und ich spürte, daß sie auf etwas warteten. Die Uhr auf dem Kaminsims schlug halb sechs. »Na, dann komm«, sagte er. »Wir schauen mal schnell bei ihm rein.« Ich löste die Bremse an seinem Rollstuhl und schob ihn zu ihm hin. Er ergriff die Armlehnen, um sich abzustützen, bevor er sich aufrichtete.

Möwen kreisten über uns. Als das Stahlwerk im Jahr davor geschlossen worden war, hatten sie nahe dem hinteren Ende von Omchens Garten, wo das Gelände zu einem Bahndurchstich abfiel, eine Müllkippe angelegt. Die Steinbrüche und Erdhügel dahinter wurden abgezäunt und neu beschildert; sie gehörten nun einer Freizeitfirma. Ich holte tief Luft und trat auf den Rasen. Die Luft war kühl und roch nach feuchter Erde. Ich war froh, daß wir aus dem Haus waren. Opa zündete sich eine neue Zigarette an und nickte zu Papas Wagen hin. »Den da sehen wir in letzter Zeit nicht so oft hier.«

»Nein«, sagte ich. »Sieht komisch aus.«

»Tja, Junge«, sagte er. »Da hast du wohl recht.« Er schnippte das Streichholz auf den Rasen und sog den Rauch ein, dann sagte er: »Die müssen sich ein paar Sachen von der Seele reden, Danny. Deine Mama und dein Papa.« Ich nickte knapp und wandte den Blick zu den Steinbrüchen hin. »Die lassen wir mal lieber reden, was? Omchen wird das schon regeln.«

In der Ferne ging eine Gruppe Männer mit Schaufeln einen Kamm aus blauer Erde entlang. Ich beobachtete sie, wie sie hinabgingen, bis ich sie nicht mehr sah, und fragte dann: »Warum wolltest du dir das Schwein anschauen?«

»Es ist trächtig!« sagte er. »Hat Omchen dir das nicht gesagt?«

»Nein.«

»Der Junge vom Bauern hat's heute morgen geholt.« Er löste die Bremse an seinem Rollstuhl. »Hat's vor dem Abendessen zurückgebracht. Komm, wir sehen mal nach, wie's ihm geht.«

Das Schwein lag im Winkel zweier Wände auf dem Bauch und beäugte uns ruhig. Es hauste in einer Wellblechhütte, die innen mit Strohballen ausgekleidet war; davor lag ein langer Betonauslauf. Ein Apfelbaum spendete im Sommer Schatten, im Herbst ließ er Äpfel in seinen Stall fallen. An einer Seite des Kobens war eine trockene Steinmauer, die sich die ganze Länge des Gartens entlangzog. Die anderen drei Seiten waren aus Ytong und hinter den Eisenbahnschwellen hochgezogen, die noch von der ursprünglichen Wand geblieben waren. In einer Ecke hing an einer Kette ein schlaffer Fußball herab. Zwei Platten Wellplastik schützten seinen Futtertrog und auch die alte Spüle, aus der es soff; beides war auf den Boden zementiert. Es lag ganz still da, die Ohren gespitzt, als Opa von den andern Schweinen erzählte, die sie gehalten hatten, und wie man sie am besten züchtete, wie es früher einmal war. Er erzählte gern Geschichten. Beim Sprechen beugte er sich vor, fuhr mit den Händen durch die Luft, um Sachen zu beschreiben, wobei sich sein Gesicht unablässig veränderte. Ich achtete auf jedes Wort, doch meine Augen beobachteten das Haus, in Erwartung meiner Eltern. Er erklärte mir das mit den Ebern und wie man Mastschweine aus ihnen machte. »Weil das furchtbar übellaunige Viecher sind«, sagte er. »Kein Wunder, daß man sie kastriert. Dein Omchen wollte nie einen halten, jedenfalls nicht zum Züchten. Und früher, da konnt man auch nicht das Fleisch von einem

Eber verkaufen, weil die Leute den Geruch nicht wollten. Der war wie Pisse, fürchterlicher Pissegeruch.« Er machte ein säuerliches Gesicht und warf den Zigarettenstummel weg. »Wir haben sie immer selber kastriert, Danny. Dein Omchen und ich. Sie hatte die ruhigere Hand, also mußte ich sie festhalten, die kleinen Dinger an die Kandare nehmen. Erst mal ein Tupfer Spiritus, weißt ja, Desinfektionsmittel. Dann schnappte sich dein Omchen das erste Ei, machte einen kleinen Schnitt und drückte es raus. Ganz vorsichtig schnitt sie die Stränge ab, weil man ja nicht alles voll Blut haben wollte, jedenfalls nicht in der Küche. Weil wir es ja in der Küche machen mußten, Junge, damit es deine Mutter nicht sah. Dann brachte dein Omchen die Eier zu Mrs. McIntyre unten an der Straße, in einer kleinen Schüssel. Die hat sie dann den Hunden gegeben. Ihr Mann war auch Schotte und ein Schieber. Der hat mir geholfen, den Stall aufzubauen – hat mir gesagt, er käm in der Corporation, im Lager, an die Schwellen ran. Aber der ist an alles mögliche in der Corporation rangekommen!« Opa lachte, wischte sich mit dem Handrücken etwas Speichel von den Lippen. »Ist dann an Krebs gestorben«, sagte er.

Als meine Mutter und mein Vater schließlich aus dem Haus kamen, wurde es schon kalt. Der Himmel über uns wurde dunkel, und sie hatten schon den Mantel an. Omchen kam mit einer Decke hinter ihnen her. Sie legte sie meinem Großvater um die Beine und schob ihn zum Haus zurück, hielt kurz an, um zu winken, als Papa den Wagen anließ. Schweigend fuhr er nach Hause, und meine Mutter starrte aus dem Fenster. Aber sie wirkten nicht ärgerlich, nur nachdenklich. Ich drückte das Gesicht an die Scheibe und sah den Wagen nach, die in die entgegengesetzte Richtung vorbeischossen. »Das Schwein hat's wieder erwischt«, sagte ich.

Am Wochenende darauf fragte meine Großmutter mich: »Geht dein Vater noch immer in sein Pub, Danny?« Sie saß am Kamin mit ihrem Strickzeug, blickte nicht auf. Opa und ich sahen ein Fußballspiel, Manchester United gegen Leeds.

»Diese Woche nicht«, sagte ich.

Sie blieb stumm und zählte ein paar Maschen, wobei sie vor sich hin flüsterte. Eine Weile später sagte sie: »Dann schafft er im Garten?«

Ich überlegte kurz. »Er meint, er will eine Veranda bauen«, sagte ich zu ihr.

»Und? Baut er eine?«

»Glaub schon«, sagte ich.

»Eine Veranda, Joe«, sagte sie zu meinem Großvater.

Opa schaute sie ernst an und lachte dann auf. Er wandte sich wieder dem Fernseher zu. »Hat die Platten noch gar nicht rausgetan«, sagte er.

DREI

Obwohl mein Vater in dem Sommer mit dem Trinken aufhörte und die meisten Abende zu Hause blieb, kam er mit der Veranda nur langsam voran. Drei Monate und drei Wochen nachdem er den Zement gekauft hatte, brachte das Schwein fünf Junge zur Welt, die letzten, die Omchen zuließ. Die Ferkel waren winzig und kränklich, und keines überlebte, bis es verkauft werden konnte. Auch das Schwein selbst wurde krank, es lag tagelang still auf seiner Streu und fraß oder soff kaum. Wir rechneten nicht damit, daß es überlebte, doch Omchen verbrachte Stunden damit, ruhig bei ihm zu warten, ihm Futter hinzustellen und Medizin zu mischen, bis das Tier schließlich wieder auf dem Damm war. In anderen Jahren hatte meine Großmutter die Sauen ersetzt, bevor sie alt waren, und die meisten wurden ausschließlich zum Schlachten aufgezogen, dieses Schwein aber sollte ihr letztes sein. Sie sagte, sie brauche den Dung für den Garten. Mein Großvater schien erfreut darüber und neckte sie, sie fange allmählich an zu spinnen, doch das wollte Omchen nicht zugeben. Nie wieder sprach sie freundlich oder leise mit dem Schwein, sondern grummelte immer über die Arbeit, die es ihr mache.

Während das Schwein noch ferkelte und die Veranda halb fertig war, hatte mein Vater eine Stelle in der Nachtschicht einer Kosmetikfabrik bekommen. Mama war dort tagsüber beschäftigt, sie verpackte Toilettenartikel in Schachteln für die Supermärkte. Papa saß allein in einem Zimmer und las Zeitschriften. Er war Wachmann. Es war seine erste Anstellung, seit er seinen Arbeitsplatz im Stahlwerk verloren hatte, und er bekam zwar eine Uniform – grüne Mütze und grünes Jackett –, doch die Hose mußte er selber stellen. Jeden Abend, bevor er ging, saß er in unserer Küche und polierte seine Schuhe und hörte Radio, während auf der Kante der Arbeitsplatte neben ihm eine Zigarette brannte. Tagsüber schlief er meistens, und er meinte, für den Garten habe er keine Zeit. Dreieinhalb Jahre blieb die Veranda halbfertig. Ein voller Sack Zement stand vor der Hintertür, zwei Stapel Platten türmten sich neben der Mülltonne. Nach und nach lernten wir, sie zu übersehen; meine Eltern waren beide keine Gärtner, und die Hintertür benutzten sie nur wegen der Mülltonnen oder der Wäscheleine.

Als die Polizistin die Nachricht von Omchen

brachte, war mein Vater gerade nach der Schicht ins Bett gegangen. Mein Bruder Richard machte die Tür auf. Er hatte nur die Unterhose an, und sein Gesicht war blaß und unrasiert. Er winkte mir zu, mich zu setzen. Er hatte eine Bierdose in der Hand, zwischen zwei Fingern eine Zigarette. Ich nahm an, er erwarte einen Freund – die kamen oft morgens vorbei und blieben nur kurz, kamen nie herein –, aber ich hatte nicht erwartet, daß die Stimme an der Tür eine weibliche war. Obwohl mein Bruder mir manchmal von den Frauen erzählte, die er kannte, gab er ihnen keinen Namen, und sie wurden auch nie eingeladen, uns zu besuchen. Als er die Polizistin ins Wohnzimmer führte, war ich einen Moment lang erleichtert, daß es keine Freundin war, sagte »Hallo« und wartete darauf, was sie ihm zu sagen hätte. Doch sie nahm die Mütze ab und stand da, mit dem Rücken zum Fenster, ohne ein Wort, und wartete offensichtlich auf Richard. Draußen regnete es, und ihre Uniform war feucht. Als ich zu meinem Bruder hinsah, kniff er ein Auge zusammen und spähte in seine Dose, bevor er trank. »Geh mal Papa wecken«, sagte er zu mir. »Dein Omchen hat den Löffel abgegeben.«

Er kam nicht im Wagen mit, um Mama abzuholen, und mein Vater fuhr sehr vorsichtig, wie er es immer tat. An der Einbiegung zur Hauptstraße warf er einen Blick in den Rückspiegel und sagte: »Bißchen früh für Richard, das Trinken.« Ich zuckte mit den Schultern. »Eigentlich nicht«, sagte ich. Wir kamen an einigen Leuten vorbei, die an der Bushaltestelle standen, und an einem alten Mann, der einen Brief einwarf. Zwei Jungen aus meiner Schule tauchten aus einer Seitenstraße auf, gingen schnell und lachten. Sie wurden Spider und Stan genannt, und ihre Namen waren in der ganzen Siedlung gesprüht. Als ich mich umdrehte, um ihnen nachzusehen, schaltete Papa das Radio an, und wir kriegten noch das Ende des Wetterberichts mit. Der Sprecher klang fröhlich. Papa stellte den Ton leiser und sagte: »Jedenfalls nimmt er ganz schön zu.«

Zehn Minuten später erreichten wir das Tor des Industriegeländes. Ein Wachmann winkte uns aus seinem Backsteinhäuschen durch, und mein Vater drückte die Hupe, beschleunigte die breite Zufahrt entlang. Sonst war niemand zu sehen, nur Autos und Lastwagen und weiße Fabrikgebäude, auf den Dächern ein paar Fahnen. Meine Großmutter war gestorben, aber nichts war anders als sonst. Auf dem Parkplatz stellte Papa den Motor ab und zündete sich eine Zigarette an. »Dauert nicht lang«, sagte er. »Laß deine Mama vorn sitzen.«

Ich sah ihm nach, wie er davonging. Er hielt den Kopf gegen den Regen gesenkt, und die Aufschläge seiner Hose flatterten. Er schien es nicht eilig zu haben, und es dauerte auch eine Weile, bis er wieder auftauchte. Mama kam vor ihm heraus, eine weiße Haube auf dem Kopf festhaltend. Sie trug noch immer ihre Fabrikschürze, an den Füßen weiße Pumps, und als sie näher kam, versuchte ich zu erkennen, ob sie besorgt oder bestürzt aussah, doch ihr Gesicht war vom Regen verdeckt. Als sie in den Wagen stieg, zog sie die Haube ab und betrachtete sich flüchtig im Spiegel, dann nahm sie eine von Papas Zigaretten. Sie wandte sich zu mir um, zwang den Mund zu einem Lächeln, und ich sah, daß ihre Finger zitterten.

»Opa hat sie gefunden«, sagte ich.

Sie blickte zu meinem Vater hin und fragte: »Haben sie gesagt, was es war?«

»Ein Schlag.«

Mama machte ein seufzendes Geräusch. Sie schaute zu den Wolken hoch. »Regnen tut's auch noch«, sagte sie.

»Hört bald auf«, sagte mein Vater. Und er drehte den Zündschlüssel.

Bevor wir das Haus meiner Großeltern erreichten, hatte Mama eine Zigarette ausgeraucht und eine weitere angezündet. Als wir auf den Weg einbogen, der zu dem Häuschen führte, drückte sie die zweite aus. Ein Krankenwagen fuhr gerade ab, kam uns entgegen, und Papa stieß noch einmal zur Hauptstraße zurück, um ihn vorbeizulassen, hob dann den Daumen zum Fahrer hin. Er hatte die Hand auf dem Schaltknüppel gelassen und fuhr wieder weich an, als der Krankenwagen vorbei war. Mama senkte den Kopf, holte unvermittelt tief Luft und fixierte die Windschutzscheibe. »Alles klar?« sagte mein Vater, und sie nickte. Ich sah dem davonfahrenden Krankenwagen nach und versuchte, mir meine Großmutter darin vorzustellen. Doch die Frau, die ich mir ausmalte, hätte irgend jemand sein können, und statt dessen sah ich dann zum Haus hin, zu dem leeren Gemüsegarten, dem Streifenwagen, der oben auf der Anhöhe stand. Als wir an das Tor heranfuhren, nickte

Papa zu dem Streifenwagen hin und sagte: »Jetzt benimm dich aber, Danny.« Er zwinkerte, als er die Tür aufmachte.

Draußen lief das Schwein in seinem Stall im Kreis. Als es uns sah, sprang es an der Mauer hoch, und Papa machte ein klackendes Geräusch mit der Zunge und blieb stehen, um es hinter dem Ohr zu kraulen. Ich stellte mich dazu, die Hände in den Hosentaschen. Ich wollte ihm etwas über das Tier sagen, etwas, was Omchen möglicherweise gesagt hätte, aber mir fiel nichts ein, was er nicht schon wissen würde. Mama rief uns von der Seite des Hauses her, und wir folgten ihr. Sie wartete auf uns an der Hintertür und klopfte zweimal gegen das Holz, während sie uns durchließ. »Da brauchst du nicht zu klopfen«, sagte ich zu ihr.

Obwohl es verschiedene Heizmöglichkeiten gab, elektrisch und Paraffin, unterhielten meine Großeltern im hinteren Zimmer noch immer ein Kohlenfeuer. Sie saßen zu beiden Seiten des Kamins in Sesseln, Opas Rollstuhl zuweilen leer dazwischen. Ein kleines Sofa stand zurückgesetzt an der längsten Wand, der Fernseher auf einem Teewagen daneben. Als wir ins Zimmer traten, war der erste, den ich sah, ein Polizist, der sich gerade steif aus dem Sessel meiner Großmutter erhob. Opa blickte sich mit einem verwirrten Ausdruck um, als wüßte er gerade nicht, wer wir sind. Dann sagte er heiser: »Kommt rein. Agnes ist nicht lange weg.« Die Haare standen ihm ab, graue Stoppeln überzogen seine Kinnrolle. Als Mama sich auf die Sofakante setzte, bedeutete der Polizist meinem Vater, ihm nach draußen zu folgen, doch Papa sagte: »Ich glaube, Sie reden mal eher mit meiner Frau«, und trat ein Stück zur Seite. Er blickte zu Mama hin und sagte: »Jean?«

Ich ging zu Omchens Sessel, Opa gegenüber, aber er wirkte größer als sonst, nicht so bequem, und so ging ich statt dessen zum Rollstuhl. Das Zimmer war rauchgeschwängert und dunkel, und während Mama draußen im Wintergarten war, saßen wir ohne zu reden da. Ich horchte auf den Regen am Fenster. Opa rieb sich langsam die Hände, eine über der anderen, und sah hinab zum Kamin. Die Feuerstelle war kalt und sauber gefegt, das Feuer würde erst wieder angemacht werden, wenn der Sommer vorbei war.

Als Mama allein wieder ins Zimmer kam, zog mein Vater seine Zigaretten heraus und stupste sie an, sie möge eine nehmen, hielt die Schachtel dann Opa hin. Sie setzte sich zu meinem Großvater auf die Armlehne seines Sessels und legte ihm eine Hand auf die Schulter. »Papa?« sagte sie leise und bot ihm die Zigarette an. Ihr Ton war unsicher, und er schaute sie vage an. Dann hob sich seine Brust, und ich sah, daß er weinte.

Danach holte ich seinen Whisky aus dem Schlafzimmer, und wir erwarteten, daß wir nun hörten, was geschehen war. Opa hielt sein Glas an die Brust und blickte weiter auf den Kamin. Mamas Hand rieb ihm die Schulter. Sie saß nahe bei ihm, blickte zu Boden. Ihre Gesichter lagen im Dunkeln. Der Regen trommelte auf das Dach des Wintergartens, und aus dem Garten konnte ich das Schwein quieken hören.

Schließlich sagte ich: »Hat das Schwein heute schon sein Futter gekriegt, Opa?«

Er hob den Blick zu mir. »Was hast du gesagt, Junge?«

»Ist das Schwein schon gefüttert worden?«

»Das Schwein?« Er runzelte die Stirn. »Kannst du's noch hören?«

»Draußen«, sagte ich.

»Ja, Junge. Ja.« Er nickte, und langsam führte er das Glas an die Lippen. »Hat mich heut früh geweckt mit seinem Gequak und Gequiek. Hat seit gestern spätnachmittag keinen Bissen gekriegt. Dein Omchen hat ihm was gegeben, so nach sechs.« Mama rutschte beklommen auf der Armlehne herum, und Opa sagte: »Weil die nämlich einen Bauch wie wir haben, Junge. Die fressen gern.«

»Ich weiß«, sagte ich.

Mein Vater nahm einen Schluck Whisky und beugte sich vor. Er rollte das Glas zwischen den Händen. »Das wird jetzt schon ein paar Jährchen auf dem Buckel haben, das Schwein, was, Joe?«

Opa runzelte die Stirn. »Das kommt eh ins Schlachthaus«, sagte er. »Ich kann mich nicht drum kümmern. Jetzt nicht mehr. Auch nicht um mich selber.«

»Das wird schon«, sagte Mama, und sie stand auf, um seinen Aschenbecher in den Kamin zu leeren. Sie schaltete das große Licht an und goß ihm nach, sah sich dann nach Papas Zigaretten um.

Ich sagte: »Und wenn ich mich drum kümmere, Opa?«

»Ja, Junge«, sagte er. »Du kannst nach ihm sehen. Da in der Küche, an der Tür, da hängt ein Mantel, hält den Regen ab.«

»Immer, meine ich.«

Opa nickte wieder, aber er schien mich nicht gehört zu haben. Als er an seinem Glas nippte, verschwamm ihm der Blick, und mein Vater sagte ruhig: »Das ist ’ne Menge Arbeit, Danny.«

»Zu viel«, sagte meine Mutter und riß ein Streichholz für ihre Zigarette an.

VIER

TROTZ DES SCHWEINS war es ruhig, wo meine Großeltern lebten. Ihr Haus ging auf Felder und Steinbrüche hinaus, in der Ferne die neuen Siedlungen der Stadt. Hinter dem Haus, wo das Stahlwerk einmal gestanden hatte, war nun nichts, eine weite offene, mit Schutt und rostenden Maschinenteilen übersäte Fläche. Ihres war das letzte einer ganzen Reihe ähnlicher Häuschen gewesen, die sich bis zur Hauptstraße hin erstreckt hatten. Jedes Haus hatte seinen eigenen Namen gehabt, der in eine Plakette dicht über der Tür geritzt war. Das Haus meiner Großeltern hieß Kelvin, nach einem Fluß in Glasgow, in dessen Nähe sie gelebt hatten, bevor sie nach England gekommen waren. Jetzt stand es allein, an der einen Seite mit einem Holzgerüst abgestützt. Die anderen waren abgerissen worden, nachdem die Leute gestorben oder weggezogen waren; ihre langen Gärten hatten die Nesseln ereilt.

Der Garten meiner Großmutter war viermal so breit wie die Nachbarparzellen und durch einen Weg zweigeteilt. Vor dem Haus hatte sie Rasen und ein paar blühende Sträucher – zumeist Rosenbüsche; eine japanische Quitte, Magnolien und verschiedene andere, deren Namen ich nicht kannte. An der Seite des Hauses war ihr Gemüsegarten, wo sie mich manchmal umgraben ließ oder ich helfen durfte, den Dung aus dem Schweinekoben zu verteilen. Sie war stolz auf das Gemüse, das sie zog, und überlegte sehr genau, was sie wo anpflanzte. Die besten Exemplare brachte ich meistens nach Hause zu meiner Mutter, eingewickelt in Zeitungspapier. Fast alles übrige wurde an das Schwein verfüttert.

Der Garten war jetzt ein dichtes Grün, und der Regen war in ein Nieseln übergegangen. In der hintersten Ecke des Gemüsegartens trieben zwei Apfelbäume ihre Früchte. Karotten, Steckrüben und Zwiebeln lugten deutlich durch das feuchte Erdreich. Als ich um die Hausecke bog, klapperte ich mit dem Futtereimer und sah, wie das Gesicht des Schweins, zuckend und stumm, über der Stallmauer erschien. Ich hatte den Regenmantel und die Gummistiefel meiner Großmutter an, und als ich ihren Ruf nachmachte, schwang das Schwein sich aus meinem Blick, einen Speichelfaden hinter sich herziehend. Als ich hinkam, grunzte es aufgeregt.

Mit Schwung hievte ich den Eimer auf den Rand der

einen Mauer und kippte ihn vorsichtig. Er war schwer, das Ausschütten war schwierig, und ein Großteil der Schlempe klatschte neben den Trog auf den Boden. Das Schwein begann zu schlingen, bevor das ganze Gemisch herabgefallen war. In Minutenschnelle hatte es den Trog geleert. Schnüffelnd und rülpsend leckte es den Boden darum herum auf, trank dann aus einer Pfütze und zog sich in seinen Verschlag zurück. Ich blickte zu den Steinbrüchen hinüber. Ganz weit hinten konnte ich die »Enterprise Zone« erkennen, ein Grüppchen winziger weißer Fabrikgebäude und Koniferen. Es sah aus wie ein Planungsmodell, und ich konnte mir nicht vorstellen, daß dort Leute arbeiten würden. Kurz nachdem mit dem Bau begonnen worden war, hatte ich meine Großmutter darauf aufmerksam gemacht. Sie vereinzelte gerade Lauch, und während sie sich von den Knien erhob, legte sie mir eine Hand aufs Kreuz. Sie schaute in Richtung meines Fingers und schüttelte dann ärgerlich den Kopf. »Kann ich nicht sehen«, sagte sie. »Zu weit weg.«

Etwa um dieselbe Zeit erschien auf der anderen Seite des Bahndurchstichs, gegenüber von Omchens Garten, eine Plakatwand. Sie stand ganz oben auf der Müllkippe, und darauf stand in großen, fröhlichen Buchstaben *LeisureLand.* Über den Wörtern zogen Hubschrauber und Raketen ihre Bahn. Darunter war eine Schlange Kinder und Erwachsene, die gerade in eine Kuppel hineinströmten. Ähnliche Schilder standen an jeder Straße, die an dem alten Stahlwerksgelände entlanglief, und in der Abendzeitung kamen manchmal

Briefe, in denen gefragt wurde, wann die Arbeiten daran beginnen sollten. Einer trug die Überschrift »Fantasy Land?« Ich las lieber die Antworten der Firma, die optimistischer waren.

Dieser Firma gehörte auch das Land, auf dem meine Großeltern ihr Haus stehen hatten. An einem Samstag, ein Jahr nachdem das Stahlwerk geschlossen hatte, hatte Omchen mir einen Umschlag gezeigt. Es mochten gute oder schlechte Nachrichten gewesen sein, denn sie sagte nichts dazu, und ihre Miene war neutral. Während ich laut den Inhalt las, ging sie still aus dem Zimmer, und Opa schüttelte traurig den Kopf. »Sie ist deswegen ein bißchen mitgenommen, Junge«, sagte er, wenngleich ich den Grund nicht verstehen konnte. Die Firma hatte das Haus erworben, als sie die Rechte an dem Stahlgrundstück gekauft hatte. Es war eine holländische Adresse, und sie entschuldigten sich für eventuelle Unannehmlichkeiten, die der geplante Bau mit sich bringen könne. Danach ging ich hinaus, um im Garten zu helfen, und Omchen machte ein mürrisches Gesicht, als ich den Brief erwähnte. Wir standen jeweils am Ende eines Beets mit dicken Bohnen und warfen Schoten in einen Korb zwischen uns. Kein Wort wurde mehr gesprochen, und als der Korb voll war, hakte sie sich bei mir ein, und wir gingen zurück zum Haus.

Ich schaute hinüber, wo die diesjährige Ernte wuchs. Das Spalier, das sie gebaut hatte, war nahezu verdeckt von einem dünnen Laubbusch, und schon bald würden sich wieder Schoten bilden. In einem flüchtigen Bild sah ich, wie sie sich reckte, um an die Blätter ganz oben heranzukommen, und da merkte ich, daß ich gleich weinen würde. Starr fixierte ich den Busch und wiederholte halblaut das Wort *tot,* bis es mir im Hals steckenblieb. Ich spürte, wie mein Mund sich spannte, Tränen mir in die Augen stiegen, und ich kauerte mich nieder, den Rücken an der Stallmauer. Ich verbarg mich vor dem Haus, holte mehrmals tief Atem, woraus dann Schluchzer wurden, hörte, wie das Schwein hinter mir unruhig wurde.

Als ich mich schließlich wieder aufrichtete, schaute das Schwein über die Mauer. Ich blinzelte kräftig und blickte kurz zum Haus hin, wischte mir schnell die Nase am Ärmel von Omchens Regenmantel ab. Obwohl es nach wie vor nieselte, zeigte sich die Sonne über den Steinbrüchen. Langsam, die Hände in den Taschen des Regenmantels, machte ich mich auf den Weg durch den Gemüsegarten. Ich sah Flächen, wo ich für Herbst und Winter pflanzen müßte, Gemüsereihen, die vereinzelt werden müßten, Unkraut, das anfing zu schießen. Der Rosenkohl kippte schon fast um. Ich hockte mich hin und drückte das Erdreich um einen Stiel herum fest, rutschte dann weiter zum nächsten. Der Regen wurde wieder stärker, hörte auf, bevor ich die Reihe durch hatte.

Als ich aufstand, um mir die feuchte Erde von den Knien zu wischen, sah ich einen roten Transit von der Hauptstraße herankommen. Er rumpelte geräuschvoll über die Furchen auf dem Weg und bremste einen Meter hinter Papas Wagen. Die beiden Männer, die ausstiegen, trugen blaue Overalls, der Fahrer stämmig und mit Bart, sein Kollege jünger und größer, auf beiden Unterarmen tätowiert. In der Fahrerkabine knisterte ein Radio. Ohne zu mir herzusehen, gingen sie zum Heck des Transporters und beugten sich hinein, so daß ich sie nicht sehen konnte, dann tauchte der Fahrer mit einem Fernsehgerät wieder auf. Er stieß die Luft aus prallen Wangen aus, korrigierte seine Griffhaltung und machte sich auf den Weg zum Scheitel der Anhöhe, dorthin, wo die Kippe war. Der andere folgte ihm. Er trug in beiden Händen je einen schwarzen Müllsack. Er hatte lange und fettige Haare, die zu einem Pferdeschwanz nach hinten gebunden waren. Er war ungefähr so alt wie mein Bruder, und ich glaubte, ihn zu erkennen.

Ich ging zum Stall hinüber und stand neben dem Schlempeeimer, beobachtete die Männer, wie sie zum Transporter zurückgingen. Sie gingen noch weitere viermal zur Kippe, und jedesmal trug der Fahrer ein Möbelstück, sein Kollege ein paar Müllsäcke. Sie gingen immer gleich schnell, und als ihre Arbeit fertig war, setzte sich der Fahrer hinters Steuer und ließ sogleich den Motor an. Der jüngere Mann ging noch die Hecktüren schließen, stieg dann jedoch nicht ein. Während er zu mir herschlenderte, wickelte er einen Kaugummi aus und stellte sich so hin, daß er in den Stall sehen konnte. Ich ging einen Schritt näher zum Tor. »Ist das dein Schwein?« sagte er.

»Ja.«

Er warf das Papierchen weg. »Da hast du aber einiges zu tun.«

»Nicht besonders«, sagte ich. Die Hintertür des Häuschens ging auf und wurde zugeschlagen. Ich hörte meinen Vater husten, während er um das Haus herum kam. »Die eigentliche Arbeit steckt im Garten«, sagte ich.

Der Mann nickte, blickte zu dem Schwein hinab. Er hatte eine lange, scharfe Nase, und sein Gesicht war ganz weiß. Auf dem linken Arm waren das Bild eines Grabsteins, ein aufgeblähtes Herz und ein Dolch. Die Tätowierung war mir vertraut. Er war ein Freund meines Bruders; er war schon bei uns zu Hause gewesen. Als Papas Schritte hinter mir näher kamen, blickte der Mann auf und sagte: »Alles klar, Bill?«

»Ganz gut«, erwiderte mein Vater. »Und bei dir?«

Der Mann zog an seiner Nasenspitze und zeigte mit dem Daumen auf den Stall. »Bewundere gerade den Viehbestand.«

»Hab nicht gewußt, daß du in der Branche bist, Craig.«

Craig machte eine vage Handbewegung. Er lächelte, zeigte sein Zahnfleisch. Es war rot, als hätte er eben erst gegessen. Hinter ihm in dem Transporter las sein Kollege Zeitung, der Motor lief. »Immer mal wieder«, sagte er. »Ein Onkel von mir arbeitet im Schlachthaus.«

»Und, was meinst du?« fragte Papa.

»Würste«, sagte Craig. »Vielleicht Fleischpasteten.«

Mein Vater lachte, und ich sagte zu ihnen: »Das wird sowieso nicht verkauft.«

Craig lächelte wieder. Er schaute meinen Vater an. »Richards Bruder?«

»Genau.« Papa legte mir eine Hand auf die Schulter. »Das hier ist das Gehirn der Familie.« Er versuchte, mir die Haare zu zerwuscheln, doch ich entzog mich ihm, nahm den Eimer auf. Craig lächelte, warf einen kurzen Blick über die Schulter. Ich sah den zur Kugel gerollten Kaugummi auf seiner Zunge. Er spuckte ihn aus, als er sich zu dem Transporter wandte. »Sag Richard, wir sehen uns Freitag«, sagte er.

Wir sahen zu, wie der Transporter auf die Hauptstraße zurücksetzte, Craig unbewegt auf dem Beifahrersitz, dann sagte mein Vater: »Komm«, und ich folgte ihm zum Haus. Als wir an die Tür kamen, zögerte er. »Opa hat das ganz schön mitgenommen, Danny«, sagte er. »Er war ziemlich angewiesen auf dein Omchen.«

»Ich weiß«, sagte ich.

»Wir müssen uns mal überlegen, wie er das jetzt schaffen soll. Selber.«

Ich spürte die Feuchtigkeit im Genick und erschauerte. Ich zog die Schultern hoch. »Der Bungalow neben uns steht leer«, sagte ich. »Da könnte er doch einziehen.«

Mein Vater nickte zweifelnd, stieß die Tür auf. Mit leiserer Stimme sagte er: »So einfach ist das womöglich gar nicht, Danny.«

»Du meinst, er soll ins Altersheim.«

Als wir in die Küche traten, sagte er: »Manche von denen sind sehr gut geführt, Junge.«

FÜNF

Der Kiesel flog in einem Bogen von meinem Arm und traf die höchsten Äste einer Eiche. Ein Schwarm Vögel flatterte lärmend und schwarz vor dem klaren Himmel auf. Ich sah ihnen nach, bis sie verschwanden, spürte die Wärme der Sonne durch mein Jackett. Es war bis da der heißeste Tag des Sommers, und Wolken kleiner Mücken hingen in der Luft. Ein Eiswagen klingelte in der Nähe, und von irgendwo in der Ferne drang das Geräusch johlender Menschen herüber, vielleicht eine Sportveranstaltung, das Ende eines Rennens. Die Vorstellung machte mich müde. Ich löste meine Krawatte und bückte mich, um noch einen Stein vom Blumenbeet aufzuheben. Hinter den Anlagen des Krematoriums saß ein Arbeiter auf einem Motormäher. Er trug einen weißen Schlapphut, aber kein Hemd, und er lenkte die Maschine mit einer Hand. Ein Union Jack blähte sich sanft auf dem Dach der Fabrik hinter ihm. Ich wartete, bis er von den Bäumen weg war, und lief dann ein paar Schritte in die Sonne, zielte erneut auf die Vögel. Der Stein schlug zweimal auf und schleuderte dann gegen die Fabrikwand. Der Arbeiter stellte den Motor ab und hob eine Hand an die Augen. Ich trat in den Schatten der Kapelle zurück.

Bald würde es Zeit werden, nach Hause zu gehen, aber ich hatte keine Lust, mich in Bewegung zu setzen. Ich zog mir die Krawatte ab und stopfte sie in die Tasche, lehnte den Kopf gegen die Wand. Als ich die Augen schloß, merkte ich, daß drinnen die Orgel spielte; der nächste Gottesdienst begann. Ich stellte mir vor, wie der Pfarrer sich mit einem Taschentuch den Hals abtupfte, die gleiche Predigt noch einmal hielt. Er hatte meine Großmutter Elizabeth Agnes genannt und dann einfach nur Elizabeth, wie sie gar nicht hieß, wie mein Großvater sie gar nicht genannt hatte. Und später, als das Gebet zu Ende war, hatte er eine lange Ansprache gehalten, wie wichtig es sei, in die Kirche zu gehen. Mama und Papa schienen nicht zuzuhören, aber meine Schwester neben mir gab ein mißbilligendes Zischen von sich und hob die Augenbrauen, als ich zu ihr hinsah. Sie war im siebten Monat schwanger und saß mit gespreizten Knien da, ihren Bauch mit den Händen umfassend. Ich sah, wie mein Großvater neben ihr am Gang den Kopf schüttelte, während er auf den Sarg starrte. Omchen hatte sonntags immer im Gemüsegarten gearbeitet, für Religion hatte sie nie Zeit gehabt. Mama hatte das dem Pfarrer gesagt, als der mit seinem Gesangbuch zu uns nach Hause gekommen war.

Mein Bruder kam zur Beerdigung zu spät. Als ich an dem Morgen vom Schweinfüttern zurückgekommen war, hörte ich meine Mutter in der Küche schreien, Papas Stimme, wie er versuchte, sie zu beruhigen. Ihre Augen waren rotgeschwollen, und als ich zur Tür hereinkam, wirbelte sie wie wild herum, schon zum Schlag ausholend. Ihr Arm fiel an der Seite herab, und mein Vater sagte ruhig: »Dein Badewasser ist fertig, Junge.« Mama stand am Herd, starrte ins Leere. Als ich später herunterkam, stellte sie die Möbel im Wohnzimmer um.

Rasch ging ich an ihr vorbei in die Küche. Papa machte gerade Sandwiches. Er zog die Brotscheiben aus ihrer Zellophanhülle und beschmierte sie dünn mit Margarine. Ein weiterer Laib wartete auf dem Tisch, daneben ein halbes Dutzend Tomaten. Ich hatte sie aus Großmutters Gewächshaus mitgebracht, sie auf dem Fensterbrett reifen lassen. Als ich an die Spüle kam, gab Papa mir einen Packen Schinken und holte ein scharfes Messer aus der Schublade. »Schneid die Tomaten nicht zu dick«, sagte er zu mir. Ich setzte mich auf seinen Stuhl am Tisch. Durch die offene Tür konnte ich meine Mutter sehen, wie sie die Anrichte und die Zierstücke abstaubte, Kissen aufschüttelte und hübsch arrangierte. Sie stellte die Sessel wieder zurück und wickelte das Staubsaugerkabel ab. Genau dasselbe hatte sie am Abend zuvor getan, nachdem der Pfarrer gegangen war.

Als der Staubsauger wieder losbrummte, sagte ich zu meinem Vater: »Was hat sie denn?«

Papa wischte sich die Hände an einem Geschirrtuch ab. »Richard ist noch nicht nach Hause gekommen.«

Schließlich tauchte er mitten im Gottesdienst auf. Ich stupste meine Schwester an und flüsterte: »Da kommt Richard endlich«, und wir reckten den Hals über die Schulter. Auch Mama drehte sich um. Er stand allein im Türbogen, mit rotem Gesicht und unrasiert, den dicken grauen Mantel offen. Eine alte Frau trat zu ihm hin, und er neigte den Kopf, um auf das Gesangsblatt zu sehen. Sonnenlicht strömte durch die hohen Fenster über ihnen.

Die kleine Kapelle war dicht gefüllt, und viele der alten Leute mußten stehen. Einige der Frauen hatten einen Regenmantel überm Arm, andere das Kopftuch aufbehalten. Sie hätten ebensogut auf dem Weg zum Einkaufen hereinschauen können, neugierig, wer wohl gestorben war. Ein paar weinten. Mir fiel auf, daß viele der Männer einen Blazer wie Opa trugen, das gleiche silberne Wappen auf der Tasche. Das war der Club, zu dem er mit Omchen gegangen war. Draußen schüttelten sie einander die Hand und versammelten sich um seinen Rollstuhl, leise redend. Eine Weile stand ich dabei, wissend, daß mein Bruder hinter mir war, doch als ich spürte, daß Richard etwas sagen wollte, ging ich zu den Kränzen. Ich nahm nicht an, daß er mir dahin folgen würde.

Die Namen auf den Karten waren mir zumeist vertraut, auch wenn ich sie nicht den Gesichtern zuordnen konnte. Es waren alte Nachbarn und Arbeitskollegen, Leute, von denen meine Großeltern sprachen. Ich las reihum jeden Text. *Wird uns sehr fehlen* lautete einer, *Gott segne dich* ein anderer, in der gleichen altmodischen Handschrift. Am Ende der Reihe sah ich ein Gebinde, das auf einem Podest aus weißen Steinen abgehoben stand. Es richtete sich an *Das beste Omchen auf der Welt* und war mit meinem Namen unterzeichnet. Die Karte war mit rosa und blauen Blumen umrandet. Unter der Inschrift waren drei Linien mit x. Ich kauerte mich hin und strich mit dem Finger über die Worte. Es war nicht meine Schrift, sondern Mamas, und sie hatte mir auch nicht gesagt, daß sie das hinschicken würde.

Richard sagte: »War ein gutes Mädchen, deine Oma.«

Sein Schatten lag über den Kränzen. Bevor ich mich umdrehte, wischte ich mir die Nase mit dem Handrücken ab. Mein Bruder hatte seitlich am Gesicht eine Schürfwunde, unter den Augen waren dunkle Schatten. Als ich aufstand, zerrte er an seinem Hemdkragen und löste die Krawatte. »Is' ja auch viel zu scheißheiß für 'n Begräbnis«, sagte er. Seine Schuhe waren nagelneu und an der Spitze schon abgestoßen.

»Dann zieh doch deinen Mantel aus.«

Er zuckte mit den Schultern und betrachtete die Kränze.

Ich sagte: »Sie war auch deine Oma.«

»Ja.« Er rieb sich mit der Hand die Stoppeln und machte einem alten Mann Platz, damit er vorbeikam.

Dann sagte er: »Das ganze Volk da kommt ja wohl mit zu uns.«

»Nicht alle.«

»Gut.« Er nickte. Wir standen Schulter an Schulter nebeneinander und blickten zur Kapelle hinüber. Von den Windschutzscheiben auf dem Parkplatz blitzte Licht her. Ich sah meinen Vater in einer Gruppe anderer Männer. Er rauchte eine Zigarette. Als er Asche auf den Kies schnippte, wippte er auf den Hacken zurück, den Mund geöffnet und lächelnd. Jemand erzählte eine Geschichte.

Richard sagte: »Wie kommst du überhaupt mit dem Schwein zurecht?«

Ich wartete. Zwei ältere Frauen kamen auf uns zu, die eine war schwächlich und gebeugt und hielt sich bei der andern am Arm. »Dem Schwein geht's gut«, sagte ich.

»Verbringst da auch genug Zeit.«

»Eigentlich gar nicht.« Ich ging zweimal am Tag hin, nach dem Frühstück und abends.

»Willst du's denn decken lassen?« fragte er. »Könntest ein paar Kröten damit machen.«

Ich blickte ihm ins Gesicht, versuchte, seine Miene zu ergründen. Ich war mir nicht sicher, ob er es ernst meinte. »Das bezweifle ich«, sagte ich schließlich. An der Tür der Kapelle redete der Pfarrer mit Mama. Er hielt ihre Hände, den Kopf zur Seite geneigt. Ich sagte: »Das Schwein ist schon alt.«

»Das weiß man nie«, sagte Richard.

»*Du* nicht«, sagte ich.

Mein Bruder grinste und stieß mich mit einer Schulter an. »Ich sag dir aber, was ich weiß. Ich kenn einen beim Viehmarkt.« Er zwinkerte. »Guter Preis für Schinken, Danny.«

Ich sah ihm in die Augen. »Sehr witzig«, sagte ich.

»Ja.« Er schlug die Mantelschöße zurück, steckte die Hände in die Taschen. »Klasse Idee.«

»Und wie«, sagte ich.

Richard überhörte das. Eine große Gruppe Menschen, darunter auch meine Schwester, defilierte an den Kränzen vorbei. Sie wirkte sehr müde, das Gesicht fast weiß über dem schwarzen Hängerkleid. Richard wartete, bis sie näher kam, und rief dann ihren Namen. Mehrere Gesichter sahen zu uns her. Rachael machte einen Schmollmund, um ein Lachen zu unterdrücken, und schüttelte langsam den Kopf. Ich sagte: »Dort warst du letzte Nacht wahrscheinlich, Richard, beim Viehmarkt.« Er warf mir einen raschen Blick zu, und ich sagte: »Das ist so ungefähr dein Niveau.«

»Nein, Kumpel, besser.« Er grinste Rachael an, und als ich mich an ihm vorbeidrücken wollte, hielt er mich am Arm fest. »Viel besser«, sagte er.

Ich riß mich los, wobei ich auf ein paar Blumen trat. »Scheiße«, sagte ich.

Er ließ ein Lächeln aufblitzen, drehte sich um und legte den Arm um Rachael. Als ich wegging, rief er mir fröhlich nach: »Bis später dann, Danny.«

Von seinem Griff brannte mir noch der Arm, als ich hinten in der Halle stand. Die Orgel in der Kapelle war verstummt. Der Arbeiter hinten war am Gehen, zog sich ein Unterhemd über den Kopf. Sein weißer Hut saß auf dem Motor des Rasenmähers. Ich wischte die Hände an der Hose ab und stieß mich von der Wand weg. Autotüren knallten vor der Kapelle. Mamas Absätze klackten über den Gehweg, hielten inne, wo Schatten und Sonne zusammentrafen. Sie sagte nichts, wartete aber, die Augen von einer dunklen Brille geschützt. Ich verschränkte die Arme über der Brust und folgte ihr zum Wagen, stieg hinten zu Richard ein, während sie zum Beifahrersitz ging. »Jetzt stecken wir beide in der Scheiße«, sagte er lächelnd. Er zog seinen Mantel über der Brust zusammen.

SECHS

Als wir in unsere Siedlung zogen, war es noch unmöglich, ein Haus vom andern zu unterscheiden. Die Gebäude waren L-förmig und in Karrees angelegt und wie die Teile eines Puzzles zusammengefügt. Schmale Durchgänge führten zwischen ihnen durch. Alle Fronten waren weiß getüncht, die Türen grau gestrichen. Die Dächer waren flach. Auf jedem Karree stand ein einstöckiges Einzelhaus, das Bungaloweinheit genannt wurde, wo die alten Leute wohnten, und im Mittelpunkt der Siedlung, in der Nähe der Geschäfte, waren sechs und sieben Stockwerke hohe Wohnblocks. Im Sommer wurde die Siedlung zum Spielplatz. Wir rasten durch die Gassen und Karrees wie in einem Labyrinth, fanden uns nach und nach mit Hilfe der unterschiedlichen Vorhänge und Zierstücke zurecht. Zu der Zeit ging ich in die Grundschule, meine Schwester stand kurz vor dem Abschluß in der Realschule. Seitdem hatte die Stadt die meisten Häuser gekauft und außen neu gestrichen oder verkleidet, an Haustüren schmale Anbauten angesetzt. In der Zeitung stand, die Preise seien günstig, aber trotz Rachaels Rat waren meine Eltern an einem Kauf nicht interessiert; sie meinten, Mieten sei sicherer, das undichte Dach müsse auch bald repariert werden. Die Bungaloweinheit nebenan stand leer und war mit Brettern vernagelt.

Bevor wir uns zur Beerdigung aufmachten, zog Mama die Jalousien hinten und vorn im Wohnzimmer zu. Sie wollte nicht, daß die Nachbarn hereinschauten. Sie hatte die Jalousien in der Woche zuvor gewaschen, der Geruch nach Desinfektionsmittel hatte noch tagelang in der Luft gehangen. Jetzt roch es in dem Zimmer nach Alte-Frauen-Parfüm, Alkohol und Tabak. Es waren mehr Leute da, als wir erwartet hatten. Sie tranken Sherry und Whisky und aßen Papas Sandwiches. Mama huschte mit einer Platte in jeder Hand zwischen ihnen herum und lächelte jeden an. Papa schenkte nach. Eine Zeitlang saß ich neben meinem Großvater und gab seinen Freunden die Hand. Sie machten Witze darüber, daß man sich in der Siedlung ja verlaufe, meinten, das Haus sei innen geräumiger, als sie geglaubt hätten. Doch sie mieden es, über meine Großmutter zu sprechen. Einige der Frauen beugten sich herab, um Opa einen Kuß zu geben, und eine Frau versuchte auch, mich zu küssen, aber ich wich vor ihr zurück. Sie lachte auf. »Der spart sich sicher auf, Joe!«

»Ach, der ist noch unschuldig«, sagte Opa. Er faßte mich am Knie, und ich stand auf, damit die Frau sich setzen konnte. Sie rieb meine Wange. Ihre Finger waren trocken.

»Du bist aber nett«, sagte sie. Dann lauter zu Opa: »Der kommt ganz nach seinem Großvater, Joe, ein richtiger junger Gentleman.«

»Sieht besser aus, Sadie«, erwiderte er, doch das Lächeln schwand schnell. Die alte Frau strich ihren Rock an der Seite glatt und machte es sich bequem. Ihre Augen leuchteten; sie trug an jedem Finger einen Ring. Ich blickte zur anderen Seite des Zimmers und merkte, wie ich Rachael anstarrte.

Obwohl wir zusammen die Kapelle betreten und nebeneinander gesessen hatten, hatten wir kaum mehr als ein paar Worte gewechselt. Ich hatte sie einiges fragen wollen, doch als wir vom Gottesdienst zurück waren, schien sie sich mehr für Richard zu interessieren. Sie waren mehrere Minuten lang im Garten verschwunden und kamen wieder herein, als meine Mutter Papa hinausschickte, um sie zu holen. Jetzt war Richard in der Küche, und meine Schwester hörte einem alten Mann im Blazer zu, etwas vorgebeugt, um ihn besser zu verstehen. Hinter ihnen schimmerte die Sonne matt durch die Jalousie, funkelte die obersten Leisten entlang. Ihre Gesichter wirkten ganz rot. Als der Mann anfing zu lachen, lächelte Rachael dünn und nahm einen Schluck von ihrem Glas. Dann blickte sie zu mir herüber und hob die Augenbrauen. Ich beschloß, durchs Zimmer zu gehen, und wandte mich

Opa zu, um es ihm zu sagen. Sadie hielt seine Hand. Sie rieb sie sanft zwischen ihren. »Jedenfalls kannst du über deine Familie froh sein«, sagte sie. »Die werden sich gut um dich kümmern.«

Er runzelte die Stirn. »Aber ich hab doch eine Bude von der Stadt, Sadie«, sagte er. »Ich wohne in dem Heim oben in der Beatrice Road. Hast du das nicht gewußt?«

»Nein, das hab ich nicht gewußt«, sagte sie vorsichtig. Eine Pause entstand, und sie fügte hinzu: »Nein, das habe ich nicht gewußt, aber das Beatrice soll ja sehr hübsch sein, Joe, ein richtiges Drei-Sterne-Haus.«

Opa nickte, antwortete aber nicht, und ich sagte: »Das ist bloß vorübergehend.«

Ein Krankenwagen hatte ihn einen Tag nach Omchens Tod geholt. Auf den Seitentüren hatte SOZIALE HILFSDIENSTE gestanden. Hinten dran war ein Aufzug gewesen, für seinen Rollstuhl, und drinnen hatten noch andere alte Leute gesessen. Eine junge Frau hatte Opa eine weiße Decke über die Knie gebreitet und mit ihm geredet, als wäre er taub, wie mit einem Kind. Er hatte sich nicht beschwert; er hatte gar nichts gesagt. Mama war mit ein paar seiner Sachen, die sie in einen Morgenmantel eingewickelt hatte, hinterhergefahren.

Ich sagte zu Sadie: »Wir wollen versuchen, daß er nebenan einziehen kann.« Ich deutete in Rachaels Richtung. »Der Mann meiner Schwester arbeitet bei der Stadt. Der wird das regeln.« Sadie lehnte sich näher zu Opa hin und drückte ihm den Arm. »Dann hast du's aber bequem, Joe, so nebenan.«

»Ja.« Er nickte, tastete in seinem Schoß nach seinen Zigaretten. »Aber im Heim waren sie richtig nett zu mir, Sadie. Gutes Essen, sauberes Bett. Eine sauberere Unterbringung kann man sich gar nicht wünschen.« Seine Hände waren unsicher, und er zitterte, als er die Schachtel aufmachte. Eine Zigarette fiel auf den Boden, er steckte sich eine andere zwischen die Lippen. Ich nahm seine Streichhölzer und riß eines an, als er sich vorbeugte. »Weil ich jetzt ja ein alter Mann bin, weißt du? Da kann ich das alles nicht alleine machen.«

»Du brauchst den ganzen Ärger nicht, nein«, sagte Sadie.

Ich kauerte mich nieder und hob die Zigarette vom Fußboden auf. Ich sagte: »Wir lassen den Bungalow umbauen. Ist jetzt 'ne ziemliche Bruchbude.« Aber Sadie blickte auf Opa. »Den nebenan«, setzte ich hinzu. Seine Augen waren feucht, starrten durchs Zimmer. Sadie griff wieder nach seiner Hand. Blauer Rauch ringelte sich aus seiner Nase.

Während ich mich durch die Menge zu meiner Schwester hindurchdrängte, verlagerte ich die Zigarette von meiner Hand zu meiner Hemdtasche, wobei ich mich von da, wo meine Mutter saß, abwandte. Die Stimmen um mich herum waren ausgelassen, und eine Gruppe bei Rachael lachte. Der alte Mann in dem Blazer faßte sie am Arm, aufgeregt redend, fast schreiend. Still stand ich neben ihnen. Der Mann beschrieb seine Familie. Er war kleiner als wir beide. »Ich hatte vierzehn Brüder und Schwestern«, sagte er. »Vierzehn kannte ich, und eine Schwester hab ich nie zu Gesicht gekriegt. Die ist 1902 nach Kanada ausgewandert, und da ist sie auch gestorben. Weil fast jedes Jahr eins geboren ist, weißt du, und so ist es halt weitergegangen, die kriegten eines pro Jahr, für die war das eins wie's andere. Ich war der jüngste«, sagte er, »und beim nächsten Geburtstag werde ich achtundziebzig.«

Rachael sagte: »Ihre arme Mutter.« Sie blickte zu mir her und lächelte.

»Ja und nein«, sagte der Mann. Er fuhr mit den Händen hin und her, wobei er uns beide anblickte. »Das war natürlich hart – damals, da hat man wenig gewußt, und da gab's noch viel mehr Kinder, die es nicht gepackt haben. Ich hatte einen Zwillingsbruder, der ist gestorben. Der war drei Monate alt, und sie haben mir gesagt, sie hätten ihn in einer Lebensmittelkiste begraben.«

Der Mann lächelte, und Rachael sagte: »Das ist ja grauenhaft.«

»Ja«, sagte der Mann. »Aber in späteren Jahren, da hat sie dann immer ihre Familie um sich gehabt. So hat ihr nie was gefehlt, jedenfalls nicht in der Hinsicht. An Gesellschaft hat's ihr nie gemangelt.«

»Nein«, sagte Rachael.

»Frag den alten Joe«, sagte der Mann zu mir. »Der weiß das noch.« Ich nickte; der Mann sah Rachael auf den Bauch. »Aber das ist alles Vergangenheit«, sagte er dann, »und gut, daß es vorbei ist.«

Meine Schwester trank einen Schluck. »Sehr interessant«, sagte sie.

»Das war eine interessante Zeit«, erwiderte er. »Aber

was ist denn mit dir, hm? Das wird ja nicht dein erstes sein, wie ich weiß.«

»Das dritte«, sagte Rachael. »Das dritte und letzte.«

»Mädchen oder Junge?« fragte der Mann. Den Mund leicht geöffnet, beugte er sich vor.

»Wir hoffen, diesmal ein Junge.«

»Ja«, sagte er und lehnte sich zurück. »Zum Abschluß ein Junge, das reicht dann auch.« Er senkte etwas die Stimme, rückte näher. »Weil es die großen Familien schon lange nicht mehr gibt«, sagte er zu uns. »Jedenfalls bei Leuten wie uns. Meine Mutter war ja Irin, das erklärt das Theater hier, aber heutzutage muß man die Pakistanis im Auge behalten. Das sind diejenigen, welche.« Er nickte. »Das stimmt doch, oder, Junge – daß man die Pakis im Auge behalten muß?«

»Nein«, sagte ich und spürte, wie ich rot wurde. Ich wandte mich Rachael zu. In ihren Augen lag ein Lächeln. »Hat Tom wegen des Bungalows schon was unternommen, Rachael?«

Sie runzelte die Stirn, schüttelte leicht den Kopf. Nach einer Pause sagte sie: »Welcher Bungalow, Danny?«

»Der nebenan.«

Rachael lächelte dem alten Mann entschuldigend zu, der darauf sagte: »Ist schon gut, red nur weiter.« Er versuchte, gefällig zu sein. Er schlug seinen Blazer zurück und schob die Hände in die Hosentaschen, stellte die Beine ein paar Zentimeter weiter auseinander. Er klimperte mit den Schlüsseln. Mir brannten die Wangen. Ich sagte: »Tom wollte sich doch drum kümmern, daß

Opa den Bungalow kriegt. Er hat gesagt, er wolle mir am Wochenende Bescheid sagen.« Sie sah mich verständnislos an. »Ich hab gedacht, vielleicht weißt du was.«

»Keinen Schimmer«, sagte sie. Sie nahm einen Schluck von ihrem Glas, dehnte kurz den Mund zu einem Lächeln. »Tut mir leid.«

Ich sagte: »Schon gut«, und blickte über die Schulter. Ich spürte, daß der alte Mann überlegte, was er sagen könnte, daß Rachael verärgert war, obwohl ich nicht wußte, warum. Wie meine Mutter war sie schnell gekränkt, ohne jeden Grund, und ihre Meinungsverschiedenheiten mit Tom waren immer rätselhaft, etwas Privates zwischen ihnen. Ich seufzte tief und drückte mich an dem alten Mann vorbei, drängte mich zur Küche durch.

Richard richtete sich gerade vom Kühlschrank auf, als ich hereinkam. Er hatte eine Dose Bier in der Hand. Als er den Ring abzog, schäumte das Bier über den Rand und spritzte auf den Boden. Er hielt die Dose von sich ab und schüttelte seine freie Hand. Die Hintertür stand offen. Zwei Fliegen surrten in der Sonne herum. Ich zog einen Stuhl heran und schleuderte die Schuhe von den Füßen. »Also, wo warst du?«

»Wie?«

»Wo warst du letzte Nacht?«

Er lutschte sich das Bier von den Fingern. »Meine Sache«, sagte er.

Ich sah unter den Tisch nach meinen Turnschuhen. »Mama ist durchgedreht«, sagte ich.

»Mama dreht immer durch.« Er trat zur Tür hinaus und schmiß den Dosenring ins Gras. Er klopfte sich die Taschen ab und zog seine Zigaretten hervor. »Willst du eine?« fragte er.

Ich blickte auf, während ich einen Turnschuh über die Ferse zog. »Drei«, erwiderte ich.

Richard warf eine einzelne Zigarette auf den Tisch und bückte sich, um sich seine am Gasherd anzuzünden. Er lehnte sich gegen die Arbeitsplatte, blies eine Rauchsäule an die Decke. Es war nichts Ungewöhnliches, daß er über Nacht wegblieb, aber in der Regel kam er während des Frühstücks wieder, manchmal, als Mama gerade zur Arbeit ging. Er sagte selten, wo er gewesen war. Fragen mochte er nicht. Was ich von ihm wußte, hatte ich aus seinen Gesprächen erfahren, die ich mithörte, wenn er telefonierte, oder an der Haustür, von den wenigen Sachen, die Rachael mir erzählte, von Hinweisen, die ich in seinem Zimmer fand. Manchmal blieb er länger weg, und dann sagte er, er habe Arbeit gesucht. Einmal war er für ein halbes Jahr nach London verschwunden, hatte einen Job in einer Hotelküche gefunden. Mama dachte, er wäre wieder zur Armee gegangen.

Ich sagte: »Warst du mit jemand Interessantem unterwegs?«

Richard lächelte in sich hinein, sah mich von der Seite an. Ich ließ die Zigarette in meine Hemdtasche fallen, begann, mir die Schuhe zuzubinden. Er sagte: »Eigentlich ja. Hab Tom vor dem Chinesen getroffen.« Ein Spatz hüpfte über Papas Veranda. Ich stampfte mit dem Fuß auf, und er flatterte auf und flog über den Zaun. »Du weißt ja, daß du bei dem Bungalow keine Chance hast, Danny«, sagte er.

Ich drehte heftig den Kopf. »Hat Tom das gesagt?«

»Das muß Tom gar nicht sagen. Das ist doch ein Schweinestall, Danny, ehrlich. Damit ist überhaupt nichts anzufangen.« Ich zuckte die Schultern, preßte die Lippen fest zusammen. Er sagte: »Und überhaupt, Tom ist doch eine Null. Der hat dabei gar nichts zu melden.«

»Das mußt du grade sagen«, entgegnete ich. Ich ging zur Spüle und bückte mich, um vom Hahn zu trinken. Richard wartete. Als ich mir den Mund abwischte, sagte er: »Was meinst du damit, Danny?«

»Wenn Tom eine Null ist, was bist dann du?« Ich stellte mich an die Tür, spürte die Sonne im Nacken, auf dem Hinterkopf.

Richard trank langsam aus seiner Dose. Er lächelte. »Jedenfalls kein Sesselfurzer«, sagte er. Er tippte sich mit der Dose gegen die Brust. »Königin und Vaterland, Junge. Einer der wenigen.«

Ich sagte: »Du warst Koch. Na, toll.«

»Aber 'n verdammt guter, ja?« Das war ein Scherz. Ich blickte zur Uhr und trat rückwärts auf die Veranda, zog die Tür zwischen uns zu. Richard schüttelte den Kopf durch das Fenster, noch immer lächelnd, und als ich vom Tor aus zurückschaute, hob er die Dose und zog tief an seiner Zigarette.

SIEBEN

Die Hitze draussen war drückend. Ich lockerte den Kragen und trat durch unser Tor, rannte zwischen hohen Zäunen. Die Sonne schimmerte durch die Latten, und das Holz verströmte einen Geruch von warmem Kreosot. Aus den Fenstern der Häuser drangen Musik und Sportprogramme, leises Stimmengemurmel. Ich hörte, wie eine Frau unvermittelt aufschrie, ein Topf hart auf einen Herd geknallt wurde. Dann fing ein Baby an zu heulen. Am Ende der Reihe trat ich in einen Durchgang und kam bei einem Häuserkarree heraus, das mit unserem fast identisch war. Unter den oberen Fenstern waren Alarmanlagen, leuchtend rote und gelbe Kästen. Wir hatten auch eine; Papa hatte sie einmal von der Arbeit mitgebracht, aber nie angeschlossen. Eine kleine Gruppe Kinder lag mit dem

Gesicht nach unten auf dem Beton und malte mit blauen und grünen Stiften Bilder von Raumfahrern. Ich ging um sie herum und überquerte den nächsten Durchgang, ging durch einen Garagenkomplex hinaus in eine ältere Siedlung.

Hier hatten die Häuser Schornsteine, rotgedeckte Dächer und Erkerfenster. Ich entdeckte eine niedrige Mauer und setzte mich, zog das Hemd aus dem Gürtel. Ich krempelte mir die Ärmel hoch. Am Ende der Straße wusch eine Frau in Gummistiefeln ihr Auto. Ein Strom weißen Seifenwassers lief den Bordstein entlang in den Gully. Eine Weile betrachtete ich sie, den Schwung ihrer Brüste im T-Shirt. Dann nahm sie ihren Eimer auf und ging auf die andere Seite des Autos. Auf Zehenspitzen stehend kippte sie das Wasser über dem Dach aus, und etwas an der Anspannung in ihrem Gesicht sagte mir, daß sie wußte, daß ich hinsah. Bevor sie herblickte, stützte ich die Arme auf die Knie und tat so, als wäre ich in den Gehsteig versunken.

Ein Schwarm winziger roter Insekten krabbelte um meine Füße. Ich zog die Absätze zurück und hinterließ zwei rosa Streifen auf dem Beton. In einem Sommer vor langer Zeit hatte Richard mir gezeigt, wie man aus einer Sprühdose einen Flammenwerfer macht. Mit einem anderen Jungen hatte ich an dieser Stelle hier einen Nachmittag verbracht und Insekten versengt, bis eine alte Frau aus dem Haus gegenüber kam und uns fortjagte. Sie nahm uns unsere Streichhölzer weg. Sie hieß Janet und trug ihr Haar in einem hohen Silberknoten. Als sie starb, gingen meine Großeltern zu ihrem Begräbnis, und das Haus hatte monatelang leergestanden. Jetzt wohnte eine indische Familie darin.

Als ich es betrachtete, sah ich Surinder kurz hinter einem oberen Fenster auftauchen, halb verborgen von Spitzenvorhängen. Ich zählte bis sechzig, dann ging die Haustür auf. Sie trug Jeans und leuchtend goldene Sandalen, der Anorak war offen über einem T-Shirt. Als sie die Straße überquerte, sah sie kurz zu mir her, beinahe lächelnd, und ich schaute ihr nach, wie sie in die Siedlung, in der ich wohnte, verschwand. Sie trug eine Plastikeinkaufstasche, und die Haare hingen lose herab, über die Schultern. Ich gähnte, reckte die Arme, stand langsam auf und folgte ihr.

Weiter hinein in die Siedlung wurden die Häuser höher, waren eingerüstet. Holzbretter bildeten Kreuze über den Fenstern, und die meisten Wände waren mit Graffiti besprüht. Männer im blauen Overall arbeiteten am Horizont. Sie wurden täglich außer Sonntag mit dem Kleinbus aus dem Süden herangefahren, und sie sprachen mit einem lauten Londoner Akzent. Auf jedem der Karrees standen riesige Metallcontainer, und die Luft war wie von hellgelbem Staub erfüllt. Ich eilte durch schuttübersäte Durchgänge, bis ich auf einer weiten, offenen Fläche ankam, dem Einkaufszentrum. Auch hier waren die Fenster mit Brettern vernagelt und die Bretter durch Gitter geschützt. Aus der offenen Tür eines Pubs drangen Biergeruch und Zigarettenqualm, das Gerappel eines Spielautomaten. Als das Stahlwerk geschlossen worden war, waren viele der Läden pleite gegangen, und jetzt gab es nur noch den Supermarkt.

Er gehörte Surinders Vater. Auf dem Gehweg davor lag eine umgekippte Mülltonne, eine Spur von Flaschen und Dosen führte davon weg. Ein kleiner Hund durchwühlte den Abfall, der Schwanz wackelte steif. Ich tastete in meiner Tasche nach Kleingeld und betrat den Laden.

Als ich nach oben blickte, sah ich mich, am Gemüse vorbeigehend, auf einem Fernsehschirm. Der Schwarzweiß-Monitor war an der Decke befestigt, und darunter saß eine Frau namens Marjory. Sie las die Hülle eines Schokoriegels. Sie legte ihn neben die Kasse, holte Luft und wartete darauf, mich zu bedienen. Mr. Sidhu saß am hinteren Ende der Gänge, hinter der Fleischtheke, die Hände auf den Knien. Ich legte eine Tüte Chips vor Marjory hin und verlangte Streichhölzer. Träge griff sie in das Gestell neben sich und öffnete die Hand für mein Geld. Als sie mir das Wechselgeld zurückgab, sagte sie »Danke« und sah zur Tür hin. Mr. Sidhu nickte unmerklich von seinem Stuhl her.

Draußen setzte ich mich auf den Rand eines Baumkübels, eines großen Betonbottichs, der mit Graffiti verziert war. Es gab etwa ein halbes Dutzend davon. Die Bäume waren abgestorben, dürre Silhouetten, ihre Rinde war ganz abgeschabt. Ich rief den Hund her und leerte die Chipstüte vor meinen Füßen aus. In der Nähe malte ein kleiner Junge mit einem Kuli Muster auf seine Turnschuhe. An der Wand hinter ihm war eine dreieckige Plakette, eine architektonische Auszeichnung. Früher war unsere Siedlung einmal berühmt gewesen. Ich sagte: »Ist das dein Hund?« Der Junge kam her und stellte sich neben mich. Er schüttelte den Kopf. Ich kraulte den Hund hinter den Ohren.

»Wir hatten mal 'ne Katze«, sagte er.

»Ja?«

»Die haben sie eingeschläfert.«

»Wie das?«

Der Junge grinste. »Mein Papa hat sie umgebracht.« Er verlagerte das Gewicht von einem Bein auf das andere und kratzte sich am Bauch. »Kann ich ein paar Chips haben?«

Ich ließ die leere Tüte aus der Hand fallen. »Alle weg«, sagte ich.

Er hielt einen Moment inne, blickte über die Schulter. Er wirkte angespannt, unsicher. »Ich geh jetzt«, sagte er.

»Okay.«

Er ging zögernd davon, spurtete dann los, einen Durchgang entlang. Seine Tritte hallten noch nach, lange nachdem er weg war. Ich ging in die andere Richtung weg, an der Seite des Supermarkts vorbei.

Obwohl unsere Siedlung am Stadtrand lag, hatte sie keinen Ausgang aufs Land. Die Straße, die die Laster und Lieferwagen an die Rückseite der Läden brachte, beschrieb einen Hufeisenbogen von einer älteren Siedlung her. Schmale Seitenstraßen führten zu Parkplätzen und Garagen. Dreimal die Stunde kam ein Kleinbus aus dem Stadtzentrum und wartete am hinteren Ende des Einkaufszentrums. Immer fuhr er im Uhrzeigersinn. Als ich zum nächsten Wohnblock hinüberging, sah ich zur Haltestelle hin und erkannte ein Mädchen aus meiner Schule. Ich winkte, aber sie reagierte nicht.

Die Häuser auf der anderen Straßenseite waren grau und blau gestrichen und hatten anders gestaltete Vorbauten, aber die Anordnung der Karrees und Wege war identisch mit der bei uns. Ich ging rasch. Wo die Häuser aufhörten, war ein hoher Grasdamm, auf dem eine Reihe spindeldürrer Bäume stand. In einem Graben am Fuß des Hangs hatte sich Abfall angesammelt; ein Einkaufswagen lag auf der Seite. Ich kletterte hoch, mich am Gras festhaltend, und schlängelte mich zwischen den Bäumen hindurch. Vor mir lag eine breite, schimmernde Straße, die Schnellstraße, die zum Stahlwerk und zum Haus meiner Großeltern führte. Am Horizont zu meiner Rechten stand ein Wasserturm, hell vor dem blauen Himmel. Jetzt fuhren hier nur noch wenige Laster, und oft war die Schnellstraße in beiden Richtungen leer. Wenn die Autos kamen, rasten sie zu dreien oder vieren vorbei, röhrten in die Ferne. In der Stille, die sie zurückließen, konnte man die Möwen über den Feldern hören, Traktoren und Insekten. Den Seitenstreifen entlang verlief eine Leitplanke. In ihrem Schatten sah ich den Kadaver eines Kaninchens. Ein Stück weiter lag eine Radkappe. Ich trat auf den Asphalt und ging langsam hinüber. Der Hang auf der anderen Seite war sanfter und länger, fiel zu einem Bach, zu Bäumen und Weideland ab. Auf halber Strecke wartete dort Surinder. Ich rief ihren Namen und watete durch das hohe Gras auf sie zu.

ACHT

SURINDER KAUTE am Ende eines Grashalms und blickte hinaus auf die Felder. Kühe sprenkelten eine Wiese; in einiger Entfernung stand ein einzelnes Haus, dabei ein paar verstreute Nebengebäude. Ein Flugzeug ließ einen weißen Schweif am Himmel zurück. Als sie den Halm aus dem Mund nahm, zeigte sie damit und sagte: »Vielleicht wohnt er ja da, Danny.«

Ich legte mich ins Gras, den Kopf in meine Arme bettend. »Wer wohnt da?« fragte ich.

»Der Bauer.« Sie kam mit dem Gesicht näher heran. Ihre Augen waren groß, schwerlidrig. Die Rundung ihrer Nase berührte die meine.

»Bestimmt«, sagte ich. »Ist ja ein Hof.«

»Der, zu dem dein Omchen ging.« Als ich die Augen schloß, spürte ich, wie ihr Schatten über mich hinwegglitt. Sie setzte sich auf meine Schenkel, machte es sich bequem. Sie kitzelte mich mit dem Halm am Kinn. »Was meinst du?«

Ich sagte: »Vielleicht. Ich weiß es nicht.« Ich schlug nach dem Halm, hielt aber die Augen geschlossen. Surinder schwieg, und ich sagte: »Vielleicht sollten wir mal hingehen und es uns ansehen.« Ich blinzelte zu ihrer Silhouette hin.

Sie fuhr mit dem Halm um mein Gesicht, warf ihn dann weg. »Wenn du magst«, sagte sie.

Manchmal war der Bauer mit Fleischpaketen zum Haus meiner Großeltern gekommen, ohne jedoch hereinzukommen. Während Omchen nach ihrer Geldbörse suchte, wartete er an der Hintertür und brüllte seine Neuigkeiten zu Opa hinein. Er nannte sie Mr. und Mrs. Erskine, sich selbst aber immer mit Vornamen. »Glauben Sie's Ted, Mr. Erskine«, schrie er. »Glauben Sie's Ted.« Einmal, es war Winter, hatte Omchen ihn überredet, auf einen Whisky hereinzukommen. Ich war sechs Jahre alt, und es war kurz vor Weihnachten. Draußen schneite es. Auf einem Stück Zeitungspapier arrangierte ich gerade vor dem Kamin eine Sammlung Kohlen der Größe nach, und Hände und Gesicht waren mit Kohlenstaub beschmiert. Bevor ich mich davonmachen konnte, hatte Ted sich gebückt und mich hoch in die Luft gehoben. Und hinter ihm, ganz weit unten, konnte ich meine Großmutter sehen, wie sie lächelte, ein Paket in der Hand, das Papier rosa gefärbt. Ted nannte mich sein Negerkind und schüttelte mich, wie mein Vater es immer tat. Doch er war nicht wütend. Aus beiden Nasenlöchern wucherten wilde Haarbüschel, die zitterten, wenn er lachte. Auf seinen Schultern und seiner Mütze lag Schnee, seine Hände fühlten sich durch meinen Schlafanzug kalt und feucht an. Dann lachte er wieder und setzte sich. Ich kletterte zu meinem Großvater aufs Knie und blieb da, bis Ted das Haus verließ. In späteren Jahren erschien er weniger häufig, wenngleich Omchen weiterhin zu seinem Hof ging, wenn sie es mußte. Ein jüngerer Mann lieferte nun das Fleisch ab. Er brachte auch Schweinefutter und Heuballen, holte die Schweine ab, wenn es an der Zeit war. Ich hatte keine Ahnung, wohin sie gebracht wurden.

Surinder zog leicht an meiner Hemdtasche. »Hast du Kippen dabei?« fragte sie mich.

»Zwei«, sagte ich. »Und Streichhölzer von Marjory.« Ich sah zu, wie sie in meiner Tasche wühlte. Sie zündete beide Zigaretten an und steckte mir eine in den Mund, schnippte das Streichholz ins Gras. Ich stützte mich auf den Ellbogen. »Willst du denn das Schwein sehen?«

Surinder hob das Gesicht und blies eine lange Rauchwolke in den Himmel. Ihr Mund war klein, die Oberlippe aufgeworfen, darüber ein schwacher Schatten. Ich wollte sie küssen. Sie sagte: »Glaub schon. Weiß nicht.«

»Die haben nämlich einen Bauch wie wir. Das Verdauungssystem ist genau gleich, die ganzen Därme und so.«

»Wie deine vielleicht«, sagte sie und verlagerte ihr Gewicht.

Ich paffte an meiner Zigarette. Der Rauch schmeckte bitter und machte mich ganz schwindelig. Ich legte mich flach ins Gras, spürte, wie der Boden sich unter mir leicht neigte. Wenn ich die Augen zumachte, ging es schneller. Ruhig sagte ich: »Es ist auch gar nicht schmutzig. Es ist süß. Es wird dir gefallen.«

Surinders Stimme sagte: »Hat es schon einen Namen?«

»Das braucht keinen«, murmelte ich.

»Und wenn es ein Hund wäre? Oder ein Goldfisch?«

Ich horchte auf mein Atemgeräusch. »Hunde ißt man nicht«, sagte ich.

»Aber das Schwein wirst du auch nicht essen.«

Ich gab keine Antwort, hielt die Augen geschlossen; und Surinder kniff mich. »Oder?« drängte sie.

»Nein«, sagte ich. Ich lächelte.

»Dann gib ihm einen Namen.«

»Und welchen?«

»Zum Beispiel einen, der mit A anfängt.«

»Anna Banana«, sagte ich.

»Okay.«

»Soll das ein Witz sein?« Ich blickte durch zusammengekniffene Augen hoch. Die Sonne schimmerte im Umriß ihrer Haare; ihr Gesicht vor dem hellen Himmel war formlos. »Du hast Spliß«, sagte ich zu ihr.

Surinder blies mir eine Rauchsäule ins Gesicht und stupste mich in den Bauch. Ich ließ meine Zigarette ins Gras fallen, wartete, bis sie wegsah. Dann griff ich nach ihren Seiten, dem weichen Fleisch ihrer Taille. Sie schrie auf und drehte sich von mir weg, grub mir die

Nägel in den Arm. Als sie nach vorn fiel, lagen ihre Haare über meinem Gesicht; sie rochen nach Kokosnuß. Sie kreischte und gickste. Ich versuchte, sie fester zu packen, doch die Anstrengung war zu groß, mir war zu heiß. Als ich losließ, sackte sie nach vorn und lag auf mir, keuchend, noch immer gicksend. Mir brannten Wangen und Ohren, und ich hatte eine Erektion.

Lange Zeit lagen wir reglos so da. Ich spürte, wie mein Puls raste, wie Surinders Herz gegen mich hämmerte. Zögernd schob ich ihr die Hände unter den Hosenbund, steckte sie in ihre Unterhose. »Wann mußt du zurück?« flüsterte ich.

»Ich bin in der Bibliothek«, sagte sie.

Ihre Plastiktüte lag neben uns, ein leuchtendes Bild von Gemüse und Obst im Gras. Die harten Formen der Bücher darin erinnerten mich an die Schule, an leere Klassenzimmer und Flure, den letzten Schultag. An jenem Nachmittag hatte der Rektor unsere Gruppe zu sich in sein Zimmer gerufen. Wir seien etwas Besonderes, sagte er zu uns, die Ärzte und Lehrer und Ingenieure der Zukunft. Er setzte sich auf die Kante seines Schreibtischs, die Arme verschränkt und lächelnd. Er wartete, bis seine Sekretärin einen Teewagen mit Plätzchen und Kaffee hereingeschoben hatte. Sie lächelte Surinder an, zog sich still zurück, und als sie weg war, beugte der Rektor sich plötzlich vor und faltete die Hände. Das Abitur zu machen sei vernünftig, meinte er, die Universität sei für uns nicht unerreichbar. Wir fummelten an unseren Abzeichen, während er seinen eigenen Werdegang beschrieb, wie er Rektor geworden war. Er habe als Aufsichtsschüler angefangen, erzählte er, das sei schon lange her. Ich ließ mein Abzeichen in die Tasche fallen, beobachtete durchs Fenster, wie die Klassenzimmer sich auf den Spielplatz leerten. Als der Rektor sich schließlich erhob und seine Tür öffnete, war niemand zu sehen; das einzige Geräusch kam von den Putzfrauen oben. Er gab jedem die Hand, als wir der Reihe nach an ihm vorbeigingen. »Nutzt eure Ferien klug«, sagte er. »Frische Luft und Lernen.« Zu Hause schleuderte ich meine Bücher unters Bett und stellte das Radio an. Zwei Tage darauf starb Omchen.

Surinder hob den Kopf von meiner Schulter, und ich sah, daß sie griente.

»Was gibt's?«

Sie drückte die Stirn gegen meine. »Du hast einen Steifen.«

Ihre Lippen waren warm und feucht, und ich behielt die Augen offen. Ihre Wimpern flatterten, auf einer bebte ein winziges Krümchen schwarzes Pulver. Ich schob die Hände tiefer in ihre Jeans, bis ich mich streckte, und Surinder preßte sich noch fester an mich. Dann wich ihr Mund plötzlich zurück. Sie packte meine Handgelenke. »Wer am schnellsten unten ist!« sagte sie.

»Surinder!«

Langsam ging ich hinab. Am Fuß des Hangs zog sie die Sandalen aus und krempelte ihre Jeans hoch. Der Bach war völlig lautlos. Ein schwacher, abgestandener Geruch stieg zu uns hoch, und Insekten hingen über der Wasserfläche, schossen abrupt umher. Als Surinder in das Wasser trat, teilte sich ein öliger Film in Schlieren um ihre Knöchel, schimmerte wie Alufolie. Ich stand am Rand und betrachtete sie, die Hände in den Taschen. Noch immer spürte ich den Abdruck ihres Körpers auf mir.

Surinder erschauerte und verschränkte die Arme über der Brust, eine Hand auf jeder Schulter. Sie beugte sich vor. »Eiskalt ist das!« rief sie aus.

»Es stinkt«, sagte ich.

Als sie davonwatete, folgte ich ihr in ein paar Metern Abstand, die Füße durchs Gras ziehend. Kurze wirbelnde Strudel jagten hinter ihren Beinen her, brachten Sedimentwolken an die Oberfläche. Sie fand einen Stock am Ufer und zog ihn durchs Wasser. Dann blickte sie kurz zu mir her und sagte: »Ich hab nämlich nichts dagegen, weißt du.«

Ich sah sie an. Sie stand still. »Wogegen?«

»Deine Hände und so.« Sie machte einen Schmollmund. Die Spitze des Stocks durchstieß die Wasseroberfläche, drei Ringe liefen davon weg. »Was wir gestern gesagt haben.«

»Was haben wir gestern gesagt?« Mein Herz schlug sehr schnell. Ich wollte mich setzen oder weitergehen, über etwas anderes reden. Sie sah mich scharf an, und ich schaute weg, heftete den Blick auf das Wasser flußauf. Ich sah eine Libelle, Mücken, einen unvermittelten Platscher in der Mitte des Bachs. Surinder drehte sich weg und kletterte an das gegenüberliegende Ufer. Das Gesicht von ihren Haaren verborgen, setzte sie sich ins

Gras, schob die Beine unter sich. Plötzlich schleuderte sie den Stock zum Wasser hin.

»Du weißt doch, was wir gesagt haben!« Sie riß einen Löwenzahn aus und begann, ihn zu zerrupfen.

Ich setzte mich und wartete lange, das Kinn auf den Knien. Dann sagte ich: »Wir könnten in Opas Haus gehen.«

Surinder drehte den Stiel des Löwenzahns um einen Finger. Sie gab keine Antwort.

»Wenn du willst«, sagte ich.

Eine Pause entstand, dann sagte sie leise, ohne aufzublicken: »Das weißt du doch. Ich hab's doch gestern gesagt.«

Ich unterdrückte den Drang zu lächeln. »Du hast ›vielleicht‹ gesagt.«

Ihre Stimme war noch leiser, an den Löwenzahn gerichtet. »Nicht ›vielleicht‹. Ich habe nicht ›vielleicht‹ gesagt.«

»Was dann?«

»Hör auf, mich zu ärgern, Danny.« Sie warf den geringelten Stengel in den Bach. Er trieb auf der Oberfläche, entrollte sich langsam. Wir sahen ihm nach.

»Dann geh ich jetzt mal«, sagte ich. Surinder nickte, nach unten blickend. »Sehen wir uns morgen? Hier?«

Sie warf die Haare zurück, streckte die Beine im Gras aus. Zwischen ihren Zehen hatte sich Schmutz gesammelt. Sie bog sie und sagte: »Vielleicht«, ohne zu grinsen.

Ich zögerte, schob die Hände in die Taschen. Ich

wandte mich zum Gehen und blieb dann stehen. »Wir nennen das Schwein Agnes«, sagte ich.

»Agnes!«

Ich nickte, lächelte und machte mich daran, den Hang hochzusteigen. »So hieß meine Großmutter«, rief ich. »Agnes.«

NEUN

OPA SAGTE: »Willst noch einen Schluck Whisky, Junge? Bevor du gehst?«

Ich sagte, ja, obwohl er wußte, daß ich mir nicht viel draus machte. Auf seinem Nachtschränkchen stand eine Flasche, daneben zwei Gläser. Ich reichte sie ihm. Durch das offene Fenster hinter ihm konnte ich die Frauen hören, wie sie in den Küchen darunter schrien, wie eine Reihe Herde zuschepperte, jemand lachte. Opas Wecker stand auf Viertel vor zwölf, beinahe seine Essenszeit. Er reichte mir ein Glas und zündete sich wieder eine Zigarette an. Seine Hände zitterten, und er blinzelte, bevor er trank.

»Ja, Junge«, sagte er dann, »das hat dein Omchen immer über die Schweine gesagt – *was die nicht zu Fleisch machen können, machen sie zu Scheiße!«* Er hob die Augenbrauen und kicherte. Das Bett knarrte unter ihm. Ich nahm einen Schluck. In der Woche nach dem Tod meiner Großmutter hatte er oft beschrieben, wie er sie an dem Morgen gefunden hatte, aber nur selten nannte er ihren Namen, ohne zu weinen. Auf der Tagesdecke neben ihm lag ein knittriges graues Taschentuch. Er knüllte es in der Faust und tupfte sich die Augen ab, sagte dann: »Aber das ist das einzige, was man davon hat, Danny. Streu ein kleines bißchen auf den Garten, damit das Gemüse zufrieden ist, und kipp das übrige in den Durchstich.« Er mimte den Vorgang. »Sonst will das doch keine Sau.«

»Nein«, pflichtete ich ihm bei. Der Whisky brannte mir im Hals, ließ sich warm auf meinem Magen nieder. Ich rollte das Glas zwischen den Handflächen und sagte: »Aber schade eigentlich, es so zu verschwenden.«

»Wohl wahr, Junge«, sagte er. »Aber früher hatten wir mal Verwendung dafür, weißt du.« Er gestikulierte mit der Zigarette zum Fenster hin. »Die ganzen Nachbarn da, die sind immer mit ihren Essensresten gekommen, als wir noch die beiden Schweine hielten. Und manchmal hatten wir noch mehr – ich glaube, in dem Jahr, als Richard zur Welt kam, waren es vier, und wir haben keine drei Mark für ihr Futter ausgegeben. Wir haben getauscht, ja? Die Nachbarn haben ihre Reste beigesteuert, und dafür haben sie einen Haufen Scheiße zurückgekriegt! Dünger für den Garten. Weil die meisten damals einen kleinen Streifen Land hatten. Einen grünen Daumen hatte nicht bloß dein Omchen,

Danny.« Er beugte sich vor und berührte mich mit dem Glas am Knie. »An Weihnachten dann haben sie alle ein kleines Stück für den Topf gekriegt. Jawohl. Weil das zu der Zeit damals gute Leute waren, die haben einander geholfen.«

Er trank und schwieg einige Minuten. Ich blickte über die Schulter. Sein Fenster ging auf den Hof hinter dem Heim hinaus, und dahinter war ein Friedhof. Im Schatten der Mülltonnen unmittelbar darunter waren zwei leere Liegestühle, ein Hund im Tiefschlaf. Auf dem langen Hügel des Friedhofs konnte ich einen Mann in Hemdsärmeln sehen, der einen Grabstein polierte. Jacke und Mütze hatte er am Arm eines steinernen Kruzifixes aufgehängt.

Ich sagte: »Warum habt ihr damals vier Schweine gehalten, Opa?«

Er schüttelte unbestimmt den Kopf und runzelte die Stirn. »Das weiß ich jetzt nicht mehr, Junge. Solche Sachen hat immer dein Omchen bestimmt, nicht ich. Nach jedem Neujahr ist sie zu Ted gegangen – zu Fuß, Jahr für Jahr, unweigerlich. Und dann hat er sie in seinem Laster zurückgefahren, seiner alten Klapperkiste, die Schweine hinten drauf. Ich weiß noch, sie hat immer neben ihm im Führerhaus gesessen, eine Todesangst ausgestanden. Weil das ein zusammengebasteltes altes Ding war, so war das. Ein Wunder, daß es nicht vom Pferd gezogen war.« Er suchte nach meinem Lächeln und fuhr fort: »Wenn es dann ans Schlachten ging, hat Ted sie wieder abgeholt. Genauso, wenn dein Omchen beschlossen hat, daß sie gedeckt werden, dann ist Ted mit der Karre rübergekommen, den Eber hinten drauf. Aber warum sie in dem Jahr die vier gehalten hat, das kann ich dir nicht sagen, Junge.«

Er zog an seiner Zigarette, drückte sie schwächlich im Aschenbecher aus. Ein Teewagen ratterte draußen auf dem Gang vorbei, Tassen klirrten, und ein wenig später klopfte es an die Tür. Ein Mädchengesicht erschien, rot von der Sonne, und ich sah zu Boden. »Zeit zum Essen, Joe«, sagte sie.

Sie ließ die Tür angelehnt, und Opa sagte: »Hab ich dir schon von dem kleinen Itzig zwei Türen weiter erzählt, Junge?«

»Nein«, sagte ich, obwohl ich die Geschichte gut kannte. Er war Sänger.

»Jude«, sagte Opa. »Kam ursprünglich aus der Ukraine, war Flüchtling, weißt du. Kam bei Kriegsende mit seiner Frau hierher, und die war vielleicht ein verflucht nettes kleines Ding. Ist immer zu Agnes zum Plaudern gekommen, wenn ich weg war, dann haben sie stundenlang schwatzend da in der Küche gehockt. ›Guten Tag, Mr. Erskine‹, hat sie immer gesagt. ›Guten Tag, Mr. Erskine.‹ Nie Joe. Agnes war Agnes, aber in den ganzen Jahren, die ich sie gekannt habe, hat sie mich nie Joe genannt. Und der kleine Kerl und sie, jeden Sonntagabend hatten sie ihre Kameraden da, und, Herrgott, Sänger! Wie die Nachtigallen. Ich kann dir sagen, an einem Abend haben wir da gesessen – es war Sommer, etwa wie jetzt, herrliches Wetter – und Radio gehört, den Rundfunk – damals gab's noch kein Fernsehen. Und ich sag zu deinem Omchen: »Komm,

Agnes, schalt den Kasten da mal ab.« Dann haben wir die vordere Tür aufgemacht und beinah an die drei Stunden im Dunkeln gesessen und es einfach genossen. Weil es nämlich so schön war. Haben natürlich kein Wort davon verstanden, aber die Stimmen – Herr, das war das Beste, was du in deinem ganzen Leben gehört hast!« Opa legte die freie Hand auf die Hüfte und blähte die Brust. »Das war ja bloß ein kleiner Kerl, aber stark! Der hatte einen Brustkasten wie ein Waschzuber, und der hat die Stahlrohre hochgehoben, als wär's Brennholz. Stark wie ein Kran, und eine Stimme wie ein Engel. Aber«, und er nahm einen letzten Schluck aus seinem Glas, »als Gärtner war er nicht besonders. Jeden Abend nach seiner Schicht war er draußen und hat seinem Kohl was vorgesungen, aber gewachsen ist der ihm nicht. Der hat viel von seinem Zeug zu deinem Omchen rübergeschickt. Hat's von seiner Frau rüberbringen lassen, für die Schweine. Wir haben ihm Schweinescheiße gegeben, soviel er wollte, aber Fleisch hat er keins angenommen. Gegen die Religion, verstehst du? Schwein. ›Meinetwegen‹, hab ich dann immer gesagt. ›Ist mir recht.‹ Oh, ich hab gern gegessen. Tu ich heute noch!«

Er tätschelte sich auf den Bauch, machte mir ein Zeichen, seinen Rollstuhl zu ihm hinzufahren. Mit zitternden Armen hievte er seinen Körper auf den Sitz und löste die Bremsen. Ich gab ihm seine Zigaretten und Streichhölzer.

»Und kümmern sie sich unten denn gut um dich, Danny?«

Ich nahm die Griffe seines Rollstuhls und schob ihn zur Tür. »Okay«, sagte ich. Jeden Tag, an dem ich kam, ging ich mit einer Plastikschüssel in die Küchen. Die Köchin war eine Freundin meines Omchens gewesen; sie füllte die Schüssel mit übriggebliebenem Essen, zog mich vor den andern Frauen auf.

»Dann bis morgen, oder, Junge?«

»Gleiche Zeit«, sagte ich. »Ich bring ein bißchen Obst mit, Mama besorgt welches.«

»Aber keine Äpfel, ja?« Er streckte sein Gebiß auf der Zunge heraus und zwinkerte mir zu. Als ich anfing zu lachen, drückte er mir ein paar Scheine in die Hand.

Ich rollte ihn einen trüb beleuchteten Gang entlang in den Speisebereich. An einem der Tische, wo drei ältere Frauen schon aßen, war für ihn gedeckt. Als die erste ihn sah, legte sie ihre Gabel beiseite und löffelte ihm Kartoffeln auf den Teller. Eine andere goß ihm Tee ein. Trotz des Essens roch es nach Desinfektionsmittel und Urin, wie überall in dem Gebäude. Die alten Leute aßen nahezu schweigend, und als Opa ein paar Worte sagte, hoben einige von ihnen erwartungsvoll den Kopf.

Ich überließ ihn dem Essen und ging durch den Fernsehraum zum Ausgang. Außerhalb seines Zimmers wurden mir die weiten offenen Räume bewußt, und meine Schritte wurden länger. In der Tür eines anderen Speiseraums hob ein alter Mann die Hand, wie er es auch schon am Tag zuvor getan hatte. Seine weißen Haare waren durcheinander, sein Blick war glasig. Soße rann ihm aus einem Mundwinkel. Ich rief ihm einen Gruß zu und wandte mich zur Treppe, nahm vier Stufen auf einmal, das Geländer rüttelte. Die Oberin schaute aus ihrem Büro heraus und lächelte. Ein Mann lieferte Bier an. Ich drückte mich an ihm vorbei und eilte an der Seite des Gebäudes entlang zu den Küchen. In meiner Tasche waren zehn Pfund.

ZEHN

Am Sonntag nach der Beerdigung hatte ich fast eine Stunde an der Grasböschung gewartet, den vorbeiziehenden Wolken nachgeschaut, auf eine Bewegung horchend. Kühe grasten in der Ferne, ein paar Autos fuhren auf der Straße, doch Surinder kam nicht. Als es kalt zu werden begann, stand ich auf und ging nach Hause. Ich nahm den Weg hinten an den Häusern entlang, in der Hoffnung, sie zu sehen. Ein paar Kinder rannten in Anzug und Partykleidchen an mir vorbei. Ein alter Mann in Pantoffeln pfiff von einer Ecke aus seinem Hund zu. Sonst sah ich aber niemanden. In meinem Zimmer legte ich mich mit einem Schulbuch auf die Bettdecke und blätterte willkürlich die Seiten durch, unfähig, mich zu konzentrieren. Ich rauchte unsere beiden Zigaretten und stellte mir vor, sie läge ausgestreckt neben mir. Sie lächelte, als ich ihr von meinen Eltern erzählte, meinem Bruder, den Plänen, die ich für das Häuschen hatte. Doch als ich dann versuchte, mir auszumalen, was wir als nächstes taten, war sie nicht mehr da, konnte ich mich nicht mehr an die Form ihres Gesichts erinnern oder wie sie sich anfühlte, wenn ich sie berührte. Ich wickelte mich in die Decke ein und streifte die Schuhe ab, in Gedanken bei der Frau, die das Auto wusch, der Kurve ihrer Brüste in ihrem T-Shirt.

Abends dann, als ich vom Schweinfüttern zurückkam, sah ich, daß mein Bett gemacht worden war und die Fenster offenstanden. Das Zimmer roch noch nach Zigaretten. Ich zog ein Buch unter dem Bett hervor und versuchte, den schalen Geruch aus meinem Zimmer zu wedeln, doch es war zwecklos, schon zu spät. Als ich nach unten in die Küche ging, blickte meine Mutter mich kühl an und fragte, ob ich eine von ihren Zigaretten haben wolle, hielt mir ihre Schachtel hin. Bevor ich antworten konnte, schlug sie mir hart ins Gesicht. Meine beiden Stummel standen auf dem Tisch hinter ihr. Ohne abzuwarten, was sie sagen würde, drehte ich mich um und ging zur Hintertür hinaus, schlug sie hinter mir zu.

Die Wolken waren dunkler geworden, und feiner Regen fiel. Ich schlug den Kragen hoch und ging in Richtung von Surinders Haus. Langsam ging ich daran vorbei, und als ich sicher war, daß keiner guckte, blieb ich stehen und machte kehrt, setzte mich an die Wand gegenüber. Mit hochgezogenen Schultern starrte ich zu ihren Vorhängen hinauf, wünschte sie ans Fenster, entschlossen, nicht nach Hause zu gehen. Und dann kam sie tatsächlich, aber aus dem Eingang zur Siedlung. Sie kam mit ihrem Vater nach Hause. Er trug Turban und Sandalen, die Hemdsärmel bis zu den Ellbogen hochgekrempelt. Als sie vom Bordstein traten, rief er: »Schreckliches Wetter!« und zeigte kopfschüttelnd zum Himmel. Surinder zog eine Grimasse und senkte den Blick, ging vor ihm ins Haus.

Ich vermutete, daß sie im Laden gearbeitet hatte, und in den folgenden Tagen mied ich es, hingehen zu müssen. Ich wußte nicht, was ich sagen sollte, wenn sie mich bediente, und fürchtete, sie könnte verärgert sein. Vielleicht hatte sie sich dazu entschieden, mich nicht zu sehen, vielleicht ahnte ihr Vater etwas. Nun jedoch strebte ich in ihre Richtung, schnellen Schritts, ohne zu wissen, was ich tun sollte, wenn ich dort wäre. Ich versuchte, mir zu überlegen, wie ich sie nach draußen lotsen könnte. Ich könnte sie bitten, mir einen Kuli zu verkaufen, dann hinausgehen und ihr einen Zettel schreiben. Danach könnte ich wieder hineingehen, als hätte ich etwas vergessen, Brot oder Käse, einen Liter Milch. Beim Bezahlen könnte ich ihr dann den Zettel zuschieben. Dann merkte ich, daß ich gar kein Geld dabei hatte. Als ich mich dem ersten eingerüsteten Karree näherte, ging ich langsamer und trat in den Schatten einiger Bretter. Ich setzte mich auf einen Stapel Zementsäcke und stülpte meine Taschen heraus. Ein abgebranntes Zündholz fiel auf die Erde. Ein paar Minuten später sah ich sie.

Sie trug einen grauen Nylonmantel, und ihre Haare waren mit einem dünnen Zopf nach hinten gezogen. Als sie mich erkannte, grinste sie und machte einen kleinen Knicks, den Saum des Mantels hebend. Ich trat in die Sonne, beschattete die Augen. »Die dicke Marjory ist krank«, sagte sie.

Wir standen ein kleines Stück auseinander. Auf der offenen Fläche des Karrees fühlte ich mich befangen und auffällig. Ich blickte zu den Arbeitern hoch. »Bis wann?« fragte ich.

Sie zuckte die Schultern. »Keine Ahnung. Vielleicht noch zwei Tage.«

»Wir wollten uns ja letzten Sonntag treffen.«

»Stimmt.« Sie schob die Hände in die Taschen. »Aber Papa hat gesagt, ich soll im Laden aushelfen. Er glaubt, ich hätte nichts Besseres zu tun. Ständig renne ich in die Bibliothek.«

Ich stieß mit dem Schuh aufs Pflaster. »Dann willst du also noch?«

»Na klar! Ich will das Schwein sehen, in das du so verliebt bist.«

Ich sagte: »Heute vormittag war ich dort, hab ein bißchen im Garten gearbeitet, und weißt du was? Ich hab ein Rattennest gefunden.« Surinders Augen flakkerten von mir weg. »Es war in dem alten Komposthaufen. Ich war am Umgraben, da hab ich es so quieken hören. Es war ein ganzes Nest voller Junge, alle in einem Kreis eingerollt, kleine rosa Dinger, da konnte man die Adern sehen und alles. Die hatten die Augen zu.« Sie runzelte die Stirn, blickte an meiner Schulter vorbei. » Und dann hab ich mich auf die Suche nach der Mutter gemacht. Ich hab überall nachgesehen, um alle Häuser rum und so, im Schweinestall, im Gewächshaus – womöglich sind sie von der Kippe gekommen. Was meinst du? Soll ich noch mal hin und sie kaputtmachen, die Kleinen?«

Doch Surinder hörte gar nicht zu. Ich folgte ihrem Blick und erkannte die beiden Jungen namens Spider und Stan. Sie sahen aus dem Schatten eines Durchgangs zu uns herüber, die Hemden um die Taille zusammengeknotet. Spider hatte eine Flasche Cider in der Hand. Ich hörte ein schwaches Kichern, und einer der beiden rülpste. Mit leiser Stimme sagte Surinder: »Ständig kommen die in den Laden, kaufen aber nie was. Die sehen einen bloß an und gehen wieder raus.« Sie biß sich auf die Lippe. »Das ist mir ganz unheimlich.«

Ich hörte Schritte und trat näher an sie heran. »Wir gehen mal lieber«, sagte ich. Doch die Jungen kamen schon auf uns zu. Stan zuckte mit der Nase und machte ein schnüffelndes Geräusch. Er legte mir eine Hand auf die Schulter und lächelte mich an, verdrehte sich, um den Absatz seines Stiefels zu untersuchen. »Riecht komisch hier«, sagte er. »Wie Hundescheiße oder so was.« Ich hielt sein Gewicht aus, ohne mich zu bewegen, zuckte aber zusammen, als er die Hand wegnahm. Er hob eine Augenbraue und grinste. »Ich bin's jedenfalls nicht«, sagte er.

»Und sie?« Spider wiegte die Flasche. Eine schwarze Haarlinie schlängelte sich zu seinem Hosenbund hinab.

»Wer?«

»Die Paki da.«

Als Stan sich zu ihr hinbeugte, verlagerte Surinder ihr Gewicht auf ein Bein und holte tief Luft, beobachtete ihn unverwandt. Sein Gesicht zog sich angeekelt zusammen, und als er sich zurückzog, spuckte er kräftig auf den Gehweg. »Igitt, Mann!« sprudelte er. »Mieft wie Hund.«

»Wie Hundescheiße«, sagte Spider. Er lachte kurz auf, bevor er trank und den Cider Stan weiterreichte, wobei er zurücktaumelte. Surinder zerrte mich am Ärmel.

»Gehn wir, Danny«, sagte sie, doch Spider hielt mich am Handgelenk fest.

»Mal langsam, Kumpel.« Dunkle Haarfransen reichten ihm bis zu den Augen hinab, und er mußte das Kinn vorrecken, um mich zu sehen. Seine Augen mühten sich, mich zu fixieren. »Ich kenn dich«, sagte er. Zum ersten Mal erkannte ich, daß er kleiner war als ich, und da kam ich mir ganz blöd vor. Ich räusperte mich, sagte aber nichts. Im vorigen Sommer hatte er mich zu Boden gezerrt, als ich über den Schulspielplatz ging. Er hatte mich an den Schultern festgehalten, während Stan mich kräftig in Bauch und Rücken trat. Bevor sie sich wieder trollten, verstreuten sie noch meine Bücher über einen Zaun. Ich hatte sie nicht provoziert, und am Tag darauf begegneten wir uns in einem Gang, als wäre nichts gewesen. Jetzt sagte Spider: »Du bist ein Arschloch«, konnte mich aber offenbar noch immer nicht einordnen. Hinter ihm wartete

Surinder, bereit, loszurennen. Oben auf dem Baugerüst streckte ein Arbeiter die Arme, drehte sich wieder um und verschwand aus dem Blick.

»Läßt du uns jetzt bitte gehen«, sagte ich.

Spider schüttelte langsam den Kopf. Er hakte einen Finger in meinen Hemdkragen und schnippte mit dem Daumen am obersten Knopf. »Komischer Typ«, murmelte er. »Witzfigur.« Sein Atem roch bitter nach Zigaretten und Alkohol. Ich versuchte, mich seinem Griff zu entwinden, und hörte mein Hemd reißen. Der Knopf löste sich. Einen Augenblick hielten wir inne. Spider wirkte verwirrt, und dann nahm Surinder meine Hand und zerrte mich von ihnen weg.

Wir rannten unter das Gerüst und in einen verlassenen Bungalow, durch dessen Hintertür hinaus in den Garten. Eine Schubkarre stand uns im Weg. Sie war mit Gips bespritzt. Surinder sprang zur Seite, und ich versuchte, einen Satz über die Griffe zu machen, fiel fast hin bei der Landung. Das Gartentor stand noch, doch der Zaun war niedergerissen, die Latten über den sich daran anschließenden Kinderspielplatz verstreut. Wir rannten durch einen nach Urin stinkenden Betontunnel, duckten uns unter einem hölzernen Klettergerüst hindurch, einer Reihe Reifen, die an Seilen herabhingen. Ich konnte die Jungen lachen hören, merkte aber, daß sie uns nicht folgten. Einer machte ein Geräusch wie Hundegebell. Als wir zwischen zwei fensterlosen Gebäuden durchkamen, lief Surinder langsamer, um mich aufschließen zu lassen, und wir wandten uns nach links und rechts durch die Karrees, die um das Einkaufszentrum herum standen, hielten schließlich an der Bushaltestelle hinter dem Supermarkt an. Ich lächelte. Surinder keuchte. »Also, soll ich sie umbringen oder was?« fragte ich.

»Die beiden!«

»Die Ratten.«

Sie beugte sich vor, die Hände auf den Knien, bis sie wieder zu Atem gekommen war. »Ich sollte aufhören, deine Zigaretten zu rauchen«, sagte sie. Dann richtete sie sich auf und schaute die Straße in beiden Richtungen entlang. »Wahrscheinlich«, sagte sie. »Das mußt du wissen.«

Die Rückseite des Ladens ihres Vaters war fensterlos, und die eine Tür hatte weder Griff noch Schlüsselloch. Sie war aus Metall, rot gestrichen. Unter der roten Schicht konnte ich die Namen Spider und Stan erkennen. Ich nickte zur Tür hin. »Haben die euch geärgert?« fragte ich.

Surinder zuckte mit den Schultern. »Die sind Abschaum. Dreck.« Sie trat vom Bordstein herab rückwärts auf die Straße. »Mach dir darüber keine Gedanken.«

»Paß lieber auf.«

Sie blickte mich an und dann wieder weg. »Da kommt der Bus«, sagte sie. Dann: »Wann gehen wir in dein Häuschen?«

»Wann du willst.« Ich versuchte, beiseite zu treten, als sie auf den Bordstein sprang. Wir stießen fast zusammen. Ich hielt sie kurz am Arm, ließ los, als die Bustüren aufgingen.

»Übermorgen«, sagte sie.

»Okay.« Ich nickte und versuchte, nicht zu grinsen. Ganz flüchtig küßte sie mich. »Wohin gehst du?«

Surinder stieg ein und setzte sich auf die erste Bank ans Fenster. Als der Gang eingelegt wurde, machte sie mit dem Mund »Bi-blio-thek« und blickte mich an, lächelnd, während der Abstand zwischen uns rasch zunahm.

ELF

Obwohl die Sonne mehrere Tage lang geschienen hatte, war noch immer Feuchtigkeit im Erdreich. Ich rieb mir Erde in die Finger, hielt mir die Hand über die Nase. Ich holte tief Luft. Der Geruch erinnerte mich an meine Großmutter, die alten Sachen, die sie im Garten getragen hatte. Ihre Hände waren trocken gewesen und hatten immer nach dem Schwein gerochen. Sie hatte den Geruch in den Haaren und in der Mütze, die noch immer an der Tür hing. Auch in der Erde war er. Opa meinte, er könne ihn im Gemüse schmecken. Ich kniete mich zwischen zwei Reihen Steckrüben und zog das Messer meiner Großmutter aus der Tasche. Die Klinge war in den Griff gefaltet, vom Schärfen dünn und an der Spitze geglättet. In den Griff waren Opas Initialen eingraviert. Er hatte das

Messer gemacht, als er jünger war, und im Wintergarten war ein Schleifrad, das er, wie er sagte, aus Schrott zusammengebaut hatte. Es war gerade so niedrig, daß er im Rollstuhl daran arbeiten konnte, und manchmal, wenn ich sie besuchte, war er gerade dabei, die Messer meiner Großmutter zu schärfen. Es war eines der Dinge, die er für sie tun konnte.

Ich schnitt eine kleine Steckrübe mittendurch und ging damit zum Stall. Das Schwein lag im Schatten des Apfelbaums auf der Seite. Seine Hinterbeine waren gestreckt und auseinander, die Vorderfüße zum Körper herangezogen. Als es mich sah, grunzte es und stand rasch auf. Ich warf die Steckrübenstücke in den Koben und sah zu, wie es hinterherjagte, das erste zur Wand, das zweite in eine Ecke. Es ließ sich neben das kleinere Stück hinplumpsen und zermalmte es zwischen den Zähnen, die Schnauze feucht, aus dem Maul sabbernd. Selbst beim Fressen grunzte es weiter. Ich lehnte mich mit den Ellbogen gegen die Wand und blickte zum Haus hin. Ein paar Schwalben sausten vom Dach und wieder zurück. Im unteren Fenster spiegelte sich der Garten, weiße und rosa Rosenbüsche, schießendes Unkraut.

Hinter dem Gürtel meiner Hose steckte ein Päckchen Zigaretten von meinem Großvater. Ich hatte es zwischen den Kissen seines Sessels gefunden, als ich das Haus aufräumte, es war zu einem Keil gequetscht, schon geöffnet. Als das Schwein sich über das nächste Stück Steckrübe hermachte, steckte ich mir eine Zigarette in den Mund und ging zurück zur Küche, um sie anzuzünden. Tabakkrümchen klebten an meiner Zunge. Er rauchte ohne Filter, und seine Zigaretten schmeckten bitter, das Wasser lief mir davon im Mund zusammen. Ich spuckte in die Abflußrinne unter dem Küchenfenster. Sie war voller Gemüseschalen.

Drinnen gab es für mich nichts mehr zu tun. Nach dem Frühstück war ich im Häuschen geblieben, hatte den Herd geputzt und die Töpfe gespült, alle Flächen gewischt. Ich hatte den Wintergarten und die Küche gefegt, die Teppiche unten gesaugt. Das Gerät hatte im Schlafzimmer graue Wollmäuse hinterlassen, und als ich mich niederkniete, um sie aufzusammeln, entdeckte ich einen der Ringe meiner Großmutter, einen schlichten Goldreif. Er paßte in das Kreismuster des Läufers auf ihrer Seite des Betts, dunkelgelb auf rot. Ich steckte ihn in die kleine Tasche vorn an meiner Jeans, sonst nahm ich aber nichts weg, die Möbel blieben an ihrem Platz, Omchens Durcheinander an Zierstücken genauso, wie sie es verlassen hatte. Ich wollte, daß Surinder das Haus genauso vorfand, wie es immer gewesen war.

Als ich mich vorbeugte, um die Zigarette anzuzünden, fiel mein Blick auf die Uhr, und ich sah, daß es für meinen Großvater Mittagessenszeit war. Ich war schon spät dran. Wenn ich hinkäme, würde ich ihm seine Zigaretten geben und ihm sagen, ich hätte das Haus geputzt, den Gemüsegarten gejätet. Warum, würde ich ihm nicht sagen. Ohne die Tür zu verschließen, machte ich mich auf den Weg durch den Garten, machte beim Gehen kurze Züge. Das Schwein kaute noch immer. Ich verriegelte das Tor und rannte den Hügel hinab zur Schnellstraße.

Als ich nach dem Mittagessen nach Hause kam, stand unsere Haustür offen, und drinnen flackerte der Fernseher. Richard lag auf dem Sofa und guckte ein Cricketmatch. Den einen Arm hatte er als Unterlage für den Kopf, die freie Hand schleifte auf dem Teppich. Die Jalousien waren fest geschlossen, und das einzige Geräusch im Zimmer war das rhythmische Schlagen von Bierdosen, ein spöttisches Anfeuern, wenn der Werfer anlief. Ich blieb stehen, um mir den Wurf anzusehen, und ging dann weiter in die Küche. »Wo warst du?« rief er mir nach.

»Im Häuschen«, sagte ich.

Ich setzte Wasser auf, stellte zwei Becher auf die Arbeitsplatte. Oben schnarchte mein Vater, ein leises Grollen, dann Stille; ein weiteres Grollen. Etliche Minuten schaute ich auf den Garten hinaus. Mamas Wäsche wogte an der Leine, eine schwache Brise fuhr durch das Gras. Als ich noch kleiner gewesen war, hatte ich versucht auszurechnen, wie oft unser Garten in den meiner Großmutter passen würde. Ich hatte ihn mit Riesenschritten die Umzäunung entlang abgemessen. Es hatte ein sauberes Quadrat ergeben, zwölf mal zwölf Schritte. Damals schien diese Entdeckung wichtig gewesen zu sein, und ich rannte zu Mama hoch, um es ihr zu sagen. Sie zankte sich gerade mit Papa, aber ich glaubte, meine Neuigkeit würde den Streit beenden. Bevor ich etwas sagen konnte, hatte sie mich zurück auf den Treppenabsatz geschoben und vor mir die Tür geschlossen. Ich wartete. Gleich darauf fing sie wieder an zu schreien. Den ganzen restlichen Vormittag hatte ich jeden Raum im Haus abgeschritten, mit Babyschritten, den Absatz des einen Fußes an die Zehen des anderen setzend. Als meine Eltern dann aus dem Schlafzimmer kamen, fragten sie mich nicht, was ich gemacht hätte, und ich sagte es ihnen auch nicht.

Als das Wasser zu kochen begann, rief Richard vom Sofa aus herein: »Da war einer von der Stadt da.«

Ich tunkte in beide Becher einen Teebeutel und ließ ihn auf die Arbeitsplatte fallen. Die Milch ging daneben, als ich sie ausgoß. »Was war?« schrie ich.

Richard blickte auf und sprach durch ein Gähnen hindurch. »Wollte mit Mama reden oder so was. Wegen nebenan.«

Ich stellte seinen Becher auf den Teppich neben seiner Hand. »Hat er denn mit Papa geredet?«

»Hab ihn nicht geweckt.«

»Scheiße, Richard!«

Er wollte mir schon eine Zigarette zuwerfen, hielt dann aber inne und steckte sie wieder in die Schachtel. Er zündete seine an und sagte: »Papa schläft, Danny.«

Auf meinem Tee trieben Milchklümpchen. Ich stieß mit der Fingerspitze danach. »Und nun?«

Richard starrte auf den Fernseher. Der Ball rollte an die Begrenzung unterhalb der Kamera, ein Fänger raste hinterher. Der Kommentator klang erregt. Die

Menge begann zu johlen. »Hab's dir doch gesagt«, sagte er schließlich. »Da wollte einer von der Stadt zu Mama.«

»Wegen dem Bungalow?«

»So was in der Art.«

Ich beugte mich vor und betrachtete ihn, wie sein Bauch sich langsam hob und senkte, wie sein Finger Asche von der Zigarette tippte. Als der nächste Ball die Grenzlinie überschritt, sagte ich: »Kommt er denn noch mal?«

Richard zuckte die Schultern. »Wahrscheinlich. Hat er nicht gesagt.«

»Herrgott!«

Die Menge applaudierte dem Schläger, trötete, und ich richtete mich auf und ging durchs Zimmer zum Telefon. Der Hörer roch nach Mamas Parfüm. Ich blätterte das Telefonbuch durch und fand eine Seite mit den Abteilungen der Behörden, sagte die Nummer beim Wählen laut. Eine Frauenstimme antwortete, ein kurzer Satz in einem Schreibmaschinengeklapper. »Bitte?« sagte ich und hielt mir das andere Ohr zu.

»Bauordnung und Hochbau«, wiederholte sie. Sie lachte.

»Ist Tom da?«

»Ich glaube, Sie sind in der falschen Abteilung. Hier ist Bauordnung und Hochbau.«

»Ich suche meinen Schwager«, sagte ich ihr und merkte, wie ich rot wurde. Ich drehte mich zum Fenster hin. »Ich hab geglaubt, er arbeitet da. Es geht um ein Siedlungshaus.«

»Dann müssen Sie mit dem Amt für Wohnungswesen reden.«

»Welche Nummer ist das?« Ich blickte auf das Telefonbuch hinab, suchte die fettgedruckten Namen ab.

»Ich stell Sie durch.«

Das nächste Telefon klingelte schon, bevor ich ihr danken konnte, und beim Wohnungswesen sprach dann eine Männerstimme mit mir, eine Stimme vom Band, sorgfältig und tonlos. Das Piepen setzte ein, und ich zählte mit, aber mir fiel nichts ein, was ich hätte sagen können. Als ich den Hörer auflegte, rutschte er mir weg und klapperte auf die Anrichte. Ohne zu Richard hinzusehen, ging ich in die Küche. Ich nahm einen Spüllappen und tupfte die Milchlache auf der Arbeitsplatte auf. Dann stellte ich die Tüte wieder in den Kühlschrank, wischte mir die Hände an einem Geschirrtuch ab. Ich stand mit dem Rücken zur Spüle. Durch die Tür konnte ich Richards Füße sehen, ein dickes Paar graue Socken. Es war fast zwei Uhr. Bald würde er aufstehen und das Wohnzimmer saugen. Das war das einzige, womit er Mama half. Er stieß alle Stühle an die Wand und saugte um sie herum, dann reihte er die Kissen aneinander, als Karos. Mehr machte er nicht. Als ich zur Hintertür hinausging, hörte ich ihn laut gähnen; der Fernseher war plötzlich verstummt.

ZWÖLF

Ich sagte: »Richard hat Tom eine Null genannt.« Meine Schwester ließ die Haare nach vorn fallen und zupfte einen Faden von ihrem Schoß. Als sie aufsah, blickte sie zur Verandatür. »Typisch Richard«, sagte sie lächelnd. Sie rollte den Faden zwischen den Fingern zu einer Kugel und steckte ihn in die Tasche ihres Hängerkleids. Sie schüttelte den Kopf. Draußen in der Sonne malten die Mädchen Bilder. Ein Windstoß hob eine Ecke von Katies Papier, worauf sie ein ungeduldiges Geräusch machte und wartete, bis es wieder ruhig lag. Bevor sie den Stift wechselte, schimpfte sie das Papier aus. Sie war sechs Jahre und doppelt so alt wie Lucy, ihre Schwester, die neben ihr auf dem Bauch lag. Sie sahen einander sehr ähnlich. Sie hatten schöne, kurzgeschnittene Haare, rundliche, blasse Gesichter.

Lucy trug ein Kleidchen im gleichen Stil wie ihre Mutter. Sie hielt einen Stift in der Faust, machte auf dem Rücken eines Malbuchs Kreise. »Möchtest du einen Saft?« fragte Rachael mich.

Ich nickte, sah ihr nach, wie sie durch die Küche ging. Sie ging mit nach außen gestellten Füßen, die Knöchel über weißen Turnschuhen geschwollen. Ich saß da, die Hände auf den Knien. Obwohl der Teppich mit Spielzeug übersät war, wirkte das Haus meiner Schwester nie unordentlich, roch immer nach frischer Farbe, sauberer Wäsche. Sie hatte Blumen in Vasen, drei Bücherregale, aber sonst gab es wenig Zierstücke oder Bilder, keine Muster auf Tapeten oder Möbeln. Mein Vater fragte mich immer, wann sie vorhabe einzuziehen.

Als die Mädchen die Kühlschranktür hörten, ließen sie ihre Arbeit liegen und kamen vom Garten hereingerannt. Ich blickte durch das Vorderfenster auf die Nachbarhäuser. Ich konnte mich noch an die Felder erinnern, die hier einmal gewesen waren, Gemeindeland, auf dem wir früher Kastanien suchten, Kaninchen jagten. Bei der Hauptstraße hatten zwei Tore gestanden, und an Äste waren Schaukeln gebunden. Die Siedlung meiner Schwester war innerhalb eines knappen Jahres erbaut worden, und die Straßen hießen nach Städten in Australien. Wenn ich sie Opa gegenüber erwähnte, wurde sein Gesicht ratlos; er wußte nicht, wo sie waren, kannte niemanden, der dort wohnte, oder Geschichten über sie. Es war ein Ort, wo die Gehwege anscheinend immer leer waren. Jedes Haus hatte eine

Garage, identische Gärten wurden von niedrigen Mauern umgrenzt, in manchen stand auch ein Wohnwagen, ein kleines Boot unter einer Plane. Auf dem Rasen des direkten Nachbarn stand ein Maklerschild. Es war seit dem vorigen Sommer da.

»Wir haben Saft, Onkel Danny.«

Die Mädchen kamen aus der Küche herein, Plastikbecher an den Lippen, und Rachael folgte mit einem Glas Orangensaft für mich. Die Wölbung ihres Bauchs war rund und glatt, ihre Brüste schwer. Die Form der Brustwarzen und des Nabels zeichneten sich deutlich unter ihrem Kleid ab. Als sie mir das Glas gab, wischte sie sich die Haare aus dem Gesicht und blickte mir in die Augen. »Ich weiß«, sagte sie. »Ich werde dick.« Ich spürte, wie ich feuerrot im Nacken wurde, hielt mir das Glas an die Wange, während sie sich setzte. Als ich die Beine übereinanderschlug, bemerkte ich einen Dreckschmierer an einem Absatz.

»Du trinkst nichts?« fragte ich.

»Jetzt nicht.« Sie langte zu Katie hin, um ihr den Kragen geradezurücken, und sagte: »Zeig mal Onkel Danny, was du gemalt hast.«

Katie leerte ihren Becher und nahm ihre Schwester bei der Hand. Sie zog sie zur Verandatür, redete dabei wie eine Mutter, erklärte, wohin sie gingen. Ich besah meinen Schuh. Der Dreck war Schweinescheiße. Ich sagte: »Hat Tom denn nun gesagt, daß er die Wohnung kriegt, Rachael?«

Es dauerte eine Weile, bis sie antwortete, dann seufzte sie: »Er hat gar nichts gesagt, Danny, aber wenn jemand bei euch war, dann hat er wahrscheinlich getan, was er konnte.« Ich nickte, und sie fügte hinzu: »Du kannst nicht von ihm erwarten, daß er das alles regelt – das ist nicht seine Arbeit.«

Ich sagte: »Was ist denn seine Arbeit?«

»Der Verkauf. Das weißt du doch.«

»Aber er arbeitet bei der Stadt.«

Rachael lächelte und sprach zur Decke hoch: »Auch die Straßenkehrer arbeiten bei der Stadt, Danny.«

Als die Mädchen wieder hereinkamen, wandten wir uns ihnen zu, und Katie fing an zu kichern, rannte mit einem Mal zu mir her. Sie knallte mir ihren Block auf den Schoß und trat zurück, stellte sich neben Rachael. Lucy tat desgleichen, stolperte aber und hielt sich an meinem Fuß fest. Ein wenig von dem Dreck geriet ihr an die Hand. Ich stellte beide Beine auf den Boden und sah mir Katies Zeichnung an, eine runde Form mit einem Ringelschwänzchen, vier Beine in einer Reihe. »Mit Vermietungen hat der nichts zu tun«, sagte meine Schwester dann. »Er verkauft. Das ist ein Unterschied.«

Ich sagte: »Ich glaube, Lucy hat ein bißchen Schmutz abgekriegt, Rachael.« Und zu Katie gewandt, fragte ich: »Was ist das denn?«

»Ein Schwein.« Sie stemmte die Hände in die Seiten und holte tief Luft. »Was denkst du denn?«

Rachael lächelte ihr zu, faßte Lucy am Handgelenk. Sie runzelte die Stirn. »Das ist ja Scheiße«, murmelte sie und sagte, mich anblickend: »Danny, das ist Schweinescheiße.« Ihr Gesicht war vorwurfsvoll. Lucy starrte sie stumm an.

»Bist du sicher?« fragte ich.

»Ja. Ganz sicher.« Sie erhob sich mühsam, zog Lucy zur Treppe hin. Als ich mich vorbeugte, um meine Schuhsohlen zu untersuchen, sagte sie matt: »Zieh sie einfach aus, Danny«, und nahm Lucy auf den Arm.

Ich sah zu Katie hin, die loslachte. »Schweinescheiße!« schrie sie, packte ihren Block und rannte wieder hinaus in den Garten.

Als ich aus dem Badezimmer Wasser spritzen, Lucy plappern hörte, zog ich die Schuhe aus und ging zum Bücherregal. Gleich darauf hörte ich Rachael aufstöhnen. Sie überquerte den Treppenabsatz über mir, öffnete Schränke und Schubladen in einem Schlafzimmer, knallte sie alle wieder zu. Ich sah mir die Buchrücken an. Es waren überwiegend Toms Bücher, Krimis und Western, ein paar gebundene Hochglanzbücher. Es gab auch Stapel Fotografien, von den Mädchen als Babies, Urlaubsschnappschüsse sowie ein weißes Album mit Hochzeitsfotos. Die hatte ich schon gesehen, aber neben dem Telefon war ein kleines Farbfoto meiner Großeltern. Sie standen mit Rachael und Richard vor einem Wohnwagen. Mein Bruder trug blaue Shorts, Opa lachend hinter ihm. Omchen verbarg ein Lächeln, den rechten Arm hatte sie um Rachael gelegt. Auf der Rückseite stand »Oma und Opa« in der besten Handschrift meiner Schwester. Das Datum war vor meiner Geburt.

Als ich kleiner war, war Rachael zumeist mit mir zu meinen Großeltern gegangen, aber allein hatte sie sie nur selten besucht. Wie meine Mutter und mein Vater schien sie sich in dem winzigen hinteren Zimmer oft unwohl zu fühlen und redete zu höflich, schaute häufig nach der Uhr auf dem Kaminsims. Nach ihrer Hochzeit hatte sie sie fast ein Jahr lang gar nicht besucht. Sie schrieb lieber Briefe, die meine Großmutter in einem Schuhkarton aufbewahrte, obwohl sie immer verblüfft darüber war, daß sie welche bekam. Und später, wenn Rachael mit Katie und Lucy im Wagen hinfuhr, war sie immer höchstens eine Stunde dort. Sie fuhren alle fünf, sechs Wochen hin, und danach redeten die Mädchen davon, daß sie das Schwein gesehen hatten, erwähnten aber kaum meine Großeltern.

Als meine Schwester die Treppe herabkam, stellte ich das Foto rasch wieder ins Regal und las mit gerecktem Hals die Titel von Toms Taschenbüchern. Ich hielt beide Schuhe in einer Hand. Als sie zur Tür hereinkam, griff ich wieder nach dem Foto und sagte beiläufig: »Wo hast du denn das her, Rachael?«

Sie schickte Lucy zum Spielen zu ihrer Schwester, kam her und nahm mir das Bild aus der Hand. Während sie sich setzte, sagte sie: »Das war in der Schublade.«

»Laß das doch rahmen«, sagte ich. »Es wird ja schon krumm.«

Rachael bog das Papier, beugte sich über ihren Bauch vor und stellte es auf den Kamin. Den Kopf auf die Sessellehne legend, sagte sie: »Ja, das könnte ich eigentlich tun.«

»Wenn du's nicht willst, nehme ich es.«

»Hast du denn nicht schon genug, Danny?« In ihrer

Stimme lag eine Knappheit, die mich überraschte, eine Spur Sarkasmus oder Ärger. Ich versuchte ein Lächeln, doch sie schaute von mir weg. Sie schloß die Augen, holte tief Luft. »Hast du mit Opa wegen dem Bungalow gesprochen, Danny?«

»Was ist damit?«

»Daß er vielleicht gar nicht da reinziehen will?«

Ich zuckte mit den Schultern. »Im Häuschen kann er ja nicht bleiben, oder?«

»Nein, allein käme er da nicht zurecht, Danny.« Sie sprach leise und sorgfältig, wie mit Lucy oder Katie. »Wie kommst du dann darauf, daß er allein in der Wohnung leben könnte?«

»Wegen uns«, sagte ich zu ihr. »Wir sind dann gleich nebenan.«

»Uns?«

»Ich. Richard. Mama und Papa.« Draußen hatten die Mädchen ihr Malen seinlassen. Lucy folgte ihrer Schwester den Rand des Gartens entlang, tat so, als gösse sie die Blumen.

»Du glaubst, Richard reißt sich ein Bein aus?« Die Mädchen standen vollkommen still da. In dem Blumenbeet war etwas. »Papa macht Nachtschicht. Mama hat jetzt schon alle Hände voll zu tun. Und jemand muß ihm die ganze Wohnung machen, für ihn kochen, die Wäsche. Du hast ja keine Ahnung, was das alles für eine Arbeit ist, Danny. Dein Omchen war praktisch seine Sklavin.«

Ich ging zur Verandatür. »Sie war keine Sklavin.«

»Sie war fertig, Danny. Das hat sie umgebracht. Deinen Opa bedienen, den Garten machen, das blöde Schwein. Das war zuviel für sie.«

»Es war ihr Schwein«, sagte ich. »Sie wollte es. Und den Garten. Das hat sie nicht für ihn gemacht.«

Rachael sagte leise: »Es war nicht ihre Art, sich zu beklagen, Danny.«

Meine Füße standen weich auf dem Teppich. Ich sagte nichts, schaute zu den Mädchen hinaus. Rachael wartete darauf, daß ich etwas sagte. »Also, wo soll er dann hin?« fragte ich schließlich. »In dem Heim ist er bloß auf Zeit.«

»Sie haben ihn auf Zeit aufgenommen«, sagte sie. »Aber wenn sie Platz für ihn haben, was offensichtlich der Fall ist, dann lassen sie ihn auch bleiben. Erst recht, wenn sie sehen, daß er sonst nirgends hin kann. Das ist das Beste für ihn. Da wird er ordentlich versorgt, und da hat er die Gesellschaft, die er braucht.«

»Vielleicht«, sagte ich. Ich ging hinaus, ließ meine Schuhe auf die Erde fallen. Katie stocherte mit einer Plastikkelle zwischen den Blumen herum, Lucy hockte neben ihr. »Was habt ihr denn gefunden?« fragte ich.

»Einen Igel«, sagte Katie.

»Paßt auf, daß ihr keine Flöhe kriegt.«

»Der hat keine Flöhe, der hat Stacheln.«

Ich band mir die Schuhe zu, trat auf den Rasen. Die Zäune um uns herum waren hoch, und die Mädchen waren im Schatten. Ich kniete mich neben sie. »Zeigt mal«, sagte ich und stützte mich auf die Ellbogen.

Rachael stand hinter uns in der Tür. »Wirklich, Danny. Ich weiß nicht, wie du dir das denkst. Du mußt zur Schule, mit ein bißchen Glück machst du deinen Abschluß und gehst weg, fängst was mit dir an. Das sind doch alles Träumereien. Du hast dir schon das Schwein aufgeladen und das Häuschen, und jetzt willst du dich auch noch um Opa kümmern.«

»Ja«, sagte ich. Der Igel hatte sich zusammengekugelt. Viele seiner Stacheln waren abgebrochen, wie die Borsten am Besen meiner Großmutter. Ich berührte einen, überrascht, wie stumpf er war. Katie trat einen Schritt näher. »Das ist ein alter«, flüsterte ich und zeigte auf die Stacheln. »Sieht aus, als hätte er einiges mitgemacht.«

»Er hat sich eingekugelt, weil er sich versteckt.«

»Was?« fragte Rachael.

»Der Igel da.«

»Also, ihr beiden«, sagte sie. »Rein jetzt, los.« Die Mädchen zögerten, blickten ihre Mutter an. »Los«, wiederholte sie und trat beiseite, als sie an ihr vorüberrannten.

Ich stand auf. »Scheiße, Rachael.«

Sie verschränkte die Arme. Gleich darauf sagte sie: »Die ganze Zeit, die du im Häuschen verbringst, Danny, hast du dir schon mal überlegt, was passiert, wenn die Leute merken, daß da keiner wohnt?«

»Was denn?«

»Die lassen es abreißen. Das weißt du doch genau, und wenn sie das nicht machen, dann verlangen sie Miete dafür. Zahlst du die dann?«

Ich zuckte die Schultern. »Mach dir da mal keine Sorgen«, sagte ich.

»Und die Rechnungen?«

Ich sah zu den Schlafzimmerfenstern des Nachbarhauses hin. Die Netzvorhänge waren mit blauen Bändern gerafft. An der Wand war eine Satellitenschüssel, um die Halterung ringelte sich ein braunes Kabel. Die Dachrinne war aus Plastik. Ich sah zu den Häusern um uns herum hin, die leeren oberen Fenster, verschiedene Vorhänge und Jalousien. Auf den Dächern waren Antennen, keine Schornsteine. Als Rachael seufzte, sah ich sie nicht an. »Kommst du oder gehst du?« sagte sie. Sie wartete, einen Fuß auf dem Wohnzimmerteppich. Offenbar erwartete sie, daß ich ihr folgte.

Ich ging zum Tor an der Seite des Hauses und schob den Riegel zurück. »Ich gehe«, sagte ich. »Bis dann.«

DREIZEHN

Eine Schachtel von Omchens Zigaretten lag noch auf dem Fensterbrett. Ich warf sie auf den Tisch, riß dann ein Streichholz am Herd an. Das Gas ploppte und brannte heftig. »Fühl dich wie zu Hause«, sagte ich. Surinder hängte ihren Anorak über einen Stuhl, zitterte, als sie sich setzte. Sie schlang die Arme um die Brust. Regenwasser tröpfelte ihr aus den Haaren. »Ich hol dir ein Handtuch«, sagte ich.

Küche und Bad hatten einmal ein Nebengebäude am andern Ende des Hofs gebildet. Nun war der Hof gänzlich umbaut und wurde Wintergarten genannt. Opa hatte den Umbau vor meiner Geburt gemacht, bevor die Stadt mit unserer Siedlung angefangen hatte. Er hatte das Material genommen, was er gerade kriegen konnte, und eine Wand aus unterschiedlich großen

Holzbrettern gebaut, die ein Fenster umschlossen. Die andere war aus Backstein. Das schräge Dach war aus Wellblech. Hier hatte Omchen ihre Geräte und ihr Gemüse gelagert. Ein paar Zwiebelzöpfe hingen von den Balken herab, Säcke mit Kartoffeln und Schweinefutter säumten die Backsteinwand. Überall blätterte die Farbe ab, und wenn es regnete, bildeten sich auf dem Linoleum Lachen.

Wenn Omchen am Herd stand, konnte sie durch eine einzelne Glasscheibe in den Wintergarten schauen. Die Küche hinter ihr war schwach beleuchtet und spartanisch, sämtliche Flächen waren mit gilbendem Resopal überzogen. Die Schränke hatten keine Türen, nur Regalbretter, die mit Geschirr und Kochtöpfen vollstanden. Neben dem Herd war ein Kalender angepinnt, mit Fett bespritzt und schon vor Jahren abgelaufen. Ihre Gummistiefel hatten ihren Platz unter dem Ablaufbrett. Ihr Regenmantel hing noch immer an der Tür.

Surinder saß da, einen Arm auf dem Tisch. Der Regen trommelte auf das Wintergartendach, rann das Fenster hinter ihr hinab. Ich legte ihr das Badetuch um die Schultern und knipste das Licht an. »Du läufst ja aus«, sagte ich. Um ihre Sandalen hatte sich eine Lache gebildet. Sie schaute hinab, blauen Rauch ausstoßend.

»Ob's hier wohl Tee gibt?« sagte sie.

Ich entzündete einen weiteren Gasring, füllte den Kessel. Eine Tischkante entlang war eine Linie brauner Flecken, wo Omchen ihre Zigaretten abgelegt hatte. Surinder setzte die ihre vorsichtig daneben und zog sich das Handtuch wie einen Schal über den Kopf. Sie stellte die Beine auseinander und beugte sich vor, rieb sich das linke Ohr. Eine Weile betrachtete ich sie, spürte die Klammheit in meinen Sachen. Dann drehte ich mich um und stellte einen Topf auf den Herd. Die Schlempe roch nach Fürzen, und ich erinnerte mich, wie Omchen sie, über den Rand spähend, mit der Hand umrührte. Manchmal zog sie eine angeschimmelte Kartoffel oder Karotte heraus, vielleicht einen Hühnerknochen. Mit angehaltenem Atem holte ich einen Holzlöffel aus der Schublade.

»Du hast gesagt, Schweine fressen alles.«

»Stimmt auch.«

Surinder warf die Haare zurück, strich sie mit beiden Händen glatt. »Warum kochst du's dann?«

»Tötet die Keime ab.« Ich stellte das Gas kleiner.

»Wird ja bloß wieder kalt.«

»Das soll es auch.« Ich konzentrierte mich auf die Schlempe, betrachtete die Blasen. Surinder nahm ihre Zigarette, inhalierte und seufzte tief.

»Was mache ich mit der Asche?«

Ich blickte mich um. »Tu sie in die Hand.«

»Die Hand?«

»Dann halt eine Untertasse.«

»Wo?«

Ich bückte mich und zog von einem der Regalbretter einen kleinen Teller, doch die Asche fiel, bevor ich hinkam. Surinder nahm noch einen Zug, und ich schob den Teller auf den Tisch. »Was ist?« fragte ich. Sie schüttelte den Kopf, blies Rauch aus dem Mundwinkel.

»Das Wasser kocht.«

Ohne zu reden, tranken wir unseren Tee. Als die Tassen leer waren, spülte ich sie unter einem Hahn aus und legte sie zum Trocknen auf das Abtropfbrett. Das Rohr gurgelte, als das letzte Wasser wegsank. Ich lehnte mich an die Wand und verschränkte die Arme, legte am Knöchel ein Bein über das andere. Surinder öffnete die Zigarettenschachtel, sah hinein und machte sie still wieder zu. Als sie anfing zu summen, sagte ich: »Soll ich dir jetzt das Haus zeigen?« Ich stieß mich von der Wand ab und wartete, doch sie blieb sitzen. »Surinder?«

Langsam drehte sie sich zu mir um, schnippte sich die Haare von den Augen. Sie weinte. »Komm erst her«, sagte sie. Ich ließ mich auf ihrem Schoß nieder, und ihre Arme umschlossen mich an der Hüfte. Sie legte mir das Gesicht auf die Brust. Nach ein paar Minuten sagte sie: »Du riechst nach Schweinesuppe.«

»Tut mir leid.« Ich rutschte herum, um mich leichter zu machen, legte ihr die Hände auf die Schultern. »Du riechst nach Parfüm.«

Surinder hob den Kopf, lächelte mich an. »Und dein Herz schlägt wie verrückt«, sagte sie.

Die Treppe war hinter einer kleinen Tür im Hinterzimmer verborgen. Sie sah aus wie ein Schrank, so als gäbe es gar kein oberes Stockwerk. Ich hob den Riegel und trat auf die erste Stufe, duckte mich unter dem Sturz. Surinder zögerte hinter mir. Sie zeigte auf die andere Tür, hinter dem Sessel meiner Großmutter. »Wo geht's da hin?« fragte sie mich.

Ich sagte: »Das ist ihr Schlafzimmer«, und sie nickte, ging aber nicht hin. »Du kannst es sehen, wenn du magst.«

Sie blickte zu mir, dann wieder zu der Tür. Sie zog das Gesicht zusammen. »Alles riecht nach alten Teppichen, hm?«

»Möchtest du's sehen?«

Sie schüttelte den Kopf. »Vielleicht nachher«, und ich ließ die Tür langsam hinter uns zuschwingen, nahm das Licht. Surinder packte mich am Hosenbund. Die Stufen knarrten, als wir hochstiegen. Früher hatte es da ein Geländer gegeben, aber ich konnte es nicht finden, die Wand war feucht unter den Fingern. Oben an der Treppe tastete ich im Dunkeln nach den Griffen und stieß beide Türen auf. Wir betraten das größere Zimmer, das nach vorn hinausging, und ich sagte: »Da haben Omchen und Opa geschlafen, früher mal.«

Bis auf einen Kleiderschrank, der sogar leer zu schwer zu transportieren gewesen war, war es unmöbliert. Surinder ging über die Dielen zum Fenster, zog mit dem Finger eine Linie durch den Schmutz. Sie drehte sich ganz um, betrachtete die Wände, als gäbe es da etwas zu sehen. Dann bückte sie sich und schaute hinaus. Leise sagte sie: »Das gießt ja in Strömen.«

»Ich hör's.« Unsere Stimmen vermischten sich mit dem Geräusch des Regens, hallten schwach.

»Die armen Ratten«, sagte sie. Sie trieben draußen in einem Eimer voll Regenwasser. Ich hatte sie aus dem Komposthaufen ausgegraben, sie mit dem Blatt von Omchens Schaufel unter Wasser gehalten. Surinder hatte von weitem zugeschaut, nicht gesehen, wie sie aussahen. Sie drehte sich um. »Wie kommen wir wieder zurück?«

»Genauso, wie wir hergekommen sind.«

»Aber es schüttet ja.«

Ich sagte: »Da hinten sind Räder.« Sie folgte mir ins hintere Schlafzimmer, wo die Räder an einem kleinen Schrank lehnten. Die Reifen waren platt, die Felgen rostzernarbt. Schutzbleche aus Metall umhüllten die Ketten, eine dicke Farbschicht überdeckte jedwede Verzierung. Am kleineren der beiden Räder war ein Korb. Am andern war eine Messinghupe angebracht. Wir traten zwei Schritte ins Zimmer, als Surinder plötzlich zusammenzuckte. Sie packte mich am Arm. Ich erhaschte die Bewegung im Spiegel. Sie starrte mich daraus an, die Augen aufgerissen, sich auf die Lippe beißend. Als sie anfing zu kichern, sah ich, wie ich lächelte.

Ich ging im Zimmer umher. Die Möbel waren schwer und dunkel, vollgestellt mit Nippes und Fotos. Die meisten Zierstücke erkannte ich wieder, von früher, als sie noch unten standen, als ich kleiner war. Da waren Uhren und ausgestopfte Tiere, ein altes Radio, Messingfiguren und Vasen, ein paar Aschenbecher vom Meer. Die Fotografien verblichen und mit Moderflecken gesprenkelt. Ich blickte hoch und sah eine Reihe Mützen und Regenmäntel aufgereiht an der Tür. An einer Wand hing ein Barometer neben einem alten Highland-Kalender, sie standen auf *Sonnig* und *Januar*. Hier hatte ich immer geschlafen. Surinder setzte sich aufs Bett und knuffte die Matratze. Ich beugte mich über die Fahrräder und drückte die Bremsgriffe, prüfte mit dem Daumen die Reifen.

»Die sind platt«, sagte sie.

»Ich weiß. Ich wollte bloß sehen … Ich könnte die Schlempe in dem Korb da holen.«

»Ja«, sagte sie. Sie legte die Hände in den Schoß und beobachtete mich.

»In einem Kübel«, sagte ich.

»Sonst würde sie ja durch die Löcher laufen«, sagte sie.

Ich schob mich zurück zum Bett und setzte mich neben sie. Unser Bild war im Spiegel gegenüber gerahmt, hinter uns die vertraute Tapete. Ich sah Surinder im Profil, wie sie mich ansah, lächelte. Ihre Hand legte sich mir um die Schulter. Sie zog mich nach hinten. Ich konnte den Regen in ihren Haaren riechen, den muffigen Geruch des Bettzeugs, der alten Teppiche. Lange lagen wir so in den Armen des andern, schwer atmend, ohne ein Wort. Ich sah, wie die Wolken draußen vorüberzogen, die Vorhänge sich bauschten und erschlafften, vom Zug erfaßt. Als ich kleiner war, hatte ich in diesem Bett wachgelegen, auf das Stahlwerk gehorcht, das Dröhnen des Hochofens, die Lokomotiven, die sich über die Weichen schoben, Metallrohre, die in den Hallen klirrten. Dann flüsterte Surinder mir ins Ohr: »Möchtest du?«, und ich löste mich von ihr und sagte: »Ja.«

VIERZEHN

Ich konnte mich nicht erinnern, daß meine Großmutter je Fahrrad gefahren wäre. Fast meine ganze Kindheit hindurch waren die Räder draußen in einem Schuppen abgestellt und mit einer Plane überzogen, wurden nie geölt oder bewegt. Als der Schuppen einmal in einem Sturm zusammengebrochen war, half ich mit, die Trümmer an den Rand des Gartens zu räumen. Es war Herbst und stürmisch; nasse Blätter wirbelten mir um die Knöchel und fetzten von den Bäumen. Mehrmals rutschte ich im Matsch aus. Während ich versuchte, ein Feuer aufzuschichten, brachte Omchen die Fahrräder hinein und trug sie nach oben in das hintere Schlafzimmer. Später brachte sie ein paar Fotos mit herab, eine Sammlung kleiner Schwarzweißbilder. Sie waren gemacht worden, bevor meine Mutter geboren war, und auf einem stand Omchen Schulter an Schulter mit Opa, klein und dunkel in der Sonne und hielt ihn an der Hand. Ihre Fahrräder waren an das Tor eines Kirchhofs gelehnt, und im Korb meiner Großmutter waren Blumen. Sie trug eine weiße Haube, die ihre Augen beschattete; Opa ging die Hose bis über den Bauch. Sie schienen zu lächeln. Hinter ihnen zeigte ein Straßenschild nach einem Ort namens Sprowston.

Zwei Wochen nach Omchens Beerdigung entdeckte ich die Fotografien in einem Umschlag hinten im Schrank. Ich steckte das Päckchen in meine Hemdtasche und nahm ihr Fahrrad. Ich wollte es nach unten bringen, es vielleicht hinausstellen. Doch es war nicht so leicht, wie ich es mir vorgestellt hatte. Das Vorderrad prallte von einer Wand zurück und schüttelte den ganzen Rahmen durch; das linke Pedal schlug mir gegen das Knie. Als ich durch die Tür am Treppenabsatz kam, machte ich einen Kratzer in den Lack, legte unter dem gelben Deckanstrich eine grüne Schicht frei. Ich stellte das Fahrrad am Kamin ab und durchwühlte die Fotos, bis ich das gefunden hatte, woran ich mich erinnerte. Ich stellte es auf den Kaminsims vor die Uhr, machte mich dann daran, die Reifen aufzupumpen. Es dauerte etliche Minuten, bis ich merkte, daß ich die Ventile lösen müßte, und als die Schläuche dann endlich aufgeblasen waren, taten mir Arme und Schultern weh, und an meinen Händen bildeten sich Blasen. Ich machte eine Pause, um zu Atem zu kommen, und öffnete das winzige hintere Fenster, um etwas Luft hereinzulassen. Später versuchte ich, den Sattel zu verstellen, doch die Muttern rührten sich nicht. Ich sah, daß das Kabel der Gangschaltung gerissen war, und wußte nicht, wie ich das reparieren sollte. Doch als ich den Schlempekübel in den Korb stellte, paßte er genau hinein, und das genügte. Zur nächsten Mittagszeit radelte ich los, um Opa zu besuchen. Er freute sich darüber, daß die Fahrräder noch im Haus waren, und war überrascht, daß ich mir Omchens Rad ausgesucht hatte. Die Fotos, erzählte er mir, seien bei ihren Flitterwochen entstanden; die Sonne habe die ganzen drei Tage geschienen, und in Yarmouth hätten sie sich mit Fischpackern aus Glasgow angefreundet.

Nachdem ich an dem Abend das Schwein gefüttert hatte, fuhr ich mit dem Fahrrad nach Hause. Ich lehnte es gegen die Terrassenplatten vor unserer Hintertür und ging in den Supermarkt. Ich kaufte eine Dose Fahrradöl, senkte den Blick, als Mr. Sidhu mich bediente. Seit Surinder mit mir im Haus meiner Großeltern gewesen war, war ich nicht mehr im Laden gewesen. Marjory zog sich im Hinterraum gerade ihren Ladenkittel aus und machte sich gehfertig. Mr. Sidhu war schon am Schließen, die Stahlrolläden waren schon halb unten. Als ich durch den Durchgang ging, hörte ich, wie sie hinter mir ganz geschlossen wurden, und begann zu rennen.

Unter der Treppe in unserem Haus hatte mein Vater in einer Keksdose ein wenig Werkzeug, säuberlich eingewickelt in graue Tuchstreifen. Ich ging damit hinaus in den Garten und drehte das Fahrrad auf den Sattel. Ich wählte einen Schraubenschlüssel aus. Während meine Mutter mir vom Küchenfenster aus zuschaute, zog ich die Bremsen fest, ölte die gesamte Kette sowie beide Achsen, pumpte noch mehr Luft in die Reifen. Die Sonne fiel flach über die Dächer der Häuser hinter uns und warf oranges Licht in unser Wohnzimmerfenster. Richard war kurz drinnen zu sehen. Er teilte die Jalousie mit den Fingerspitzen, zog sich zurück, als ich ihn sah. Mama kam in die Tür, verschränkte die Arme. »Na, du Schwerarbeiter«, sagte sie. Ich zuckte mit einer Schulter, drückte prüfend den Daumen auf den Vorderreifen. »Wo hast du das gefunden?«

Ich drehte die Pumpe vom Ventil. »Das war das von Omchen«, sagte ich.

Meine Mutter sah mir zu. Ich steckte den kleinen Gummischlauch in das Griffende, klemmte die Pumpe an den Rahmen. Ich trat zurück, um es zu betrachten, blickte dann zu ihr hin. Meine Hände waren schmierig. »Die wirst du ganz schön schrubben müssen«, sagte sie.

Das Scheuerpulver wurde meine Arme entlang grau, doch das Öl unter den Fingernägeln wollte nicht abgehen. Mama gab mir eine Nagelbürste vom Fach unter der Spüle, ächzte, als sie sich aufrichtete. Sie zog einen Stuhl heraus und setzte sich an den Tisch. Sie sagte: »Du verbringst viel Zeit in dem Häuschen, Danny.«

»Ja.«

Sie zündete sich eine Zigarette an, zog den Aschenbecher zu sich her. »Warst du auch heute nachmittag da?«

»Den ganzen Tag«, antwortete ich.

»Und wie steht's mit Essen?«

»Da ist welches«, sagte ich. Ich spülte meine Hände unter dem Kaltwasserhahn ab und sah in den Garten hinaus, wo das Fahrrad im Dunkel stand. »Jede Menge«, setzte ich hinzu.

»Hier ist auch jede Menge, Danny«, sagte sie. »Das meiste im Mülleimer.« Ich stellte das Wasser ab und trocknete mir die Hände am Geschirrtuch. »Ich habe dir Abendessen gemacht«, sagte sie. Sie hielt die Zigarette ein paar Zentimeter von der Lippe, den Ellbogen auf den Tisch gestützt. Als unsere Blicke sich trafen, hob sie das Kinn und inhalierte. Ihre Wangen waren schmal und warfen Schatten. Ihre Mundwinkel waren abwärts gezogen. Mir wurde bewußt, daß sie alt wurde; ihr Teint war grau, auch in ihren Haaren war Grau.

Ich sagte: »Das war nicht nötig, es in den Mülleimer zu schmeißen. Das hätte immer noch das Schwein fressen können.«

»Das Schwein«, sagte sie leise. Sie nickte, stieß ihre Zigarette in den Ascher. Nach einer Pause sagte sie: »Du bist zu häufig dort, Danny. Du solltest dich nicht mit so viel Sachen von alten Leuten umgeben. Das war das Haus deines Omchens. Ich finde, das sollte man jetzt ruhen lassen.«

Ich wischte mir die Arme am Handtuch ab. »Und was ist mit Opa?«

»Der geht da nicht wieder hin.«

»Einer muß sich um das Schwein kümmern.«

»Keiner muß das«, sagte sie und stand auf. »Einer muß sich um deinen Großvater kümmern, aber nicht um das Schwein. Um das Schwein muß sich keiner kümmern.«

Während der nächsten zwei Tage fuhr ich mit dem Fahrrad überallhin. Ich fuhr damit in die Läden zum Brotholen, strampelte durch die Straßen benachbarter Siedlungen. In der Innenstadt kaufte ich ein Kabel für die Gangschaltung und ein Schloß, wobei ich nervös die Eingangshalle im Auge behielt, wo das Fahrrad unbewacht stand. Dann fuhr ich hinaus aufs Land. Ich hatte keine Route im Kopf und kam, ohne anzuhalten, an mehreren Höfen vorbei, bog an Kreuzungen nach links oder rechts ab, ohne auf die Straßenschilder zu achten. Schweine sah ich keine, aber mehrere Felder mit Schafen und Kühen, ein paar Pferde, einige plattgefahrene Igel auf der Straße. Es war Schwerarbeit, der Sattel war breit und scheuerte an meinen Schenkeln, meine Beine wurden bald müde. Am ersten Hügel, an den ich kam, stieg ich ab und schob das Rad bis ganz nach oben. Grüne und braune Felder erstreckten sich zu beiden Seiten. Ich sah etliche gelbe Vierecke, einen kleinen See und am Horizont die blaugraue Silhouette der Stadt. So weit war ich noch nie gekommen. Ich fuhr im Freilauf den nächsten Hang hinab, flach über dem Lenker, sah den Asphalt unter mir dahinschießen. Der Wind flatterte in meinem Hemd und rüttelte am Fahrrad. Als ich unten ankam, stellte ich mich auf die Pedale und lachte, rollte der Hauptstraße entgegen. Die Bremsen hatten kaum Kontakt mit den Rädern, und ich mußte mit dem Fuß auf der Straße schleifen, womit ich das Fahrrad einige Meter hinter der Kreuzung zum Stehen brachte. Während ich die vierspurige Schnellstraße entlangradelte, beschloß ich, auch das Rad meines Großvaters zu reparieren und Surinder zu ermuntern, das von Omchen zu nehmen. Wir würden zusammen rausfahren, vielleicht Teds Hof suchen, ein Picknick mitnehmen und Bücher, die wir dann auf einem Feld lesen könnten. Das würde in Omchens Korb passen.

Als ich unsere Küche betrat, sagte mein Vater: »Nebenan ziehen Farbige ein, Danny.«

Er machte sich gerade einen Becher Tee, rührte den Beutel mit einem Löffel um. Mama hatte neben ihm auf der Arbeitsplatte das Essen gerichtet. Auf dem Hackbrett lagen Möhren und Schabsel, säuberlich geschnittene Kartoffeln in einem Topf voll Wasser. »Was?« sagte ich.

»Frag deine Mutter«, sagte er.

Ich sah mich um. Sie stand im Wohnzimmer, redete ins Telefon. Papa löffelte den Teebeutel heraus und ließ ihn in die Spüle fallen, warf den Löffel hinterher. Er nickte zu ihr hin und ging durch die Tür.

Ich stand in der Tür. Die Sonne schnitt durch die Jalousien und lasierte den Fernseher. Mama wedelte mit der Hand, auf das Gerät zeigend. Ich stellte es leiser. »Verstehe«, sagte sie dann. »Weil man mir was anderes gesagt hat, Tom.«

»Was sagt er?« fragte ich, doch sie winkte mir zu, still zu sein.

Mehrere Minuten lang hörte sie Tom zu, und alle paar Atemzüge machte sie ein kleines Geräusch durch die Nase. Das mochte Zustimmung oder Verärgerung bedeuten; ihr Gesichtsausdruck änderte sich nicht. Sie starrte in den Garten hinaus, eine Hand unter den Arm gesteckt. Als mein Bruder ins Zimmer kam, blickte sie sich nicht um. Er ging zum Fernseher und drehte das Gerät weg vom Fenster, stellte es lauter.

Mama sagte: »Ich sage nicht, du persönlich, Tom, das habe ich nicht gemeint.« Sie runzelte die Stirn. Die Adern in ihrem Hals zuckten, wenn sie sprach.

Ich lehnte den Kopf gegen die Wand, den Blick auf meinen Bruder und meinen Vater. Sie saßen nahe beieinander, die Beine ausgestreckt und an den Knöcheln überkreuzt. Früher hatten sie sich ziemlich ähnlich gesehen, als Richard zur Schule ging und mein Vater jünger war. Aber jetzt war die Ähnlichkeit nur noch gering. Surinder meinte, mein Bruder sehe aus wie ein Schwein, worauf ich zu ihr sagte, seine Manieren seien schlimmer. Sie meinte, er sei fast genauso fett. Neben ihm wirkte mein Vater müde und hinfällig, die Kleider zu locker, als wäre er geschrumpft. Seine Augen waren noch ganz verschlafen. Als Mama das Telefon wieder auf die Anrichte stellte, blickte er vom Fernseher nicht auf.

»Das kann ja wohl nicht recht sein, oder?« sagte sie. »Papa wohnt in dieser Stadt seit fünfzig nochwas Jahren, mindestens.«

»Siebenundfünfzig«, sagte ich.

Mein Vater räusperte sich und sagte: »Entscheide

dich mal endlich, Jean. Gestern noch wolltest du ihn nicht nebenan haben. Er wär besser aufgehoben in dem Heim, wo sie dafür bezahlt werden, daß sie sich um ihn kümmern.« Dann blickte er sie an und hob die Augenbrauen um Bestätigung. »Du wolltest deswegen mit dem Sozialarbeiter reden, weil er allein nicht zurechtkommen würde.«

Mama lehnte sich gegen die Anrichte. Sie gab keine Antwort, und ich sagte: »Also, was ist?«

Ihre Augen musterten forschend mein Gesicht. Leise sagte sie zu mir: »Die Pakistanis ziehen nebenan ein, Danny. Dein Opa wird da bleiben müssen, wo er ist.«

»Welche Pakistanis?«

»Woher soll ich das wissen? Spielt das denn eine Rolle?« Sie seufzte, fuhr sich mit der Hand durch die Haare. »Ich mach mal mit dem Essen weiter.«

»Ich hab die Kartoffeln geschält«, sagte mein Vater. Er trank von seinem Tee. Bald würde er seine Schuhe putzen müssen, sich zur Arbeit fertigmachen.

Mama zögerte und sagte dann: »Ich kann mich doch nicht auch noch um Papa kümmern, oder? Nicht noch zusätzlich zu allem andern.«

Mein Vater schüttelte den Kopf. »Nein, der hat's besser da, wo er jetzt ist. Das nebenan ist sowieso in keinem guten Zustand. So was nehmen doch bloß die Pakis.«

»Oder Danny könnte sein Schwein da reintun«, sagte Richard. Er machte die Augen schmal, legte den Kopf auf die Brust. So erzählte mein Bruder Witze, ohne zu lächeln, beim Fernsehen.

Mama sagte: »Am liebsten keins von beiden.« Ihr Gesicht war besorgt, die Stirn gerunzelt. Ich blickte an die Decke über mir, den Lichtanschluß, die Risse im Putz. Mir taten die Beine weh. Ich spürte noch immer das Fahrrad unter mir. Kopfschüttelnd ging ich zurück in die Küche und stieß die Tür hinter mir zu.

Unter der Spüle waren Reinigungsmittel und Sprühdosen, es roch nach Putzlappen und Politur. Hier hatte Mama den Schlempekübel hingestellt. Ich hob ihn auf die Arbeitsplatte und drückte den Deckel auf. Das Gemüsemesser auf dem Hackbrett war warm. Während ich die Schalen in den Eimer rechte, kam Mama herein und zündete den Gasring unter den Kartoffeln an. »Tut mir leid, Danny«, sagte sie.

»Was?«

»Das mit deinem Opa.«

Ich sah sie nicht an, sondern öffnete die Hintertür und ging in den Garten. Ich ging mit dem Schlempekübel zu Omchens Korb und schob das Rad zum Tor.

»Was ist mit Abendessen?« rief sie mir nach.

»Nicht nötig«, sagte ich.

FÜNFZEHN

Eine Woche oder noch länger schien ununterbrochen die Sonne. Jeden Nachmittag kam Surinder zum Häuschen zu mir, und wir gingen nach oben ins hintere Schlafzimmer. Der Himmel war fern und wolkenlos, ein vollkommenes Blau im Fenster, doch nach drinnen drang das Licht kaum. Wir lagen auf dem Bett, umgeben von Schatten und Kram, staubigen Spiegeln, dem anhaltenden Geruch meiner Großeltern. Die Bettfedern quietschten bei jeder Bewegung, und wenn wir miteinander schliefen, schaukelte das Gestell gegen die Wand. Hinterher unterhielten wir uns fast flüsternd.

Immer wenn Surinder kam, hatte sie eine Plastiktüte von der Bücherei dabei. Sie brachte Bücher über Geschichte und Geographie mit, alte Romane und Stücke, und machte sich Bleistiftnotizen an den Rand, schrieb lange Absätze in einen Spiralblock ab. Manchmal zündete ich mir eine Zigarette an und betrachtete sie. Öfter stöberte ich im Schlafzimmer herum, trank becherweise Tee, schaute in Schachteln und Schubladen.

Eines Tages entdeckte ich auf dem Schrank in einer Blechschachtel, die nach Arznei roch, ein Gärtnerhandbuch. Es war während des Krieges geschrieben worden und löste sich schon vom Deckel. Vorn drauf war ein verblaßtes V-Zeichen. *Graben für den Sieg!* stand oben auf jeder Seite. Ich saß auf der Matratze und blätterte die Kapitel durch, fand Rezepte und Warnungen, Gartentips für Anfänger. Ich lernte, daß man nach der Verdunkelung kein Feuer mehr machen durfte, daß alter Ruß auf den Sellerie- und Steckrübenblättern Fliegen und Käfer tötet. Die Zeichnungen zeigten immer dieselbe Gruppe von Menschen, rotwangig und gesund, die Haare dunkel und glänzend. Sie arbeiteten in karierten Hemden. Ihre Gärten waren laubig und sauber. Ich legte das Buch aufs Kissen und blickte zum Fenster hoch.

Vor dem Haus wuchs das Gras länger, Ampferblätter und Löwenzahn sprossen, ein paar dürre Disteln. Manchmal rupfte ich morgens eine Handvoll Unkraut aus dem Gemüsegarten, ließ es schrumpeln, wo es gerade lag. Während das Schwein fraß, bahnte ich mir einen Weg durch das Gemüse. Das Erdreich war feucht und blieb an den Absätzen kleben. In dem Dunst streiften mich die Blätter, und ich erinnerte mich an meine Großmutter, wie sie, halb vom Laub verdeckt, Erde von Zwiebeln schüttelte. Doch obwohl es Zeit gewesen wäre, zog ich nichts von dem Gemüse heraus; ich konnte mich nicht entscheiden, wo ich anfangen sollte. Später, wenn der Gestank aus dem Stall stärker wurde, blieb ich drinnen, reparierte Omchens Fahrrad oder lag oben mit Surinder.

Im Schlafzimmer war die Luft stickig und roch nach Zigaretten. Ich blickte auf unsere Schuhe und Sachen auf dem Fußboden, die Ascher und die Becher, eine Orangenschale in einer Suppenschüssel. In einer Ecke lagen die Seiten einer Zeitung verstreut. Im Spiegel sah ich unser Abbild, Surinder, die mit dem Gesicht nach unten neben mir lag. Träge schaukelte sie mit den Beinen in der Luft. Ein Deckenknäuel war ans Fußende des Bettes gerutscht, und ein Lakengewirr bedeckte sie bis zum Rücken. Als sie hersah, sagte ich: »Sollen wir ins andere Zimmer gehen?«

»Warum?« Sie schloß das Buch und drehte sich zu mir um.

»Es ist so düster hier.«

»Es ist überall düster«, sagte sie.

»Drüben haben wir Sonne.«

»Und Splitter im Hintern.«

»Wir nehmen die Matratze mit.«

Surinder erhob sich vom Bett. Sie reckte die Arme. »Okay«, sagte sie und sah zu, wie ich die Matratze aus dem Bettgestell zerrte.

Das Fenster im vorderen Zimmer ging nur mit Gewalt auf. Ich schlug fest mit dem Handballen darauf, und plötzlich gab es mit einem scharfen Knall nach. Das Sonnenlicht prallte vom Glas zurück, beschien das dunkle Holz des Schranks. Schmutzbröckchen funkelten auf den Dielen wie Sand. Ich sagte: »Das ist doch jetzt besser, oder?« Surinder stand in der Tür, in jeder Hand ein Paar Schuhe. Unsere Hosen hatte sie über den Armen, und unter jedem Ellbogen steckte ein Buch. Während sie die Tür zustupste, nickte sie und lächelte. Ich strich mit der Hand über die Tapete. Sie löste sich von den Wänden, ein Muster aus Blumen und Blättern.

»Aber weißt du, wonach es riecht?« sagte sie.

»Wonach?«

Die Bücher und Schuhe polterten auf die Dielen, als sie sie fallenließ. »Möhren.« Sie ließ sich auf die Matratze plumpsen.

»Ist das schlimm?« Ich legte mich neben sie.

»Ist okay.« Sie zuckte die Schultern. »Jedenfalls besser als Teppiche.«

Ich faltete die Hände hinter dem Kopf und lag lange da, den Blick zur Decke. Vom Fenster her breitete sich ein feuchter Fleck aus. Schmutz klammerte sich an das Lichtkabel wie ein Pelzüberzug, und die Birne war schirmlos, trüb-grau in der Sonne. Ich sagte: »Was ist dein Lieblingsgeruch, Surinder?«

Sie gähnte. »Die Stadtbücherei.« Ich wartete. Eine Wespe erschien am Fenster, schlüpfte unter dem Rahmen hindurch und verschwand.

»Sonst nichts?«

»Korianderbüschel. Nasser Koriander.«

»Und?«

Sie stützte sich auf einen Ellbogen, strich sich die

Haare über die Schulter. »Milchtee mit Kardamomschoten.«

»Und?«

Sie lächelte mich an. »Indien.«

»Was noch?«

»Das ist doch eine Menge«, sagte sie. »Indien ist riesig.«

Ich sagte: »Omchen hat Kräuter und so Sachen gezogen. Sie hat sie gepflückt, wenn das Wetter so wie jetzt war, wenn sie Blüten trieben. Ich hab ihr beim Blätterabstreifen geholfen.« Surinder beugte sich zu mir herüber. Sie musterte mein Gesicht, die Augen schmal, biß sich auf die Unterlippe. »Wir haben sie immer zu Bündeln zusammengemacht und draußen im Wintergarten aufgehängt, in die Ecke, wo es dunkel ist, und nach ein paar Wochen hat sie sie dann abgenommen, und wir haben die ganzen Stengel und Blätter auf Zeitungen zerkrümelt. Dann hat sie sie in die Arzneifläschchen gefüllt und unter der Treppe verstaut. Da müßten jetzt noch welche sein.«

»Aber wohl kein Koriander.«

»Eher nicht. Aber Minze und Rosmarin. So Zeug.«

»Und du hast ihr geholfen?«

»Ja.«

Sie grinste mich an, entblößte das Zahnfleisch, und ich sagte: »Was ist daran komisch?«

»Du bist ein Hippie.«

»Nein.«

Sie zog mit den Fingerspitzen ein Muster auf meiner Brust, blickte hinab, nicht auf mich. »Süß«, sagte sie.

Die Haare fielen ihr übers Gesicht. Ich konnte sehen, daß sie lächelte, aber als sie aufblickte, sagte sie: »Das Zimmer ist ja doch ein bißchen kahl, oder?«

»Ist ganz okay«, sagte ich, ihre Stimme nachmachend. Dann: »Was ist noch süß?«

Surinder langte über den Boden nach ihren Jeans. Sie bauschte die Beine und zog sie rasch über die Knöchel. Als sie stand, machte sie einen kleinen Satz und zog sie zu den Hüften hoch. Bevor sie die Tür aufmachte, sagte sie: »Ich mag deine rosa Brustwarzen.« Ihre Schritte waren laut auf der Treppe, und ich horchte, während sie in die Küche ging. Ich hörte, wie ein Topf oder Krug gefüllt wurde, das Wimmern des Wassers im Rohr. Die hintere Tür erzitterte, als sie aufging. Das Schwein fing an, vom Garten her zu grunzen. Ich lag da, die Hände flach auf dem Bauch, und schaute meinen Körper entlang. Ich ringelte die Zehen ein, balancierte einen Fuß auf dem andern. Ich schloß die Finger und untersuchte den Schmutz unter den Daumennägeln. Dann schaute ich in mein T-Shirt, auf die leichten Erhebungen meiner Brustwarzen, dazwischen ein paar helle Haarnester.

Surinders Sandalen lagen neben der Matratze, und als sie ins Schlafzimmer zurückkam, waren ihre Füße staubig von Erde. Sie hatte aus der Küche eine Glasvase mitgebracht, ein großes Büschel Blumen und Unkraut aus Omchens Garten. Sie ließ sich neben mich hinfallen, noch immer von der Treppe keuchend, und legte die Blumen auf die Matratze. Während ich mich auf meine Seite rollte, sagte sie: »Ich hab die Stiele mit den Fingernägeln abgeknipst.« Sie hatte von allem zwei genommen. Ich breitete die Stengel auf dem Fußboden aus und arrangierte sie der Größe nach. Wir suchten sie abwechselnd aus, stellten sie dann in die Vase. Die Köpfe der größten Blumen neigten sich herab, die der kleinsten versanken im Wasser.

Ich sagte: »Mein Bruder hat übrigens richtig große Brustwarzen. Der hat fast schon Titten.«

Surinder zog zwei lange Stiele aus der Vase, steckte sie dann wieder hinein, mehr zur Mitte hin. Die Blumen zurechtrückend sagte sie: »Er kommt in den Laden, aber ich kriege nie richtig mit, was er sagen will. Er grunzt.«

Ich sammelte die abgestreiften Blätter auf und ging damit ans Fenster. Als ich die Hände teilte, sagte ich: »Er ist dumm.« Die Blätter fielen als Klumpen in den Garten.

»Er ist schüchtern«, sagte Surinder. Sie hielt die Vase hoch, drehte sie langsam. »Er sieht einen nie an. Er wirkt immer richtig verlegen, wird von oben bis unten rot.«

»Das muß aber jemand anderes sein.«

»Nein, das ist er bestimmt. Ich habe ihn schon auf dem Nachhauseweg vor eurer Tür hocken sehen. In Pantoffeln und seinem Union-Jack-T-Shirt.«

»Der hat kein Union-Jack-T-Shirt.«

Surinder stellte die Vase am Kopfende der Matratze auf den Fußboden. Sie saß da, die Knie angezogen, die Arme darumgeschlungen. Sie starrte die Blumen an. »Dann hab ich's mir wohl eingebildet.«

Ich legte mich auf den Bauch und stützte das Kinn in die Hände. Schließlich sagte ich: »Das meiste davon ist Unkraut.«

Ihre Augen wandten sich zu mir. »Das meiste im Garten ist Unkraut«, sagte sie.

»Wir sollten etwas dagegen unternehmen.«

»Morgen«, sagte sie.

SECHZEHN

Es war wieder ein sonniger Nachmittag. Als wir aus dem Haus kamen, schlug mir ein warmer Hauch von Schweinedung entgegen und noch etwas Schärferes, das ebenfalls in der Brise schwebte. Ein paar Möwen kreisten über dem Bahndurchstich, schwenkten zur Müllkippe hinab, wieder hinaus in die Sonne. Hinter ihnen schimmerten die Steinbrüche. Ich krempelte die Ärmel hoch und lehnte mich an die Stallmauer. Das Schwein war in seinem Verschlag verborgen und kam nun in einem Strohgewirr heraus, voller Schlamm und grunzend. Seine Füße klackerten über den harten Boden.

Surinder sagte: »Ich hatte immer geglaubt, sie seien rosa, wie Würstchen. Ich fasse es nicht, daß es so behaart ist.«

»Es wird schon grau«, sagte ich. Ich streckte die Hand aus, und das Schwein rappelte sich hoch, preßte die Schnauze gegen meinen Handteller.

»Es ist schon grau«, sagte Surinder.

»Also weiß.« Ein Windstoß kam von den Steinbrüchen her. Ich konnte ihn schmecken. »Es stinkt auch«, sagte ich.

»Ist gar nicht so schlimm. Ich mag es ganz gern.«

Ich hob die Augenbrauen.

»Ehrlich«, sagte sie.

»Kannst es ja mit nach Hause nehmen.«

»Eher nicht.« Ihre Fingernägel schrappten, als sie das Tier am Hals kraulte. Sie trug Omchens Regenmantel und Gummistiefel, die Haare hatte sie unter eine karierte Mütze geklemmt. Ich hatte zugesehen, wie sie sich in der Küche ausgezogen hatte, in der Sonne. »Nicht in den Klamotten«, sagte sie.

»Du würdest dich wundern«, sagte ich zu ihr. »Das geht bis in die Poren, hält sich tagelang. Wahrscheinlich müssen wir ein Bad nehmen.«

»Wir?«

»Seife ist genug da«, sagte ich. Surinder lächelte, sah mich aber nicht an. Ihre Wangen begannen sich zu röten, und ich sagte: »Kratz es hinter den Ohren, mal sehen, ob es Läuse hat.«

»Wo!« Sie zog die Hand weg, trat zurück.

Das Schwein schnoberte und ließ sich auf alle viere fallen. Es ging zu seinem Trog hinüber, in den Schatten. »Ich meinte ja nur vielleicht«, sagte ich.

Wir gingen am Rand des Stalls entlang. Dicke Unkrautbüschel sprossen am Fuß der Mauer, und ich erblickte einen Stock, das Ende eines Besenstiels, der daran lehnte. Während das Schwein unter mir verharrte, Ohren und Schwanz gespitzt, fuhr ich ihm mit dem Griff gegen die Borsten, hielt danach Ausschau, ob sich etwas bewegte. Surinder legte das Kinn in die Hände. »Und?« fragte sie.

»Ich glaube, es hat keine«, sagte ich.

»Ich hab grade eine gesehen.«

Ich sah genau hin, stellte mich auf Zehenspitzen. »Zeig mal.«

»Zwei«, sagte sie und nahm die Mütze vom Kopf. »Wenn du glaubst, daß ich da reingehe…«

Aber da war ich schon unterwegs, rief ihr über die Schulter zu: »Schon gut, Omchen hat da so eine Flasche, funktioniert immer. Ich hab's gesehen.« Surinder sah mich zweifelnd an, schob die Mütze in die Tasche. »Wir brauchen sowieso die Schubkarre«, rief ich.

In der trockenen Luft des Gewächshauses ging alles ein. Omchens Tomaten waren gelb und hochgeschossen, hingen unter der Last von ein paar grünen Früchten herab. Ganze Reihen von Samentöpfen enthielten nur Erde. Ich nahm einen Margarinetopf und schlug damit gegen die Kante einer Bank. Die Erde löste sich als ein Klumpen, zerfiel mir zwischen den Fingern. Unter der Bank standen eine Gießkanne, Unkrautvernichter und Dünger. Als ich mich niederkniete, sah ich an der Seite in einer Ecke eine Flasche liegen. Sie war halb voll mit braunem Öl, fettbeschmiert und verdreckt. Auf dem Etikett stand Limonade. Als ich genauer hinschaute, entdeckte ich einen Fingerabdruck meiner Großmutter.

Surinder stand in der Tür, und ich sagte: »Der Deckel sitzt zu fest.« Eine Haarsträhne fiel ihr übers Gesicht. Sie blies sie weg und betrachtete die Töpfe.

»Müßtest du das nicht gießen?«

»Ich glaube, die sind hinüber«, sagte ich. »Wir kommen zu spät.«

Ich zog einen verdorrten Schößling aus einem Topf und warf ihn weg. Surinder betastete die Griffe von Omchens Geräten. »Soll ich dann einen Spaten nehmen?« fragte sie.

»Wenn du magst.« Ich gab ihr die Flasche. »Und das.«

Die Schubkarre schepperte über den harten Boden und rüttelte mir die Arme durch. Sie war schwer zu lenken und zog nach rechts, kippte fast um, als ich versuchte, nach links abzubiegen. Das Gesicht des Schweins erschien über der Stallmauer und verschwand wieder. Als ich pfiff, ließ es ein Schrillen los, dann wurde es ganz still. Am Tor wartete ich auf Surinder. Das Schwein war drauf und dran loszuschießen, stand reglos da, und als ich den Riegel zurückschob, flüsterte ich: »Laß es nicht ausbrechen!« und schob mich mit der Hüfte hinein. Die Karre zog ich hinter mir her. Surinder trat in die Lücke und stand dicht hinter mir.

»Die arme Agnes«, sagte sie.

»Agnes?« Das Tor rappelte in seinen Angeln, als ich es schloß. Das Schwein ging wieder in seinen Verschlag.

»Du müßtest es ab und zu mal rauslassen.«

»Es darf schon manchmal raus.«

Wie das Schwein in seiner Hütte so auf der Seite lag, wirkte es viel größer und länger. Ich mußte mich bükken, um neben es hineinzukommen. Surinder kauerte sich mit mir hin. »Wann denn?« fragte sie mich.

»Warum ist das denn so wichtig?« Ich schraubte den Deckel von der Flasche und goß dem Schwein das Öl der Länge nach übers Rückgrat, über beide Ohren und darum herum und rieb es mit einer Hand ein. Ich erinnerte mich noch daran, wie Omchen dasselbe getan hatte, den gerundeten Rücken mir zugewandt, und wie flink ihre Hände gewesen waren. Sie nahm sich selten die Zeit, mir etwas zu erklären oder auch nur zu reden, und so war ich mir nicht sicher, ob ich es richtig machte. Kaum hatte ich meine Hände befeuchtet, waren sie auch schon wieder in den Schweineborsten getrocknet.

Surinder sagte: »Na, wie fändest du es denn, den ganzen Tag eingesperrt zu sein, ohne Freunde, ohne eine Beschäftigung, nichts zu haben, worauf du dich freuen könntest?«

»Ich bin ja auch kein Schwein«, antwortete ich. Ich legte die leere Flasche auf die Seite und klatschte dem Schwein fest auf die Hinterbacken. Als es aufsprang, traf es mich mit der Ferse am Knie, ein heftiger Schlag. Ich fiel hintenüber. Surinder wollte mir zu Hilfe kommen, doch ich wedelte sie weg. Ich konnte kaum stehen.

»Geschieht dir recht«, sagte sie lächelnd.

Mit zusammengebissenen Zähnen humpelte ich zur Mauer, die an den Gemüsegarten angrenzte. Ein Schmetterling taumelte über Omchens Zwiebeln, verschwand im Schatten des Rhabarbers. Die Knollen guckten als silbrige Kugeln aus der Erde, und lange blühende Stämme schwangen von ihren Blättern aus. Anderes Gemüse erstreckte sich in Reihen zum Haus hin, Möhren und Kohl und Rosenkohl, alles im Frühjahr gesät und nun überwachsen. Ich legte die Hand über die Augen und blickte über das Gewächshaus hinweg zum Bohnenspalier. Es war in dichtes Laub gehüllt, von Nesseln eingeschlossen.

»Wenn du es rausläßt«, fuhr Surinder fort, »dann frißt es vielleicht was von dem Unkraut ab.«

»Sehr witzig«, sagte ich.

Der Dung des Schweins lag an der Mauer gegenüber aufgehäuft, gelb sickerte es daraus zur Mitte des Stalls. Als Surinder den Spaten nahm, ging ich zurück zum Gewächshaus, um eine Gabel zu holen. Ich begann bei den Zwiebeln, lockerte die Erde, zog kräftig unten an den Stengeln. Da waren Ampferblätter und Sternmiere, ein paar dürre Disteln, und auch die zog ich heraus, legte sie in eine Reihe längs der Zwiebeln. Ich leistete ganze Arbeit, und erst als ich am Ende der Reihe angelangt war, hörte ich Surinders Spaten auf dem Beton, ein hartnäckiges meißelartiges Kratzen. Das Geräusch war schon die ganze Zeit dagewesen, und als ich näher zu ihr hinging, sah ich, daß sie an getrocknetem Schutt herumhackte, entschlossen, ihn herauszuklopfen.

»Und was ist mit dem Haufen da an der Wand?«

»Erst mach ich das hier«, sagte sie.

»Aber das ist da schon seit Jahren, das ist doch Energieverschwendung.«

»Meine Energie.«

»Aber es ist doch sinnlos.«

Surinder seufzte; ihr Mund wurde schmal. Abrupt ging sie zu der anderen Mauer und stieß den Spaten tief in den Dung. Auf dem Weg zur Schubkarre fiel ihr ein großer Klumpen vom Blatt, und sie machte kehrt, um ihn aufzuheben, benutzte die Stiefelspitze dazu, wurde zunehmend ärgerlich. Ich ging zum Tor herum. »Soll ich es machen?« fragte ich.

»Das kann ich alleine.«

»Aber du sollst die Schubkarre zum Dung bringen, du machst es ganz falsch.«

Sie sagte zu dem Dunghaufen: »Guckt mir da einer zu?«

Als sie die nächste Ladung hob, sagte ich: »Ich.«

»Dann jäte dein Unkraut weiter.«

»Das waren Zwiebeln«, sagte ich. Ich blieb stehen, wo ich war, doch Surinder ignorierte mich. Mehrere Minuten lang trug sie den Dung noch weiter spatenweise über den ganzen Stall hinweg. Als sie die Karre schließlich zu dem Haufen fuhr, sah ich bei ihr ein Lächeln zucken. Sie löste sich die Haare und ließ sie übers Gesicht fallen. »Ich mach uns Tee«, sagte ich, doch sie gab keine Antwort.

Surinders Sachen lagen in einem Haufen auf dem Küchentisch, ihre Sandalen daneben. Während der Tee zog, faltete ich jedes Kleidungsstück nacheinander sorgfältig zusammen. Dann nahm ich die Becher in die eine Hand und eine steife Bürste in die andere. Pfeifend kam ich um die Seite des Hauses herum. Ich sah das Schwein erst, als ich fast davor stand. Der Tee schwappte heraus und verbrühte mir die Finger. Als ich mich bückte, um die Becher auf den Boden zu stellen, tat es einen hastigen Schritt zurück und dann noch einen, schnupperte nach meinem Geruch. Seine Augen waren in der Sonne blinde Pünktchen. Opa hatte mir einmal erzählt, daß sie die Welt durch die Nasenlöcher sähen, und wenn man einem Schwein auf den Kopf schlüge, käme das Gehirn durch die Nase heraus. Omchen sagte, sie sähen hervorragend, sie könnten den Wind wehen sehen. Ich leckte mir die Finger, und Surinder lächelte vom Stall zu mir her. »Warum hast du es denn rausgelassen?« schrie ich. Sie lächelte breiter. Das Schwein trappelte durch den Gemüsegarten davon, blieb beim Rosenkohl stehen, quiekte und rülpste. Es war sinnlos hinterherzujagen.

»Du hast meinen halben Tee verschüttet«, sagte Surinder.

»Es macht den ganzen Garten kaputt«, sagte ich.

»Weißt du doch nicht.«

Wir sahen zu, wie das Schwein eine Reihe Kartoffeln entlangwühlte. Es war aufgeregt und nervös, konnte sich nicht beruhigen. Zweimal hob es den Kopf, als habe es sich plötzlich erschreckt, spannte die Muskeln an und horchte. Dann raste es unvermittelt durch die Apfelbäume, versteckte sich an einer Stelle mit langem Gras. Ein paar Sekunden später trottete es, die Schnauze am Boden, wieder heraus. Surinder machte sich daran, den Stall auszufegen. Ich leerte die Teeblätter aus meinem Becher und trat meine Kippe aus. Im Verschlag des Schweins waren drei Ballen frisches Stroh aufgestapelt, die letzten eines guten Dutzends. Ich schlüpfte ins Dunkel und kickte die alte Streu weg, rechte mit der Heugabel einen neuen Ballen herab, breitete ihn um mich herum aus. Surinder häufte das verschmutzte Stroh auf den Dung, und als ich die Schubkarre aus dem Stall stemmte, stieß das Schwein von den Bäumen her einen Schrei aus und kam quer durch den Gemüsegarten zurückgaloppiert.

In der vom Haus am weitesten entfernten Ecke des Gartens kippte ich die Schubkarre um und machte mich daran, den Dung unter das Stroh zu mischen und ihn dann auf die Reste von Omchens Komposthaufen zu schaufeln. Auf der anderen Seite des Bahndurchstichs saß eine einzelne Möwe auf dem Plakat des *LeisureLand*. Aus dieser Entfernung konnte ich die Blasen im Anstrich erkennen, grüne Pilzflecken über der Schrift. Die Luft war schwer vom Gestank der Müllkippe, es wimmelte von Insekten. Als ich beim Aufschütten des Komposts eine Pause einlegte, sah ich, wie Surinder durch den Gemüsegarten zurückging. Ich wischte mir den Schweiß vom Gesicht und beobachtete sie. Sie hatte eine Schüssel in der Hand und ließ eine Spur Erdnüsse fallen. Das Tier folgte ihr in zwei Meter Abstand, und wenn es stehenblieb, blieb auch Surinder stehen, lockte es sanft weiter, den ganzen Weg zum

Stall zurück. Sie legte den Riegel am Tor um und wischte sich die Hände an den Ärmeln von Omchens Regenmantel ab, sah zu mir her, das Kinn erhoben, lächelnd. Ich klatschte Beifall, und sie machte einen Knicks, die Arme zu beiden Seiten ausgestreckt.

SIEBZEHN

Das Badezimmer war klein und ohne natürliches Licht. Eine einzelne Birne glomm an einem Halter, der über der Tür angenagelt war. Wände und Decke waren von feuchten Stellen gesprenkelt, und der Anstrich war gelb, zuweilen braun, so wie Zähne es werden. Als ich die Hähne aufdrehte, kam das Wasser stoßweise heraus, zunächst rötlich orange, dann rosa, während allmählich Dampf aufstieg. Der Durchlauferhitzer rappelte wie ein kleiner Motor, begann zu klopfen, als sein Gehäuse sich ausdehnte. Über dem Wannenrand lag eine Gummimatte, an einer Wand war ein Stahlgriff angebracht. Ich ließ die Matte auf den Fußboden fallen und zog mich rasch aus, wobei ich mich von Surinder abwandte. Sie knöpfte Omchens Regenmantel auf, ließ ihn von den Schultern gleiten und faltete ihn säuberlich zusammen. Bis auf die Unterhose und einen Armreif war sie nackt.

Während die Wanne vollief, fuhr ich mit der Hand durchs Wasser. Unbekleidet verspürte ich das Bedürfnis, viele Geräusche zu machen, und als ich hineinstieg, japste ich laut auf, noch lauter, als ich mich hinsetzte. Surinder stand dabei, einen Arm über den Bauch gelegt, die andere Hand am Schlüsselbein. Ich zog die Beine an, um ihr Platz zu machen, und ohne mich anzusehen, glitt sie ins Wasser, legte sich zurück, bis es ihr ans Kinn schwappte. Ihre Brüste ragten heraus. Sie schloß die Augen und legte den Kopf zwischen die Hähne.

»Ist das bequem so?« fragte ich.

»Nein.« Sie legte mir einen Fuß flach auf die Brust. Dicht unterm Hals hatte ich ein sonnengebräuntes Dreieck, Sommersprossen die Unterarme entlang. Die feinen schwarzen Härchen auf ihren Schienbeinen waren von dem Naß in Wellen gelegt. Ich begann, das Wasser mit Seife zu trüben, und sie sagte: »Haben dein Omchen und dein Opa zusammen gebadet?«

»Wenn, dann haben sie nur knapp reingepaßt.«

»Als sie jünger waren.«

»Sie haben sich immer ein Bad vor dem Kamin im Wohnzimmer eingelassen, aber das war zu klein. Sie sind nacheinander rein.« Ich strich ihr mit der Seife das Bein entlang und um die Kniekehle herum. Sie ringelte die Zehen auf meiner braunen Stelle. Während ich die Seife aufschäumte, sagte ich: »Schwer vorstellbar, daß sie mal jünger waren. Es ist, als wären sie immer alt gewesen, als hätte Opa immer im Rollstuhl gesessen. Der hat ja auch das Bad gebaut.«

»Das war sehr nett von ihm.«

Sie streckte mir ihr anderes Bein hin und ließ sich ein bißchen tiefer ins Wasser, wobei sie sich an den Wannenrändern festhielt. Unter den Armen hatte sie Haare, sie waren dicker als meine. Sie blickte auf das Schränkchen über dem Waschbecken. Der Spiegel war vom Dampf beschlagen. In einem Glasbecher stand eine einzelne rote Zahnbürste, die Borsten waren verblaßt und vom Gebrauch niedergedrückt. Ich sagte: »Das war die von Omchen, sie hatte sie jahrelang.«

»Hat sie auch ihre Stiefel damit geputzt?«

»Bloß die Zähne.« Ich säuberte sie sorgfältig zwischen allen Zehen. Meine Hand war breit und hatte rote Knöchel, ihr Fuß schmal, drei Finger breit. Ich drückte die Handfläche gegen ihre Sohle und maß die Länge. »Du hast winzige Füße«, sagte ich.

»Nein, du hast große Pranken. Warum hat sie sich keine neue Zahnbürste besorgt?«

»Sie hatte nur noch fünf Zähne, und die waren sowieso praktisch faul. Sie hat, wenn sie lächelte, immer die Lippen zusammengepreßt, und wenn sie mit einem redete, hat sie kaum den Mund aufgemacht. Sie hat sich deswegen geniert. Opa hat ihr immer wieder gesagt, sie solle sich ein Gebiß machen lassen. Immer hat er zu ihr gesagt, sie habe Mundgeruch.« Surinder machte große Augen, und ich sagte: »So schlimm ist er gar nicht. Komm doch mal mit, ihn besuchen – dann kannst du ihm sagen, wie gut es dir in seinem Bad gefallen hat.«

»Wie kommst du darauf, daß es mir gefällt?« Sie fuhr mit den Fingern durchs Wasser. »In einer Wanne mit Dreckwasser rumliegen? Mit dir? Reinliche Menschen duschen.« Ich kniff sie in den großen Zeh, und sie sagte: »Weiß er denn überhaupt von mir?«

»Er hat so eine Ahnung«, sagte ich.

»Aber richtig gesagt hast du es ihm nicht?«

»Das wäre peinlich.«

»Was?«

»Zu sagen: Opa, ich habe eine Freundin.«

»Und sie ist eine Paki.«

»Das habe ich nicht gemeint.« Ich ließ die Seife fallen, spürte, wie sie mir durch die Finger rutschte. »Das würde ihm sowieso nichts ausmachen«, sagte ich.

Surinder zog sich mit den Ellbogen hoch und drehte sich vor, bis sie kniete. Das Wasser stieg bis zum Wannenrand, klatschte ihr an die Hüften und auf den Fußboden. In einer Hand hatte sie die Seife. Als sie über mir kniete, sagte sie: »So denken sie doch alle, Danny.«

»Nicht alle.«

Sie hob eine Augenbraue, neigte den Kopf zur Seite. Sie sah mir nicht ins Gesicht, und während sie die Seife in den Händen rieb, sah ich auf ihre Brüste. »Mir gegenüber hat er so was jedenfalls nicht erwähnt«, sagte ich. »Und der sagt normalerweise, was ihm in den Sinn kommt. Ich glaube nicht, daß er solche Sachen denkt.« Sie rückte ein wenig näher, begann, mir die Schultern einzuseifen, den Nacken. Ich sagte: »Ich glaube, er verfolgt gar nicht richtig, was in der Welt so vor sich geht. Er lebt in der Vergangenheit.«

Surinder tupfte mir mit dem Daumen Seife auf die Nase. »Und du willst mit ihm in der Vergangenheit leben.« Sie beugte sich über mich, legte den Seifenrest auf dem Wannenrand ab. »Ich seh dich schon vor mir – als griesgrämigen alten Mann mit Mütze und schmuddeliger brauner Strickjacke, Schachtel Kippen, draußen das Schwein im Garten.« Sie schöpfte eine Handvoll Wasser über meine Schultern, spülte den Seifenschaum ab. Ich legte ihr eine Hand auf die Brust und ließ sie da, und als sie nichts dagegen unternahm, griff ich nach der anderen, wog ihr Gewicht, die hart werdenden Kringel ihrer Brustwarzen auf meiner Haut. Sanft drückte ich sie hoch. Ihre Brustwarzen erschienen in meiner Daumenbeuge, und als ich die Finger darumschloß, legte sie die Hände auf die meinen und neigte den Kopf, um hinabzuschauen.

Leise sagte ich: »Weißt du, wenn wir Omchens Bauern finden, dann könnten wir ihn wegen dem Decken des Schweins fragen.«

Surinder sah mir in die Augen, setzte ein kleines Lächeln auf und zog sanft meine Hände zum Wasser hinab. »Unsere eigene kleine Schweinchenfamilie? Was würden wir denn damit anfangen, Danny?«

Ich streckte die Hände nach ihrem Bauch aus, tätschelte ihn: »Sie mästen!«

»Soll das ein Witz sein? Kannst du dir das vorstellen?« Ich zuckte mit den Schultern. Sie zählte an ihren Fingern ab: »Die müßten alle zur selben Zeit gefüttert werden – also müßtest du schon mal mehr Schlempe machen. Die würden alle zur selben Zeit quieken und alle zur selben Zeit scheißen. Agnes würde völlig durchdrehen, und« – sie tauchte die Hand zwischen meine Beine und kitzelte mich – »am Ende würden sie alle in irgendeinem Supermarkt als Würstchen landen.«

»Aber für Agnes wäre es gut«, sagte ich. »Dann hätte sie Gesellschaft.«

Surinder richtete sich zu einer kauernden Stellung auf und ließ sich zurücksinken. Sie streckte die Beine zu beiden Seiten von mir aus. Das Badewasser plätscherte mir lauwarm an die Brust, und ich schob die Füße unter ihren Hintern, die Hände auf dem Wannenrand. Sie sagte: »Aber die Jungen würden einfach zerlegt und zu Frühstück werden, Danny. Aus denen würde Schinkenspeck, und mein Papa würde sie womöglich deiner Mama verkaufen, und die würde sie deinem Bruder machen, und der würde dann noch fetter werden.«

»Das ist doch in Ordnung«, sagte ich. »Ganz natürlich. Der Mensch muß essen.«

»Aber kleine Schweinchen?«

Ich klemmte ihre Knöchel unter meine Arme, drückte sie mir fest gegen die Rippen. »Und wenn es mit dem ersten Wurf gutgeht«, sagte ich, »dann könnten wir vielleicht unsere eigene Schweinefarm aufmachen, und du könntest die Bauersfrau sein.«

Sie grub mir die Zehen in den Rücken. »Und wer wäre dann der Bauer? Du etwa? Nichts da.«

»Warum denn?«

»Bauern sind Faschisten, die kleine Schweinchen umbringen.« Sie beugte sich vor und knuffte mich in den Bauch, ihre Brüste tauchten ins Wasser. »Unsere kleinen Schweinchen. Und überhaupt, du hast gesagt, Agnes ist alt. Das würde sie womöglich gar nicht überleben.«

»Vielleicht«, sagte ich. Dann: »Wahrscheinlich.« Surinder lag da, den Kopf zwischen den Hähnen. In der Stille hörte ich ein Geräusch wie von einer Autotür, doch als ich genauer horchte, war da nur das Summen des Kühlschranks, mein eigener Atem, ein hohles Tropfen vom Wassertank hinter uns. Die Luft im Badezimmer hatte sich geklärt, und das Badewasser war trübe, kalt, wenn ich mich bewegte. Ich blickte auf unsere Sachen auf dem Fußboden, die Zahnbürste meiner Großmutter, das streifige Glas des Spiegels darüber. Als ich Surinder ansah, lächelte sie. Ich sagte: »Sollen wir miteinander schlafen?«

»Danny!« Sie schlug mit dem Handrücken aufs Wasser, spritzte mir ins Gesicht. Ich hob die Arme, wollte schon zurückschlagen, doch da zog sie den Stöpsel an der Kette hoch. Ich zögerte. Sie bog die Knie, um aufzustehen, und spritzte mich wieder an. »Nur wenn du mir versprichst, ein Feuer zu machen«, sagte sie.

»Wo denn?« Ich hatte Wasser im Mund, es war lau und schmeckte nach Seife, leicht metallisch.

»Im Wohnzimmer.«

Ich spuckte in die Hand und tauchte sie unter Wasser. »Es ist mitten im Sommer«, sagte ich.

»Ich hab nasse Haare.«

»Die kannst du auch draußen in der Sonne trocknen.« Ich stand mit ihr auf. Sie legte mir die Hände auf den Hintern, preßte sich an mich. Ich schloß die Arme um sie und drückte zu. Die Wanne wurde rasch leer, das Wasser sog an meinen Knöcheln, während sie mich küßte. Im Rohr gab es ein Klappergeräusch wie von einem untertourig laufenden Motor, ein letztes Gurgeln aus dem Abflußloch. Surinder giggelte und brach plötzlich ab, als mein Bruder in der Küche meinen Namen rief.

ACHTZEHN

EIN PAAR TAGE, nachdem mein Großvater ins Heim kam, war meine Mutter ins Häuschen gefahren und hatte sein Schlafzimmer gesaugt und abgestaubt. Sie hatte die Vorhänge halb geschlossen und sein Bett abgezogen, die Zierstücke zurechtgerückt und die Spiegel geputzt. Omchens Pantoffeln und Nachthemden in einem Müllsack verstaut. Sie hatte mich nicht gebeten, ihr zu helfen, und bald darauf war alles wieder eingestaubt. Geblieben waren ein Geruch nach Mottenkugeln und Haaröl. Von Zeit zu Zeit ging ich hin und stand dann am Fenster, das Dämmerlicht, die Ruhe und Stille genießend. Surinder aber wollte nicht in dieses Zimmer, sie wollte nicht sehen, wo meine Großmutter gestorben war. Omchens Sessel stand noch immer neben der Anrichte. Von den Armlehnen war der Lack abgerieben, und die Kissen waren abgewetzt. Wo ich auch stand im Zimmer, stets war mir bewußt, daß er dastand. Wenn ich hinausging, warf ich noch schnell einen Blick darauf und zog dann die Tür hinter mir zu.

Als ich jetzt aus dem Bad kam, mir die Haare noch mit einem Handtuch trockenreibend, sah ich meinen Bruder vor der Anrichte hocken. Er hielt beide Türen offen und schaute hinein. Als er mich hörte, richtete er sich auf. Schweiß glänzte auf seiner Stirn, große feuchte Flecken breiteten sich von den Achselhöhlen aus. Ich sagte: »Was machst du denn hier?«, und er lächelte, weil ich wütend war. Er streckte die Hand nach dem Handtuch aus und tupfte sich den Hals, die Kinnlade damit ab.

»Wollte einfach mal sehen«, sagte er. »Sehen, was du so treibst.« Seine Stimme war heiser, und er begann zu husten. Ich lehnte mich gegen die Tür und drückte, bis ich den Riegel einschnappen hörte. Richard schlug sich beim Husten auf die Brust. Obwohl er im Gesicht dunkler geworden war, war er um die Augenränder und die Nase blaß. Er atmete durch den Mund.

Ich sagte: »Du wirkst ein bißchen erhitzt und bedrückt.«

»Ja.« Er warf mir das Handtuch zu, tippte mit den Fingern an die Kante der Anrichte. Er blickte hinab auf das Durcheinander von Aschenbechern und Vasen. Eine Uhr war darunter, die zu schlagen aufgehört hatte, als wir Kinder waren, ein kleiner schwarzer Wekker sowie mehrere gerahmte Bilder. Opas Hustenbonbons lagen in einer Obstschale. »Das liegt an diesem Wetter«, sagte er. »Geht mir nicht so besonders.« Er nahm ein Bonbon aus der Schale und langte nach einem Foto. Es zeigte ihn, als er fünf war, wie er im Sommer im Garten stand. Obwohl die Sonne schien, trug er einen wattierten Anorak, und die zugebundene Kapuze beschirmte ihm die Augen. »Wahrscheinlich war das das letzte Mal, daß ich hier war«, sagte er. »Hat sich nicht viel verändert. Dieselben Vorhänge, alles gleich.« Er blies den Staub von dem Bilderrahmen. »Jedenfalls derselbe Dreck.« Das Bonbon klackerte gegen seine Zähne. Auf der Treppe knarrte es.

»Der Dreck ist frisch«, sagte ich schnell. »Omchen hat das hier sauber gehalten, das war alles pikobello. Ich hab bloß nicht abgestaubt, weil das Schwein so viel Arbeit macht.« Mein Bruder sah auf meine Hand am Türknauf. Ich ließ ihn los. »Ich hab's gerade ausgemistet, deshalb hab ich gebadet.«

»Wenn du's sagst«, sagte er. Er drehte sich seinem Abbild an der hinteren Wand zu, einem runden Spiegel in einem schmiedeeisernen Rahmen. Er reckte das Kinn vor, strich sich über die Stoppeln. »Der Spiegel könnte auch mal ein Staubtuch vertragen, Danny. Aber das machst du ja wohl noch, oder?«

»Weiß nicht«, sagte ich.

»Solltest du aber.« Er zog die Tür von Omchens Schrank auf und strich mit der Hand über eine Stange mit ihren Kleidern. Sie hatten überwiegend Blumenmuster, wie Vorhänge oder Sesselbezüge. Er spähte darunter. »Hatte Joe nicht irgendwo hier eine Flasche?«

»Er hatte sie in der Anrichte.« Ein Wildlederstiefel fiel auf die Seite. Er war mit weißem Pelz gefüttert und der Reißverschluß war offen. »Du bringst Omchens Sachen durcheinander«, sagte ich.

»Ja, 'tschuldige.« Er stellte den Stiefel wieder richtig hin und machte die Tür zu. Ich erstarrte. Droben war eine Bewegung. Richard blickte über die Schulter. »Also, wo ist sie versteckt?« fragte er.

»Wer?«

»Die Flasche.«

»Du kommst zu spät«, erklärte ich ihm. »Opa hat gesagt, ich soll sie ihm mitbringen.«

»Na schön.« Er nickte, tastete jede seiner Taschen nach Zigaretten ab. Er zog eine Zehnerschachtel hervor.

Ich sagte: »Bist du deswegen hergekommen, wegen Alkohol?«

»Nein, du, nicht wegen so was.« Er zog einen Aschenbecher über die Anrichte, ließ sich in Omchens Sessel sacken. Er blickte sich im Zimmer um. »Hast's ja richtig nett hier, Danny. Ich glaub, ich komm einfach mit zu dir. Wir können ja mal in dieses Schweinezucht-Ding einsteigen. Was meinst du?« Er hielt die Schachtel zwischen Daumen und Zeigefinger. Ich schüttelte den Kopf, und er warf die Packung aufs Bett. »Rauch sie später«, sagte er. Er streckte die Beine aus. »Dir geht's gut hier, Danny, ehrlich, du bist hier fein raus. Mama hat 'nen Riß in der Birne, mit allem jammert sie einem die Ohren voll – ist es nicht das Staubsaugen, dann das Volk, das da nebenan einzieht, ständig stöhnt sie rum. Alles ist die große Krise.« Er schnippte Asche in den Aschenbecher, rieb sich ein Auge mit den Knöcheln. »Und die Pakis sind ja eigentlich gar kein Problem«, sagte er. »Wenn wir sie nicht wollen, dann lassen wir sie eben nicht her. So einfach ist das.« Er tat einen langen Zug an seiner Zigarette und legte den Kopf an die Sessellehne zurück. Der Rauch ringelte sich aus seiner Nase, und er senkte die Lider.

»Wie?« fragte ich.

»Was?«

»Wie willst du sie aufhalten, die Asiaten, wenn sie das Recht haben, hier zu sein?«

Mein Bruder lächelte, schlug aber nicht die Augen auf. Er wiederholte »die Asiaten« und zuckte matt die Schultern. »Du sorgst einfach dafür, daß sie sich nicht willkommen fühlen, Danny.« Sein Lächeln schwand langsam, und ich sah zu, wie seine Zigarette langsam zum Stummel abbrannte, während ich auf Geräusche von oben horchte. Das einzige Geräusch im Zimmer war sein Atem. Als er schließlich anfing zu schnarchen, stupste ich ihn mit dem Zeh am Bein. »In dem Sessel ist Omchen gestorben«, sagte ich zu ihm.

In der Küche spritzte Richard sich kaltes Wasser ins Genick. Er ließ Wasser in die hohlen Hände laufen und hielt sie sich ans Gesicht, ächzte, als er sich trocken schüttelte. Ich füllte einen Kessel aus dem Hahn, den er angelassen hatte, warf je einen Teebeutel in drei Becher. Mein Bruder räusperte sich. »Einen fürs Schwein, Danny?« fragte er.

»Was?« Er nickte zu den Bechern hin, und ich

merkte, wie ich rot wurde. »Das passiert mir manchmal. Ich hab immer für Omchen und Opa Tee gemacht.«

»Aha«, murmelte er und beobachtete mich, wie ich den Teebeutel in die Büchse zurücklegte. Ich schloß die Tür zum Wintergarten. Richard ging in der Küche umher, sah sich Sachen an, faßte sie an. Er hob den Deckel von dem Schlempetopf, kniff die Augen zusammen, als er hineinroch. »Was ist das denn, Danny? Suppe?«

»Schweineschlempe«, sagte ich.

»Ja?« Er zog eine Grimasse und sagte leise: »Stinkt jedenfalls wie Sau.« Er öffnete die Hintertür und spuckte auf den Beton. Tief Luft holend trat er hinaus. Ich hängte Surinders Becher an einen Haken und sah Richard nach, wie er zur Seite des Hauses herumging. Der Schatten einer Wolke glitt über das Stahlwerksgelände. Augenblicke später hörte ich ihn würgen, sich im Garten übergeben. Ich setzte mich an den Tisch und wartete darauf, daß das Wasser kochte.

Als ich ihm seinen Tee gab, nahm er ihn, ohne aufzublicken. Er saß auf dem Mülleimer, vorgebeugt und schwitzend. »Alles klar?« sagte ich.

»Wird schon.« Er hustete etwas Schleim hoch und spuckte ins Gras aus. »Gleich.«

»Hast du getrunken?«

»Nein, Danny. Seit Samstag nichts mehr.« Er blickte zum Himmel hoch. Eine Schwalbe tauchte unter der Dachrinne auf, flog über unsere Köpfe hinweg in den Garten. »Ist wahrscheinlich die Sonne«, sagte er. »Das Wetter, was weiß ich.«

Ich nickte. Fliegen hatten sich um die Stelle gesammelt, wo er sich erbrochen hatte. Die Hose, die er anhatte, gehörte zu seinem Anzug, und das Hemd war hinten herausgerutscht. Ich überlegte, was wohl mit seiner Jacke und der Krawatte passiert war. »Warum bist du eigentlich hier?« fragte ich.

Er zupfte an seiner Nase, unterdrückte ein Lächeln. »War bei 'nem Vorstellungsgespräch«, sagte er.

»Wo?«

»Drüben auf der anderen Seite der Schnellstraße, zwei Typen in 'ner Wellblechhütte.« Er blies auf seinen Tee. »Morgen in einer Woche fang ich an«, sagte er.

»Was denn?«

»Keine Ahnung.« Er zuckte die Schultern. »Arbeiten oder so. Die bauen da einen Themenpark, Danny.«

»Das ist doch gut«, sagte ich.

Er hielt meinem Blick stand, schaute dann kopfschüttelnd zu Boden. »Eigentlich nicht. Bloß kleine Fische.« Er seufzte lange und stand auf, neigte den Becher zum Garten hin. »Hab mir das schon früher mal angesehen«, sagte er. »Ist schon 'n Grundstück.« Wir gingen ein kurzes Stück den Kiesweg entlang, blieben bei einem Rhabarberbusch stehen. Ich wollte weitergehen, weg vom Haus, doch Richard blieb stehen, wo er war. Er starrte auf das Gemüse. »Wie lange haben die hier gelebt, Danny?«

»Siebenundfünfzig Jahre«, sagte ich. Ich warf einen Blick auf das obere Fenster. Nichts war zu sehen.

»Wahnsinn, wie das weitergeht.«

»Blödsinn«, sagte ich.

»Ja.« Er leerte seinen Tee in einem Zug und gab mir den Becher. »Wenn du Glück hast«, sagte er, »kann ich früher Schluß machen, komm dann vielleicht rüber und helf dir. Was meinst du? Machen ein florierendes Unternehmen draus – kleiner Hausgarten, da droben die Schinkenfabrik, du machst die ganze Arbeit und ich schreib die Schecks aus. Was sagst du dazu?«

Ich spitzte die Lippen, als dächte ich darüber nach, wich aber seinem Lächeln aus. Er sah mich unverwandt an. Ich riß ein Stück Rhabarberblatt ab und rollte es zwischen den Händen. »Die Schalotten da könnten jetzt wohl raus«, sagte ich und zeigte darauf. »Ich wollte es schon früher machen. Siehst du, wie sie gelb und schlaff werden?« Ich setzte mich zum Stall hin in Bewegung, und Richard folgte mir, die Hände in den Taschen. »Der Lauch müßte auch ausgedünnt werden«, erklärte ich ihm. »Kannst gleich damit anfangen, wenn du willst.«

Mein Bruder schüttelte den Kopf. »Wie gesagt, Danny, die Schufterei überlaß ich dir. Du reichst mir einfach die Scheine rüber, wenn wir Profit machen.«

Ich sagte: »Könntest mir ruhig helfen, wo du schon mal da bist, da gibt's 'ne Menge zu tun.«

»Danny, benimm dich! Hast mich doch gesehen, vor zwei Minuten hab ich noch gekotzt.« Er schüttelte den Kopf, und ich sagte nichts mehr. Das Schwein schnoberte vom Stall her. Ein kleiner gelbbrüstiger Vogel ließ sich auf dem Dach des Verschlags nieder, und Richard beäugte ihn aufmerksam. Einmal, als ich fünf oder sechs Jahre alt war, durfte ich mit ihm aufs Land,

Vogeleier suchen. Zu Hause hatte er eine Sammlung, bewahrte sie in einem Schuhkarton unter Watte auf, sie waren alle an beiden Enden mit einer Nadel durchbohrt. Er wollte sich mit ein paar Schulfreunden treffen, doch wir warteten fast eine Stunde, und sie tauchten nicht auf. Im Wald entdeckten wir Amsel- und Drosselnester, sahen auch einige von Tauben, die zu hoch für uns waren, und kamen mit leeren Händen nach Hause. Das war das letzte Mal, daß er hinging, und bald darauf stiftete er seine Eier einem Wohltätigkeitsbasar. Zu Hause in seinem Zimmer hatte er noch immer sein Vogelhandbuch. Es war das einzige Buch, das er besaß, und ich wußte, wenn ich ihn fragte, könnte er den Vogel auf dem Verschlag identifizieren. Doch ich schwieg. Ich blickte auf die Becher in meiner Hand, klackerte sie leise gegeneinander und wartete, daß er endlich ging.

Schließlich sagte er: »Neulich hab ich Craig getroffen, Danny. Der hat welche aus der Familie im Fleischgeschäft, meint, er könnte dir helfen, falls du Interesse hast.« Seine Stimme war vorsichtig.

Ich sagte: »Wer ist Craig?«

»Hast ihn mal gesehen. Ist 'n Freund von mir, fährt 'nen roten Transit.«

Ich zuckte die Schultern. »Kann mich nicht erinnern.«

Richard nickte. »Na, das Angebot steht jedenfalls, Danny. Das Schwein lebt auch nicht ewig. Laß dir's durch den Kopf gehen, das lohnt sich.«

»Kein Interesse«, sagte ich zu ihm.

»Dann nicht«, sagte er und klopfte sich die Hosentaschen ab. »Wo sind'n meine Kippen?«

»Die hast du mir gegeben, die sind im Haus.«

»Ich hätt gern eine unterwegs geraucht.«

»Kannst sie wiederhaben. Ich hol sie.«

»Nein, laß mal. Behalt sie nur.« Er zögerte, blickte über meine Schulter hinweg in den Garten. Sein Gesicht war bleich, doch auf der Stirn hatte er rote Flekken. Seine Augen waren blutunterlaufen, sahen ins Leere. Er lächelte in sich hinein und tätschelte mir den Arm, als er sich zum Tor wandte. »Vielleicht bis später«, sagte er. Er lächelte noch immer, als er den Riegel zuschob, doch er blickte nicht zurück. Ich sah ihm nach, bis er verschwand, bis Surinder aus dem Haus kam und sich neben mich stellte.

NEUNZEHN

Der Whisky brannte mir in der Kehle, mein Blick verschwamm. Ich leerte meinen Rest in Opas Glas und lehnte mich zurück, um auf ihn zu warten. Er war auf der Toilette auf der anderen Seite des Ganges. Als er die Kette zog, fuhr durch das Rohr eine Lärmwoge in sein Schlafzimmer, dann klackte die Toilettentür auf. Eine Frauenstimme rief vom Ende des Ganges her.

Opa antwortete: »Ja, was ist, Janet?«

Ihre Schritte tapsten näher, die Stimme redete, doch es ergab keinen Sinn. Ich blickte mich im Zimmer um, auf die glatten, kahlen Wände, das blaue Linoleum, den Einbauschrank, das Waschbecken. Er hatte keine Bilder, keine Zierstücke mitgebracht. Im Dunkel unter seinem Bett konnte ich seine Beinprothese liegen sehen, einen überschüssigen Stiefel und eine Bettpfanne. Ich sah zum Fenster hinaus.

Der Friedhof war still. Eine alte Frau in Regenmantel und Stiefeln ging zum Ausgang hin, den Kopf gesenkt, eine Kelle in der Hand. Ein Topf mit gelben Blumen wiegte sich im Wind, als sie daran vorbeiging, ein Vogel hüpfte aus dem Schatten in die Sonne. Die Frau sah aus wie meine Großmutter, nur größer.

»Ja«, sagte Opa dann. »Gut, Janet. Ja.« Er stieß mit seinem Rollstuhl die Tür auf und rollte sich ins Zimmer. Ich sah, wie Janet hinter ihm zögerte, noch etwas sagen wollte. Sie preßte die Hände zusammen, schaute mich an, wandte sich dann unvermittelt ab. Sie trug einen Morgenmantel, und ihre Haare waren ungekämmt. Opa schloß die Tür.

»Frau Dauerquassel, Junge. Sie hat keinen Schimmer, die ist schon bei den Feen.« Er manövrierte sich zum Bett. »Die war früher mal eine von Omchens Freundinnen. Dein Omchen hat sie auch nicht ausstehn können. Hatte nichts Besseres zu tun als in anderer Leute Sachen rumwühlen. Hat auch hier wieder die Nase reingesteckt.« Er lächelte. »Und was für eine große Nase. Ein Gesicht wie ein Mungohintern.«

Er stand auf und legte beide Hände aufs Bett, ruckte umher, bis er sicher stand. Dann ließ er sich langsam auf die Matratze nieder und saß eine Zeitlang mit rasselndem Atem schweigend da. Sein Gesicht war blaß. Als er sich nach seinem Glas umsah, reichte ich es ihm. »Bald gibt's Essen, Opa.«

»Ja, Junge«, sagte er. »Ja. Siehst du meine Uhr da?«

»Hier.«

»Die müßte mal aufgezogen werden, Junge.«

Die Uhr war schwer und golden, und auf der Rückseite war der Name des Stahlwerks eingraviert. Sie war eine Belohnung für lange Mitarbeit, und irgendwo in der Anrichte meiner Großmutter lag ein Zeitungsausschnitt von der Überreichung, fünfzig ältere Herren in Anzug und Krawatte, die in eine Kamera blickten. Opa war in der vorderen Reihe, o-beinig, die Hände an den Seiten. Die Uhr war dreißig Jahre alt.

Er sagte: »Ich kann sie nicht aufziehen, Junge. Ich hab sie vorhin gestellt, aber ich hab keine Kraft mehr in den Fingern.« Er setzte das Glas ab und zeigte mir seine zitternde Hand. »Schwach wie Wasser.«

»Ist halt ein bißchen knifflig«, sagte ich.

»Ja.« Er steckte sich eine Zigarette an. »Ja, Junge.«

Das Streichholz ging nicht aus, als er es schüttelte, sondern brannte im Aschenbecher weiter. Als er inhalierte, blieb ihm der Rauch im Hals stecken, und er fing an zu husten. Er langte hinter den Vorhang nach einem Becherglas und würgte einen Mundvoll Schleim hervor. Noch Minuten danach spuckte er in das Glas. Ich konzentrierte mich auf die Uhr, wollte nicht zu ihm hinsehen. Als er schließlich damit aufhörte, sagte er: »Ich sollte diese verdammten Dinger auf den Müll schmeißen, Danny. Das ist doch eine Krankheit.« Er hielt die Zigarette zwischen Daumen und Zeigefinger, legte sie dann am Rand des Aschenbechers ab. Während er das Glas versteckte, sagte er: »Hab ich dir schon mal erzählt, wie das angefangen hat, Junge?«

Ich schüttelte den Kopf. Er hatte es mir oft erzählt, und ich hatte die Geschichte in der Schule erzählt, aber ich mochte den Klang seiner Stimme, mochte die Bewegungen seines Gesichts und seiner Hände. Ein Tierarzt hatte sie ihm verschrieben. Er spielte damals Fußball.

»Ich stand im Tor«, sagte er. »Wir machten immer ein kleines Spielchen in der Mittagspause da, je nach Wetter oder vielleicht auch, wenn die Aufträge schlecht waren. Und ich holte mir 'ne Menge Schnitte und blaue Flecken an den Knien, weil ich immer auf dem Kies gehechtet bin. Weil wir da auf einem Kiesboden gespielt haben, ungefähr da, wo mal das Walzwerk war. Das war vor meiner Zeit in England, da war ich noch ein junger Mann. Und zusätzlich zu den Schnitten hatte ich auch noch Furunkel.«

Er rollte das Hosenbein hoch, zeigte mir sein Knie, das weiß und geschwollen war. »Man sieht noch die Narben«, sagte er. »Also bin ich zum Apotheker hin, der hieß O'Brien. Der war eher Tierarzt als Apotheker, ein Pferdedoktor, weißt du. Und der sagt: *Rauchst du, mein Junge?* Ich sag: *Nein.* Er sagt: *Hast du schon mal?* Und ich sag: *Nein.* Na, und die Furunkel haben geeitert und sie haben sich ausgebreitet, hier das Schienbein runter, auch an den Ellbogen. Und er diagnostiziert die Nerven. Er sagt: *Das sind die Nerven, Kleiner. Du hast Nervenbeschwerden.* Also verkauft er mir ein Pulver für zwei Pence und schickt mich nach nebenan. Da war ein Tabakladen – so eine kleine Bude – und daneben dann ein Schweineschlachter – der hat Kruste für'n halben

Penny die Tüte verkauft. Na, jedenfalls hab ich in dem Tabakladen 'ne Schachtel Woodbines gekauft, die sollten meine Nerven beruhigen. Ich hab sie in Fünferschachteln gekauft, auch einzeln, wenn ich klamm war, und später dann in Zehner- und Zwanzigerpackungen, und da war ich dann fürs ganze Leben süchtig. Ja, das war wahrhaftig lebenslänglich. Eine Tüte Kruste gleich am Anfang wär besser gewesen!«

Er rollte das Hosenbein wieder hinunter und nahm seine Zigarette. Ein langes Aschestück fiel ihm in den Schoß, er wischte es weg, verschmierte sich damit die Hose.

»Aber auch so sind die Furunkel lange nicht weggegangen, und eines sag ich dir jetzt, Junge. Wer mir die Kippen verkauft hat, das war nämlich O'Briens Schwager. Diese beiden Nichtsnutze haben schon die ganze Zeit unter einer Decke gesteckt, der Apotheker und der Tabakhändler! Also, seitdem trau ich keinem Tierarzt und auch keinem Apotheker mehr über den Weg, und auf Tabakhändler kann ich auch verzichten. Die Nerven, Herrgott noch mal. Ist ja kein Wunder!«

Er lachte, und ich sagte: »Habt ihr den Tierarzt mal wegen der Schweine holen müssen, Opa?«

»Wegen der Schweine? O ja, ganz häufig.« Er beugte sich vor, um sein Glas vom Schränkchen zu holen, und nahm seine Zigarette. Über den Rand seines Unterhemds lugten graue Haare. Er schlürfte laut und sagte: »O ja, mit dem Tierarzt mußt du dich gut stellen, wenn du Schweine halten willst. Oder überhaupt Tiere.«

Ich sagte: »Und wenn man sie decken lassen will?«

»Schweine decken?« Er lachte pfeifend. »Dazu brauchst du keinen Tierarzt, Junge!« Er blickte mich an, und als ich lächelte, sagte er: »Komisch, das mit den Sauen, Danny – die waren immer alle drei Wochen brunftig, und von dem Tag an, als der Eber sie deckte, bis zu dem Tag, als sie warfen, waren es genau drei Monate, drei Wochen und drei Tage. Alles Dreien!« Ich rechnete im Kopf aus, daß das dann Mitte November wäre. Opa sagte: »Hast du schon mal das Ding von einem Eber gesehn, Danny? Der Pimmel ist wie ein Korkenzieher geformt. Wirklich! Dein Omchen hat die Sauen immer furchtbar bedauert. Manchmal hatte sie ein ganz weiches Herz.«

Opas Blick trübte sich, und er stockte kurz. Als er die Zigarette ausdrückte, sagte ich: »Was wäre, wenn ich dieses Schwein decken lassen würde?«

»Dieses Schwein?« Sein Gesicht verdüsterte sich. »Ich glaube, bei dem geht das jetzt nicht mehr, Danny. Nein, damit würdest du wohl nicht viel Freude haben.« Er schüttelte den Kopf. »Nein.« Ich wollte ihn bedrängen, wartete aber ab. Er sagte: »Deinem Omchen hätte das nicht gefallen, Junge. Ich war schon lange dafür, das Vieh zu verkaufen, aber sie wollte nichts davon wissen. Sie hingen sehr aneinander, verstehst du? Sie wollte es in Frieden weiterleben lassen. Weil es schon damals ein gutes Alter hatte, war ein richtiger Veteran.« Er zwinkerte. »Wie ich und die Uhr – alt, aber gut. Ist doch so, oder, Junge?«

Ich nickte. Seine Uhr lief immer schlechter. Ich zog das Aufziehrädchen heraus und stellte sie nach dem

Wecker. Als ich sie ihm zurückgab, sagte ich: »Ich war jetzt öfters mit jemand von der Schule draußen.«

»Einem Schulkameraden, wie?«

»Wir versorgen es gut. Und kümmern uns um den Garten.«

»Ja.« Seine Lippen waren naß von dem Whisky. Er tupfte sich den Mund mit seinem Taschentuch ab und warf einen Blick auf die Uhr.

»Aber wir haben uns überlegt«, sagte ich, »daß wir noch Stroh und so brauchen, von dem Bauern.«

»Dem Bauern«, sagte er unbestimmt.

»Ted«, sagte ich. »Wir wissen nicht, wo wir ihn suchen sollen.«

Opa legte sich die Uhr um das Handgelenk. »Ted? Ich glaube, der hat draußen beim alten Dorf gewohnt, Danny. Irgendwo da drüben. Weil er nämlich viel von seinem Land an die Steinbrüche verloren hat, weißt du, die neuen Steinbrüche. Das ist schon lange her.« Ich wartete, während er sich eine neue Zigarette anzündete. Er schüttelte den Kopf. »Aber weißt du, dann haben sie nicht mehr die gleiche Erzqualität gefunden, Junge, und das war ein Teil der Schwierigkeiten. Die Anteile waren völlig verkehrt. Zu viel Lehm.«

»Dann weißt du also nicht, ob er noch da ist?«

»Wer?«

»Ted.«

»Nein, Junge«, sagte er. »Nein. Das kann ich dir nicht sagen, Junge.«

Ich nickte. In der langen Stille, die dann folgte, horchte ich auf das stete Ticken seines Weckers. Opas

Gesicht wurde ausdruckslos, wie blind. Seine Zigarette knisterte. Der Rauch wand sich an seinem Gesicht vorbei in die Sonne. Schließlich sagte ich: »Ist bald Zeit zum Essen, Opa.«

Er schielte auf den Wecker, blickte dann auf seine Uhr. »Ja, Junge.« Er schob einen Finger unter das Armband und rieb sich das Handgelenk. »Die gehört mal dir, Danny. Die Uhr. Ich sorge dafür, daß sie für dich weggelegt wird.«

Ich nickte.

»Massives Gold, weißt du.«

Er starrte mich an, bis ich »Ja« sagte.

ZWANZIG

ALS DIE WOLKEN über uns hintrieben, zogen wir, in Erwartung von Regen, die Schultern hoch, doch es fiel keiner. Der Wind kam in Böen, dann schien wieder die Sonne, eine plötzliche Wärme. Surinder machte ihre Jacke auf, und ich sah, wie der nächste Windstoß sie aufriß. Die Haare wehten ihr ums Gesicht, und sie kämmte sie mit den Fingern zurück. Ich schlug den Kragen hoch. Es war nicht der ideale Tag, um herzukommen, doch wir hatten schon Vorkehrungen getroffen, Sandwiches gemacht. Wir aßen sie, bevor wir zum ersten Hof kamen, saßen an einem Berghang unter einem klaren Himmel. Unsere Fahrräder lagen im Graben neben der Straße. Es wurde kalt, bevor wir unsere Cola-Dosen aufmachten.

Auf dem Hof waren wir von keifenden Hühnern

umringt, eingeschlossen in ein Viereck grauer Gebäude. Aus dem Dunkel eines Eingangs kam bellend ein Hund auf uns zu, die Kette über den Beton hinter sich herziehend. Surinder packte mich am Arm, und ich stand starr da, bis eine Frau hinter einem Traktor hervorkam. Sie hatte ein rotes Gesicht und lächelte und trug eine graue wollene Strickjacke, Gummistiefel, ein geblümtes Kopftuch. An ihrem Arm hing ein Metalleimer. Sie schimpfte mit dem Hund und sagte »Tut mir leid« in einem Akzent, der sehr verschieden von unserem war. Doch von einem Ted hatte sie nie gehört. Sie ging mit uns zum Tor zurück, ohne auf die Hühner zu achten, und zählte die Namen der Höfe in ihrer Umgebung auf. Dann zeigte sie zu einer Kreuzung, einem Mini-Kreisverkehr, und sagte, wir sollten der Straße nach rechts folgen. »Dort sind ein paar, aber von denen weiß ich nicht viel.« Als wir davonradelten, winkten wir ihr zu, und Surinder rief »Danke«, wobei sie fast vom Rad gefallen wäre.

Kein Auto kam uns entgegen, keines überholte uns, aber aus der Ferne drang das beständige Raunen des Nachmittagsverkehrs. Hinter den Hecken, jenseits der Gräben zu beiden Seiten waren Felder, grün und gelb, das Getreide neigte sich vor dem Wind. Wir radelten nebeneinander, und als Surinder bremste, um ein Bankett nach Blumen abzusuchen, hielt ich an und wartete, die Arme auf den Lenker gestützt. Später ging die Straße steil bergan, und Surinder stieg ab, um zu schieben. Sie schrie in den Wind: »Meine Beine bringen mich um!«, und nach ein paar Minuten kehrte ich zu ihr um. Als ich vom Rad stieg, sagte sie: »Hast du gewußt, als sie für den Burenkrieg Rekruten anwarben, daß sie drei Viertel der Leute wegen Plattfüßen abgelehnt haben?«

»Interessant«, sagte ich.

Sie nickte und hielt sich eine Hand gegen die Brust, während sie verschnaufte. »Und wegen schlechter Zähne. Das war in Manchester. Bloß daß das keine drei Viertel waren, sondern nur zwei Drittel. Aber« – sie hob lächelnd einen Finger – »als in Bradford ein Amtsarzt die Kinder an der Schule da untersuchte, fand er heraus, daß kein einziges sich das letzte halbe Jahr ausgezogen hatte! Ein halbes Jahr lang!«

Ich zuckte mit den Schultern. »Und was ist so schlimm daran?«

»Das ist ekelhaft. Die Engländer sind so dreckig!«

Unsere Fahrräder stießen an den Pedalen zusammen, und ich sagte: »Woher weißt du das denn alles?«

»Aus der Bibliothek, gestern.«

»Und was soll das?«

»Das ist Geschichte! Man sollte seine Geschichte kennen!« Sie langte in ihren Korb und schüttelte mir ihr Blumenbündel ins Gesicht. Etwas später sagte sie: »Das ist fürs nächste Schuljahr, Danny. Wir nehmen die Viktorianer durch, wir alle, auch du.«

»Aber wir sind nicht alle Streber«, sagte ich. Ich zog die Bremsen an und stieg auf mein Rad, stellte mich auf die Pedale und trat an.

»Das ist besser, als die ganze Zeit im Haus rumzuhängen«, schrie sie.

»Was ist denn so schlimm daran?« Ich balancierte mit dem Vorderrad, hielt mich auf den Pedalen im Gleichgewicht, bis Surinder aufgeschlossen hatte. »Ist doch ganz gut.«

»Mit Mama? Und dem großen Bruder aus Birmingham und dem kleinen Frauchen des großen Bruders?«

»Kein Problem«, sagte ich.

»Was weißt du schon! Du kennst sie ja gar nicht, das einzige, worüber die reden können, ist Heiraten und Kinderkriegen.«

»Heiraten und Kinderkriegen ist doch interessant.«

Sie lenkte ihr Rad gegen meines, und ich kippte zur Seite. »Für mich aber nicht«, sagte sie. »Schon gar nicht, wenn die Kinder noch nicht mal geboren sind. Da les ich lieber über räudige Kinder in Bradford.«

»Streber«, sagte ich.

Surinder lächelte. Sie zeigte in den Wind. »Da ist ein Mann in Gummistiefeln«, sagte sie.

Wo der Hügel in einiger Entfernung in die Ebene auslief, machte die Straße eine Kurve, in der ein Landrover vor dem Gatter zu einem Feld geparkt war. Die Fahrertür stand offen, und der Mann saß da, ein Bein auf den Boden draußen gestellt. Er schrieb in ein Notizbuch. Ich sagte zu Surinder: »Jetzt bist du dran mit Fragen«, doch sie schüttelte den Kopf und ließ sich hinter mich zurückfallen. Ich näherte mich ihm allein, das Fahrrad neben mir herschiebend. Da ich nicht wußte, was ich sagen sollte, stellte ich mich so hin, daß er mich sehen mußte, und wartete. Der Mann blickte aufs Feld hinaus, wobei er rasch zählte. Unter einem Anorak trug er eine Krawatte, grüne Gummistiefel, braune Kordhosen. Auf dem Sitz neben ihm lagen eine karierte Mütze und eine Zeitung, ein Fernglas. »Ja?« fragte er schließlich. Er machte einen Haken auf die Seite.

»Ich wollte Sie was fragen«, sagte ich. Ich kratzte mich an der Nase. »Wir suchen einen Bauern namens Ted. Ich wollte fragen, ob Sie ihn vielleicht kennen, wo er wohnt oder so. Ob Sie uns einen Hinweis geben könnten.«

»Ein Bauer namens Ted?« Er schraubte die Kappe auf seinen Füller und blickte zu Surinder hin. »Hat Ted auch einen Nachnamen?« fragte er mich.

»Ich weiß nicht.« Ich blickte über die Schulter, und Surinder fing an zu grinsen. Sie wandte sich von mir ab. »Das heißt, ich weiß ihn nicht. Aber er ist jetzt ziemlich alt.«

Der Mann nickte. Er tippte mit dem Füller auf das Armaturenbrett. Als er sprach, klang es, als wiederholte er sich, als hörten andere zu. »Na, ich weiß nicht, ob ich euch viel helfen kann. Das meiste Land hier gehört mir oder meiner Familie, und soweit ich weiß, gibt es hier in der unmittelbaren Umgebung keine Teds, weder alte noch junge. Jedenfalls keine Bauern. Vielleicht lauft ihr ja einem über den Weg, der so heißt, aber ich kenne keinen.«

Ich sagte: »Leben Sie hier schon lange?«

Er hob eine Augenbraue, schloß mit einer Hand sein Notizbuch. Ich konnte sein Aftershave riechen, Benzindämpfe von seinem Wagen. »Eine ziemliche Zeitlang«, sagte er.

»Und Ihnen gehört das alles?« Ich blickte über seine Felder, die fernen Hecken, abgestorbenen Ulmen. Eine graue Wolkenbank verdichtete sich am Horizont.

»Bis hin zu dem Kirchturm«, sagte er. »Ein bißchen weiter hinter uns.« Er hob das Bein in den Wagen und langte nach dem Türgriff. Er wartete, schwach lächelnd.

Ich nickte. »Na, jedenfalls vielen Dank«, sagte ich.

Er drehte den Zündschlüssel. »Keine Ursache«, sagte er und zog die Tür zu.

»Verdammt richtig«, sagte Surinder.

Von der Kuppe des Hügels aus konnte man den weißen Punkt von Omchens Haus ausmachen, Erdhaufen und Fabriken, das alte Stahlwerksgelände. Unter uns erstreckte sich eine dichte Matte Waldland, und dahinter begannen die Steinbrüche. Ich sah einen Vogel über ein Feld schweben, ein Getreidesilo in der Ferne, mehrere lange Plattenbauten. Surinder streckte den Finger aus und sagte: »Da ist der nächste Hof«, und wir begannen die Abfahrt; der Wind schlug uns entgegen. Sie ließ ihre Handvoll Blumen fallen, und wir drehten uns um und sahen ihnen nach, wie sie sich auf dem Asphalt verstreuten. Wir kamen an eine weitere leichte Steigung und traten in die Pedale. »Willst du nun was über Glasgow wissen?« fragte Surinder.

»Was ist damit?«

»Um 1880.« Sie holte tief Luft. »Da waren so viele Familien in so wenigen Häusern, da wohnten drei oder vier Familien zusammen in einem Zimmer. Die mußten im Schrank schlafen oder unterm Bett, überall.

Dann kam die Stadt und machte Zettel an die Türen, auf denen stand, wie viele da drin wohnen konnten, und dann bezahlten sie Leute, die mitten in der Nacht herumliefen und an die Türen hämmerten, bloß um sicherzugehen, daß alle legal drin waren. Die hätten sich nirgends verstecken können. Kannst du dir das vorstellen?«

»Da ist mein Opa hergekommen«, sagte ich.

»Deshalb sag ich's dir ja. Der könnte das noch wissen.«

»So alt ist er auch wieder nicht.«

»Aber fast.« Wir kamen an einem Umspannwerk vorbei und an einem Schild mit der Aufschrift *Leisure Land,* das von Laub und Zweigen halb verdeckt war. Wie die andern Plakatwände war es im Frühjahr vor zwei Jahren aufgestellt worden, und nun blätterte schon der Lack ab, bleichten die Farben aus. Surinder fuhr fort: »Die haben sowieso alle in Wohnungen gewohnt, richtigen Wohnungen aus Stein und so – Mietskasernen –, nicht wie deine Siedlung, aber sie mußten sich alle ein Klo auf dem Flur teilen. Die ganzen Leute zusammen ein Klo, die sind dann verstopft und übergelaufen, die Treppe runter. Ekelhaft. Und die Kinder sind ohne Schuhe rumgerannt und haben sich deswegen Ruhr und sonst alles mögliche geholt. Und da wird über Indien geredet!« Ein paar Meter weiter machte die Straße eine scharfe Biegung, und da war noch ein Schild, an einen Baum genagelt, mit der Aufschrift DURCHGANG VERBOTEN. Wir hielten an und blickten in die Richtung zurück, aus der wir gekommen waren, die schattige Straßenbiegung. Ich sah die weiße Farbe des Getreidesilos durch die Bäume flackern. »Da lang«, sagte ich. Hinter der nächsten Abzweigung traf ein Weg auf unsere Straße, der Zugang war mit einem Weidenrost versehen. Gelb und schwarz bemalte Steine liefen den Randstein entlang. »Sollen wir da rein?«

»Denk schon«, sagte Surinder.

»Jetzt bist du aber dran mit Fragen, ja?«

»Aber nicht, wenn ich nicht will.«

Ein Grasstreifen lief auf der Mitte des Wegs. Wir radelten zu beiden Seiten davon, die Köpfe gesenkt, schweigend. Der Asphalt war ausgefurcht und bröckelig und fiel an beiden Rändern jäh in einen Graben ab. Die Luft roch nach Feuchtigkeit, nach Schweinen irgendwo in der Ferne. Bevor wir an ein Gebäude kamen, trat ein Mann in blauem Overall zu uns heraus. Er wischte sich die Hände an einem Lappen ab. Er rief etwas Unhörbares, schrie dann erneut, wobei er den Kopf schüttelte. »Wir haben keine«, sagte er. »Ihr verschwendet nur eure Zeit.«

»Wie?«

Er blieb mitten auf der Straße stehen, stopfte sich den Lappen in die oberste Tasche. »Arbeit. Wir haben keine.«

»Nein«, sagte ich. Ich stieg vom Rad. »Wir suchen jemanden. Einen Bauern namens Ted. Wir wollten gern wissen, ob Sie ihn kennen.«

»Wen?«

»Ted«, sagte Surinder.

»Welchen Ted?«

»Das wissen wir nicht genau«, sagte ich. »Er war ein Freund meiner Oma.«

»So?« Mehrere Sekunden lang starrte der Mann Surinder an, sagte dann zu mir: »Und weiß deine Oma denn nicht, wo er wohnt?«

»Nein«, sagte ich. »Sie ist tot.«

Der Mann nickte, doch sein Gesicht veränderte sich nicht. Er sah mich ruhig an und sagte schließlich: »Also, sagen wir mal so, Junge, wenn ihr Privatbesitz unbefugt betretet, findet ihr ihn nicht, das ist schon mal klar. Und wenn ihr seinen Scheißnamen nicht wißt, findet ihr ihn auch nicht. Aber eins kann ich euch sagen, ein Ted arbeitet hier nicht, und Jobs gibt's hier auf gar keinen Fall. Das wüßte ich als erster, so oder so.«

Er holte tief Luft, und dann merkte ich auch gleich, daß wir jetzt gehen sollten. Ich zuckte mit den Schultern. Während ich den Lenker meines Rads drehte, sagte ich: »Sie würden uns wohl kein Stroh verkaufen, oder?«

»Stroh?«

»Wir haben ein Schwein«, sagte ich.

»Wer?«

»Wir beide.«

Der Mann lachte. Er schüttelte den Kopf. Ich hörte, wie hinter uns ein Auto heruntergeschaltet wurde, während es über den Weidenrost klapperte. Surinder sagte: »Da ist der Typ in seinem Jeep wieder«, und ging mit ihrem Fahrrad an den Straßenrand. Der Landrover blinkte uns an. Der Mann in dem Overall hob die Hand zum Gruß.

»Also, wenn ihr ein Schwein habt«, sagte er, während er unverwandt zu dem Auto hinsah, »dann sage ich euch gleich, daß ihr es nicht loskriegt. Das rührt keiner an. Wie füttert ihr es denn?«

»Mit Schlempe.«

»Habt ihr eine Bescheinigung?«

»Nein.«

»Dann besorgt euch mal eine. Und wenn ihr vorhabt, es wegzubringen, dann muß der Tierarzt das wissen.«

»Das weiß er«, sagte ich.

Ich hatte keine Ahnung, was er meinte. Er sah mich an und lächelte. Als der Landrover neben uns hielt, schlug er ihm zweimal auf die Motorhaube und machte kehrt, um zum Silo zurückzugehen. »Stroh braucht ihr jedenfalls keines, Herzchen«, sagte er. »Das ist das letzte, was ihr braucht.«

Der Mann in dem Auto hatte seine Mütze auf und redete mit mir, bevor ich ihn hören konnte. Er beugte sich herüber, um das Fenster herunterzukurbeln, und ich beugte mich zu meinem Spiegelbild hin. Ich lächelte höflich. Als das Fenster herabkam, erklangen Geigen, und eine Frauenstimme sang leise. Der Mann stellte das Band ab. »Ich sagte, ihr seid auf Privatbesitz, und ich wäre dir dankbar, wenn du dich mit deiner Begleiterin auf der Stelle davonmachen würdest. Ihr gehört doch sicher irgendwo hin.«

»Wir waren gerade am Gehen«, sagte ich. Surinder fuhr schon wieder Richtung Hauptstraße. Sie verschwand aus dem Blick, als der Landrover sich sanft in die entgegengesetzte Richtung in Bewegung setzte. Der Mann blickte starr geradeaus. Die Rücklichter leuchteten rot. Ich blieb noch einige Zeit, nachdem der Wagen weggefahren war, am Straßenrand stehen, sah vor mich hin. Dann kam der Regen. Die Rillen auf dem Weg füllten sich schnell mit Wasser. Als ich losfuhr, um Surinder zu folgen, merkte ich, daß mein Vorderreifen einen Platten hatte.

EINUNDZWANZIG

SURINDER WARTETE auf mich am *LeisureLand*-Plakat. Sie hatte im Schutz einer Buche die Arme um sich geschlagen. Der Regen prallte von der Straße zurück. Mein platter Reifen flappte auf dem Asphalt. Ich ging schneller, das Fahrrad schiebend, und als ich näher kam, rief ich: »Wo bist du denn hin?«

Ihr Achselzucken war wegwerfend. Sie hielt die Hand gegen den Himmel. »Wie sollen wir jetzt zurück?«

»Den hättest du hören sollen«, sagte ich.

»Das ist mir gleich, Danny.« Sie machte ihre Schultern rund und zitterte. Ihr Anorak war fast durchsichtig, schimmerte naß. »Ich will jetzt nach Hause.«

»Aber was ist mit Ted?«

»Welchem Ted?« Sie sah mich unverwandt an. »Das führt doch zu nichts, Danny.«

Ich wandte den Blick ab. Regentropfen fielen von den Blättern. Ein grauer Wolkenfetzen senkte sich von der Hügelkuppe herab. Ich sagte: »In ein paar Minuten ist das wahrscheinlich vorbei, es wird ja schon weniger.«

»Nein, Danny.« Sie starrte mich an, bis ich sie ansehen mußte. »Es wird schlimmer, und du hast einen Platten.«

»Also, wie kommen wir dann nach Hause?« fragte ich.

»Das möchte ich von dir wissen.«

»Genauso, wie wir hergekommen sind?« schlug ich vor.

»Das sind doch Meilen!« Der Regen wurde wieder stärker. Surinder blickte über die Schulter, in die Bäume. »Wir können da durch«, sagte sie.

»Mit den Rädern?«

»Die können wir vergessen! Wir können sie irgendwo verstecken und zurückkommen, wenn das Wetter wieder besser ist, morgen oder so. Ich bleib nicht hier, bis ich Lungenentzündung kriege, Danny, und ich laufe auch nicht im Regen heim.« Sie raffte ihre Haare zusammen, drehte sie ein und steckte sie hinten in die Jacke. Während sie den Reißverschluß bis zum Kinn hochzog, sagte sie: »Kommst du?«

Ich zuckte die Schultern, blieb stehen, doch als sie Omchens Rad unter das *LeisureLand*-Plakat hindurchschob, folgte ich ihr. Wir zwängten uns durch ein Dickicht aus Büschen und Bäumen und kamen an die Überreste einer Mauer, eine Steinhalde, hinter der das

Land unvermittelt abfiel und die Bäume höher wurden. Wir legten die Räder unter einem hohen Farnbusch auf die Seite. Ich wollte noch ein paar Stengel abbrechen, um sie zu tarnen, doch Surinder trieb mich zur Eile an. Der Boden war feucht und schwammig, und während das Unterholz dünner wurde, kamen wir an modernden Haufen Abfall und Kleider, verbrannten Baumstämmen, Überresten einer Höhle vorbei. Ich hob die Seite einer Zeitschrift auf, sie war voller Insekten und Samen. Ihr Glanz war matt geworden und die Farben nahezu weiß gebleicht, dennoch konnte ich deutlich die Form einer Frau ausmachen. Sie war schwarz, lag nackt auf einem Bett. Vor uns waren noch weitere Seiten verstreut, die meisten zerrissen, Teile von Bildern. Surinder wartete auf mich. »Was ist das?« fragte sie.

Ich hielt ihr das Blatt hin, und sie nahm es. Zunächst wurde sie daraus nicht klug. Sie hielt die Seite schräg und betrachtete die Rückseite, dann zeichnete sich Erkennen in ihrem Blick, und sie ließ es zu Boden fallen. Sie wischte sich die Finger an meiner Jacke ab. »Wo sind denn die ganzen niedlichen Dachse und Eichhörnchen und so?«

Ich sagte: »Nächste Woche fängt Richard hier an.«

»Im Wald?«

»LeisureLand.«

Wir kletterten eine Böschung hoch, hielten uns dabei an Baumwurzeln fest. »Das gibt's aber doch gar nicht«, sagte sie. Sie war außer Atem, und wir legten eine kleine Pause ein.

»Montag fangen die an.«

Sie machte meinen Bruder nach, redete, als wäre sie erkältet. »Ja, schuften oder so, schon recht, aber kleine Fische, Danny, ja.« Sie ging vor mir her. »Aber du hast doch gesagt, er wär Koch, warum verkauft er dann keine Hotdogs oder Burger oder so was?«

»Wem denn?«

»Den andern Arbeitern.«

»Die gibt's nicht«, sagte ich.

Wir wateten durch einen Abschnitt mit hohem Gras und Nesseln, die Hände in der Luft, und kamen schließlich auf eine Lichtung, an den Rand eines Sees. Er stank und war schwarz, auf der Oberfläche riesige Ölwirbel, die metallisch schimmerten. Mittendrin stand ein abgestorbener Baum, kahl vor dem grauen Himmel. Aus dem Regen war ein Nieseln geworden. Ich kickte einen Stein ins Wasser, und Surinder fragte mich: »In welche Richtung geht's jetzt nach Hause?«

»Das war deine Abkürzung.«

Sie zeigte zu einer rötlichen Erdkuppe in einiger Entfernung. »Vielleicht da rüber?«

»Vielleicht.«

Ich ließ zu, daß sie mich an die Hand nahm, und wir gingen von dem Wasser weg, einen Pfad aus Steinschutt entlang, der etliche andere, kleinere Seen säumte. Wir kamen an Schildern vorbei, auf denen NUR SCHLAMM stand, und während mein Blick die Schlingen und Linien des Öls entlangglitt, wurde mir bewußt, daß der Gestank der Geruch war, den mein Vater immer mit nach Hause gebracht hatte. Wir waren ganz in der Nähe der Steinbrüche. Ich klopfte meine Taschen nach Zigaretten ab, zog eine aus der Schachtel und hielt sie in der hohlen Hand.

Auf der Kuppe fanden wir einen Weg. Ich ging voraus, und Surinder sagte: »Was macht dein Bruder eigentlich, wenn er nicht gerade kotzt?«

»Nichts. Sitzt auf dem Hintern rum. Mam hat ihm eins draufgegeben, weil er nicht rechtzeitig zur Beerdigung gekommen ist, also saugt er jetzt als Wiedergutmachung die Wohnung, aber die übrige Zeit liegt er einfach bloß rum.«

»Wie du also?«

»Ich mache einiges«, sagte ich. »Ich bin ein Mann der Scholle.«

»Aber wann liest du denn dann die Lehrbücher, Danny, und machst dir Notizen und so weiter?«

»Die Bücher habe ich unterm Bett«, sagte ich zu ihr.

»Und?«

»Das Schwein versorgen, das ist richtige Arbeit.«

»Und?«

»Irgendwann«, sagte ich. »Vielleicht.«

»Du wirst noch genau wie er«, sagte sie.

Der Wind auf der Kuppe zerrte heftig an uns, und ich gab keine Antwort. Surinders Jacke legte sich eng über ihre Brust, knatterte laut an den Ärmeln. Ich stand hinter ihr und lehnte das Kinn auf ihre Schulter. Sie trat zurück in meine Arme, drückte sich an mich. Vor uns lag eine Landschaft, die von Altmetall und Geröll übersät war. Überall lagen Haufen mit Backsteinen voller Zement, rostende Rohre und Drahtspiralen. Wellblechplatten schnitten durch rote Erdhügel. Dicht vor uns stand ein verlassener Kran, an dem einen Meter über dem Boden eine Maschine hing. Ich sah einen umgekippten Blechhelm voll grünem Wasser daliegen, daneben einen steifen Gummihandschuh, wie eine Hand im Erdreich.

In dem feuchten Wind bekam ich meine Zigarette nicht an, also kauerte ich mich in den Windschatten des Krans. Wir gingen weiter, die Köpfe eingezogen, und ich sagte: »Was ist mit deinem Bruder, wann geht der wieder zurück?«

»In ein paar Tagen, ein paar Wochen. Keine Ahnung. Das sagt er nie.«

»Ist das der Arzt?«

»Nein! Er macht das gleiche wie Papa, hat auch so 'nen blöden Laden.« Ich hielt ihr die Zigarette hin, und sie schüttelte den Kopf. »Der Arzt ist der, der in Amerika lebt, der Hippie. Hab ich dir doch gesagt. Der hat sich immer auf dem Klo eingeschlossen und Cannabis geraucht. Dann hat er keinen Turban mehr getragen und ist zurück nach Indien auf die Suche nach natürlicher Medizin. Er haßt Pillen und verschreibt keine. Jedesmal wenn er da ist, schreit er Mam deswegen an. Sie nimmt gegen alles Pillen.«

»Meine auch«, sagte ich. »Ich hab geglaubt, da kommen die kleinen Kinder her, man nimmt eine Pille, um ein Kind zu kriegen.«

»Du würdest dich gut mit Raminder verstehen. Der ist auch voller bescheuerter Ideen.«

»Wer ist Raminder?«

»Der Arzt!«

Wir kamen an einem alten Waschbecken vorbei, einem Paar Stiefel ohne Schnürsenkel. Ein Stück vor uns sah ich die Überreste eines Bauernhauses. Es stand allein auf einer Anhöhe, ein Steinhaus ohne Dach. Durch zwei Fenster sah man den Himmel. Ich sagte: »Und warum wohnt dein anderer Bruder dann bei euch?«

»Der macht gerade Urlaub oder so was. Er will mit seiner Frau angeben, bevor sie fett und schwanger wird.« Sie zuckte die Schultern und nahm mir die Zigarette aus den Fingern. »Ich weiß auch nicht. Letzte Woche haben sie versucht, seinen Laden abzubrennen. Haben Benzin in den Briefschlitz gekippt.«

Ich sah auf ihr Gesicht, während wir gingen, doch sie sagte nichts weiter. Schließlich sagte ich: »Warum hast du mir das nicht gesagt?« und faßte sie am Arm, versuchte, sie anzuhalten. Sie ging weiter, blickte sich nicht um. »Surinder!« rief ich.

»Was denn!« Sie drehte sich halb um, hob die Arme in die Luft. »Ich hab's eben nicht gesagt«, sagte sie.

Ich hastete hinter ihr her, fiel mit ihr in Gleichschritt. Sie reichte mir den Rest der Zigarette und richtete den Blick in die Ferne, auf nichts Besonderes. Ruhig sagte ich: »Wurde jemand verletzt?«

»Nein. Allen geht's gut.«

»Weiß die Polizei davon?«

»Wahrscheinlich.«

»Wahrscheinlich?«

»Ja.« Sie tätschelte mir den Arm und sagte: »Ich hab

dir doch gesagt, daß die ständig bloß übers Heiraten und Kinderkriegen reden. Ich weiß gar nichts darüber.«

Ich schüttelte den Kopf, schnippte die Zigarette in den Wind. Sie leuchtete kurz auf, landete dann auf der Erde. Surinder sah auf den Boden und setzte ihre Schritte sorgfältig zwischen die Pfützen. Als wir uns dem Bauernhaus näherten, sagte ich: »Warum willst du nicht darüber reden?«

Ohne eine Antwort betrat sie das Gebäude. Drinnen war es nicht dunkler als draußen. Holzstürze und -rahmen faßten leere Türöffnungen ein, die Fenster waren eingeschlagen. Ein paar Querbalken saßen noch da, wo einmal das Dach gewesen war, und Teile der Wände waren schon eingefallen. Ein schwarz versengter Fleck in einer Ecke deutete auf einen Kamin hin, andere Spuren von Bewohnung gab es keine, keine Elektroleitungen oder Installationen, keine Tapeten. Auf dem Fußboden lag Stroh verstreut. Ich hob einen Halm auf und fuhr ihr damit seitlich übers Gesicht. »Surinder?«

»Danny!« Sie wandte sich abrupt um, riß mir den Halm aus der Hand. Ihre Augen waren naß, und als sie sprach, war ihre Stimme unsicher. »Da gibt's nichts zu erzählen. Niemand wurde verletzt. Niemand weiß, wer es getan hat. Der Polizei ist das eh scheißegal, und es ist sinnlos, daran rumzumachen. Also laß es einfach.«

»Wer macht denn daran rum? Ich hab doch bloß gefragt ...« Doch Surinder hörte nicht zu. Sie ging weg und stand in der Hintertür, an den Rahmen gelehnt, die

Arme verschränkt. Ihre steife Haltung sagte mir, daß sie wütend war, und wie ich so zu ihr hinsah, merkte ich, daß auch ich wütend wurde, bis ich schließlich sagte: »Leck mich doch!« und mich von ihr abwandte.

Draußen lehnte ich mich an die Wand. Der Himmel über mir war bis zum Horizont grau, die Wolken fast unbewegt. Ich blies mir auf die Hände und steckte sie mir unter die Arme. Nach ein paar Minuten ging ich zu einer Ecke des Hauses und zog mich auf einen Fenstersims hoch. Ich kletterte auf die niedrigste Wand, etwa zweieinhalb, drei Meter vom Boden, und richtete mich vorsichtig auf. Der Wind zerrte an mir, als ich mich langsam zum anderen Ende des Hauses vorarbeitete. Surinder blickte zu mir hoch, nahm mich aber nicht zur Kenntnis. Als ich direkt über ihr stand, ging ich in die Hocke und setzte mich. Wir blickten auf den ersten der Steinbrüche hinaus. Die Felsen wirkten blau und dann grau, waren in Stufen bis auf ein rotes Schlammbett ausgekratzt, das mit Reifenspuren überzogen war. Schatten krochen über die Konturen. Ich sah Wasser schimmern, eine Plastiktüte, die der Wind erfaßt hatte. Sonst regte sich nichts.

»Was meinst du, ist das Teds Haus?« sagte ich schließlich. Surinder gab keine Antwort. Mich fest an die Wand klammernd, beugte ich mich vor, bis ich sie sehen konnte. »Redest du nicht mehr mit mir?«

Nach einer langen Pause sagte sie »Nein!« und starrte weiter auf die Steinbrüche.

Ich setzte mich aufrecht. »Es tut mir leid«, sagte ich.

»Gut.«

»Willst du über schlechte Wohnungen in Glasgow reden?«

»Leck mich.«

»Heiraten und Kinderkriegen?«

»Das ist kein Witz, Danny.« Sie zog sich hinter die Wand zurück und hockte sich hin, zog die Knie ans Kinn. Sie blickte zu den Dachbalken hoch. »Papa ist überzeugt davon, daß ich nicht bis achtzehn durchhalte«, sagte sie. »Er glaubt, es ist ein Naturinstinkt, und jedes Mädchen sehnt sich danach zu heiraten, damit sie anfangen kann, Kinder zu machen.«

»Dazu muß man nicht heiraten.«

»Oder daß wir uns nur für Lippenstift und Make-up interessieren und für kleine Sachen zum ins Haus stellen. Wir suchen verzweifelt nach einem Ehemann, damit wir uns endlich das Gesicht anmalen können.«

»Das kommt schon eher hin.«

»Wer will sich denn das Gesicht anmalen? Oder den ganzen Tag damit verbringen, die Möbel abzustauben? Ehrlich, ein Beruf ist der einzige Ausweg, Lehrer oder so was. Arzt, wie Raminder.«

»Würden sie dich Ärztin werden lassen?«

»Warum nicht?« seufzte sie. »Unsere Tochter, die Intellektuelle, das fänden die toll. Sie wollen es nur nicht zugeben.«

»Dann machst du aber nicht die richtigen Fächer«, sagte ich. Ich schob die Beine über die Mauer, bereitete mich auf den Sprung zwischen zwei Balken hindurch vor. »Du müßtest Naturwissenschaften machen.«

»Dann halt Lehrerin.«

»Wofür?«

»Geschichte!«

Als ich mich abstieß, erhaschte ich kurz das Häuschen meiner Großeltern, die weißen Hallen des Industriegebiets. Ich landete hart, und die Zigaretten schleuderten aus meiner Jackentasche. Ein Platscher Regen traf auf den Boden neben ihnen auf. »Aber Geschichtslehrer sind doch Wichser.«

»Ich wär keiner.« Sie wartete, bis ich eine Zigarette angezündet hatte, und sagte: »Mach mir auch eine an.«

Wir saßen zu beiden Seiten der Türöffnung, die Füße vor dem Regen eingezogen. Der Himmel über uns war dunkler geworden. Ich sagte: »Wenn sie es toll fänden, daß du Ärztin bist, und es toll fänden, daß du verheiratet bist, warum machst du dann nicht beides?«

»Warum denn?« Sie lehnte den Kopf gegen die Wand und sagte dann: »Mama glaubt, damit man jemanden um sich hat. Das tun sie alle. Sie meint, es ist die einzige Möglichkeit, glücklich zu werden, ein geregeltes Leben zu führen und Teil einer Familie zu sein. Es ist ja nicht so, daß sie wunschlos glücklich wäre. Ständig schreit und schimpft sie und schmeißt Sachen rum. Das macht einen ganz verrückt. Eines Tages explodieren sie alle noch oder was.«

»Nicht alle Familien sind so.«

»Deine nicht, wahrscheinlich.«

»Immerhin ist Richard kein Hippie.«

»Der ist bloß ein Faschist.« Der Regen fiel in dicken Tropfen, spritzte an die gegenüberliegende Wand. Ich hielt meine Zigarette von mir ab und sah zu, wie das

Papier feucht wurde, sich aufzulösen begann. Als ich sie aus der Hand fallen ließ, reichte Surinder mir ihre. Sie sagte: »Mama ist sich so sicher, daß ich mal heirate, die hat in Indien ein ganzes Vermögen für mich beiseite gelegt. Alles Rupien. Das liegt da einfach so auf einem Konto. Sie ist entschlossen, daß ich so einen Typen aus ihrem Dorf in Indien heirate. Sogar sein Foto hängt bei uns in der Küche.«

»Das hast du noch gar nicht erzählt.«

»Ein fettes Schwein ist das.«

Ich sah Surinder über die offene Tür hinweg an. Sie starrte ins Leere, die Lider schwer, das Kinn auf den Knien. Ich versuchte, sie mir anders vorzustellen, als Frau von einem, den ich nicht kannte, und ich sagte: »Aber du wirst doch nicht heiraten, oder?«

»Dich jedenfalls nicht.«

»Das hab ich auch nicht gemeint.«

Sie blickte sich um, sah mich unverwandt an. »Warum nicht?«

Ich sagte: »Ich dachte, wir reden über den Kerl, der bei euch in der Küche hängt.«

»Mit anderen Worten, du willst nicht.«

»Was?«

»Mich heiraten.«

Ich stand auf. »Wir werden ganz naß«, sagte ich. »Sollen wir zurück?«

»Dann werden wir noch nasser!«

»Wir können im Häuschen trocken werden. Das ist nicht mehr weit. Komm.«

»Erst mußt du mir antworten.«

»Surinder!«

Sie schlang die Arme um die Beine. »Du wolltest doch übers Heiraten und Kinderkriegen reden.«

Ich starrte zu ihr hinab. Ich zitterte. Eine Minute verging oder mehr, dann sagte ich: »Kommst du jetzt oder nicht?« Sie gab keine Antwort, und ich ging ohne sie los, zunächst schnell, doch die Erde sog sich voll Wasser und zog an meinen Absätzen. Als ich versuchte, schnell zu laufen, rutschte ich aus und fiel nach vorn, landete, die Hände zu beiden Seiten einer Pfütze. Als ich aufstand, schaute ich zurück und sah sie klein in der Ferne, wie sie sich einen Weg durch den Schlamm bahnte, die Arme über der Brust verschränkt. Ich schrie ihr zu, sie solle sich beeilen, doch sie schaute nicht auf. Ich drehte mich um und ging weiter, die Schultern im Regen hochziehend.

ZWEIUNDZWANZIG

An einem Nachmittag in der Woche danach ging ich wieder in den Wald, die Fahrräder holen. Surinder hatte nicht mitkommen wollen. Sie hatte gesagt, sie wolle einen Tag in der Bücherei verbringen, etwas über die Viktorianer, das britische Empire lesen. Sie hatte gesagt, ich solle mitgehen, wir sollten uns an der Bushaltestelle treffen. Ich hatte genickt und »vielleicht« gesagt, war dann aber zum Häuschen gefahren. Ich aß mein Mittagessen in der Küche, ein Schulbuch neben mir auf dem Tisch. Krümel fielen auf die Seiten, aber was darunter war, las ich nicht. Es interessierte mich nicht. Als ich den Tee trank, beobachtete ich eine Wolke kleiner Fliegen, die über dem Deckel des Schlempetopfs kreisten. Braune Käfer taten sich an den Spritzern am Fuß des Herds gütlich, und an einer

Fußleiste hatte sich schon Schimmel gebildet. Bevor ich zu den Steinbrüchen aufbrach, wischte ich den Tisch mit einem feuchten Tuch ab, leerte die Krümel in die Spüle.

Der Boden war nun trocken, die Luft ruhig und warm. Ich ging schnell, blickte geradeaus, und als ich an den ersten der Erdhügel kam, stapfte ich ohne Unterbrechung bis ganz hinauf. Ich hatte mir nicht überlegt, wie ich mit beiden Rädern wieder nach Hause kommen sollte, nur daß ich sie Surinder zeigen wollte, geputzt und repariert. Als ich mich von der Kuppe aus umschaute, wurde mir klar, daß ich sie nicht über diesen Boden schaffen würde. In der Ferne waren Arbeitergruppen, Lastwagen und Bagger. Ich nahm an, daß sie damit anfingen, die Trümmer abzuräumen, die Erdwälle zu planieren. Es war zu weit weg, um Richard zu erkennen. Ich rutschte den nächsten Hang hinab, Geröll fiel hinter mir her, und rannte los. Der Gestank der Seen kam ganz plötzlich. Ich sah ein totes Tier, das Fell mit Öl verfilzt, und hielt mir die Hand vors Gesicht. Als ich an die Stelle kam, wo wir aus den Nesseln herausgekommen waren, war ich benommen und verschwitzt. Ich blieb stehen und hockte mich hin, um zu verschnaufen. Als mein Kopf allmählich klar war, zündete ich mir eine Zigarette an.

Unter dem Dach der Äste war es feucht. Das Licht fiel fleckenweise herein, schimmerte in den Flechten auf der Rinde der Bäume. Ich sah Blumenbüschel, leuchtend rote Pilze, einen Stapel altes Bettzeug. Dann noch Chipstüten und Bierdosen. Mehrmals glaubte ich, einen bestimmten Baum oder eine Bodensenke wiederzuerkennen, einen Weg durch die jungen Bäume und das Unterholz, doch jedesmal stapfte ich noch tiefer in den Wald. Dann fand ich eine Kugel zerknülltes Papier, eine Seite aus einer Zeitschrift, das Bild, das ich Surinder gezeigt hatte. Durch einen Spalt in den Büschen vor mir konnte ich die Überreste der Höhle erkennen, an der wir vorbeigekommen waren, und als ich darauf zuging, bemerkte ich eine Platte Wellplastik, die groß genug gewesen wäre, uns als Dach zu dienen, sowie einen kaputten Liegestuhl und einige Küchengeräte. Der Graben in der Erde war ungefähr einen Meter tief, und der Boden war mit einem Teppich bedeckt. In der Ecke stand ein Stapel nasser Zeitungen. Ich stellte mich an den Rand und sprang hinab.

Kurz nachdem wir in unsere Siedlung gezogen waren, hatten ein paar ältere Jungen mich zu so einer Höhle mitgenommen. Ich sollte ihr Gefangener sein. Die Höhle war in einem Waldstück hinter den Spielplätzen der Schule verborgen, auf einem Land, auf dem bald Häuser stehen sollten. Die einzige Lichtquelle war der Eingang, ein Loch im Boden, das sie mit Zweigen abgedeckt hatten. Drinnen war ein Stück abgebrochene Leiter, und an eine Wand waren Tapetenstreifen geheftet. Eine Reihe Steine auf dem Boden verhinderte, daß die Tapete sich nach oben rollte. Sie war kalt und feucht und roch nach Lehm, und als ich anfing zu weinen, sagten die Jungen, ich solle statt dessen den Eingang bewachen. Sie saßen unten im Düstern, als warteten sie auf etwas, und lasen von einem Stapel Comics. Anschließend schworen sie mich auf Stillschweigen ein und sagten, ich dürfe nicht allein herkommen. Aber ich ging nicht wieder hin. Am Wochenende darauf versuchte ich, mir meinen eigenen Bunker im Garten meiner Großmutter zu graben. Opa sagte, wenn ich tief genug grübe, würde ich womöglich in Australien wieder herauskommen. Meine Großmutter meinte, Indien sei näher.

Die Zeitungen, die in dieser Höhle aufgestapelt waren, waren durchnäßt, und als ich die obersten wegstieß, sah ich, daß sie alle identisch waren. Es war eine alte Ausgabe des lokalen Anzeigenblättchens. Auf der Titelseite war eine Zeichnung des *LeisureLand*-Geländes und dazu ein Artikel über die Jobs, die dabei entstehen würden. Ich sah genauer hin. Es stand auf der ersten Seite, weil die Besitzer gewechselt hatten. Es waren keine Holländer mehr, sondern Einheimische; ein Konsortium einheimischer Geschäftsleute. Sie wollten eine originalgroße Eisengießerei mit authentischen Geräuschen und Gerüchen hinstellen, vielleicht auch eine unterirdische Zeche. Auf dem umliegenden Land sollten Häuser entstehen, neue Supermärkte und Fabriken, ein Wassersportkomplex. Ein Antrag für einen Bahnanschluß war gestellt worden. Der Teppich unter mir quatschte. Er war modrig. Ich stellte mich auf die Zeitungen, und mit einiger Mühe schaffte ich es, wieder herauszuklettern.

Hinter der nächsten Anhöhe waren die Fahrräder deutlich im Farn sichtbar. Ich rupfte die Blätter aus, die in den Speichen steckten, schob die Räder einzeln durch die Bäume auf die Straße. Ein Fahrrad auf jeder Seite, faßte ich sie am Lenker und machte mich in die Richtung auf, aus der ich mit Surinder gekommen war. Bevor ich aber das Umspannwerk erreichte, kam ein Auto um die Ecke auf mich zu, hupend, während es einen Bogen um mich machte. Ich wechselte auf die andere Straßenseite. Ein weiteres Auto näherte sich und dahinter ein Landrover. Ich erkannte den Bauern. Er hatte das Fenster offen, ein nackter Ellbogen ragte heraus. Ich hörte die Musik auf seiner Anlage und sah zu, wie er an mir vorbeifuhr. Er blickte sich nicht um.

Auf den ebenen Straßen konnte ich auf dem Rad meiner Großmutter fahren und Opas Rad mit der rechten Hand lenken, doch der platte Reifen machte die Fahrt langsam, und die Räder liefen häufig auseinander, stießen zusammen, wenn ich versuchte, sie wieder geradezurichten. Es gab keine leichte Art, beide Lenker zu halten, und wenn es bergab ging, bereitete es mir große Mühe, die Räder einigermaßen zu steuern. Als es noch steiler wurde, mußte ich absteigen, und oft blieb ich stehen, um den Rücken zu strecken, wobei ich mehrmals die Räder wechselte. In der trockenen Luft auf der Straße tat mir der Hals weh, und im Mund hatte ich einen bitteren Geschmack nach Zigaretten, doch ich hatte nicht daran gedacht, Geld mitzunehmen, und als ich an einer Tankstelle um Wasser bat, schüttelte der Tankwart den Kopf und ignorierte mich. Meine Schienbeine waren von den Pedalen aufgeschrammt. An den Füßen bildeten sich Blasen. Fünfzig Meter hinter der Tankstelle schmiß ich die Fahrräder frustriert hin und setzte mich auf die Böschung am Straßenrand.

Während die Autos und Lastwagen an mir vorbeirasten, dachte ich an Surinder, an das Foto bei ihr in der Küche. Ich versuchte, mir eine Hochzeit in Indien vorzustellen, traditionelle Trachten, Schmuck, der Laden ihres Vaters im Einkaufszentrum geschlossen. Ich stellte mir vor, wie ich auf sie zuging, als sie durch die Siedlung kam. Sie schob einen Kinderwagen, trug Make-up, einen Sari. Ihre Hände und ihr Gesicht waren dunkler, gebräunt vom Sommer in Indien, so wie sie im vorigen Sommer gewesen waren. Sie warf mir einen kurzen Blick zu und sah dann zu Boden. Ich flüsterte ihren Namen, doch sie schüttelte den Kopf und rannte vor mir davon. Einen Augenblick später folgte ich ihr in einiger Entfernung und wartete an der Mauer vor ihrem Haus. Es schüttete. Ich zog die Schultern hoch und blieb, wo ich saß, ohne zu erwarten, daß sie erschien, zufrieden, daß sie mich sehen konnte. Doch als ich versuchte, mir eine Unterhaltung zwischen uns vorzustellen, lächelten wir beide. Sie beschrieb ihre Ehe, nannte ihren Mann einen Widerling und lachte, als ich ihr von den neuen Schweinen erzählte, die ich gekauft hatte. Ich erklärte ihr die Sache mit dem Eber, den Geruch, den er verströmt, die Form seines Geschlechtsteils.

Eine Minute oder länger war die Straße leer. Ich hob die Fahrräder auf und ging weiter. Die Luft in Omchens Garten würde laut von Schweinen sein. Ich sah mehrere lange Schuppen, ein großes Rad und in der

Ferne eine Kirmes. Ich malte mir aus, wie Surinder in einem Auto am Tor vorfuhr. Sie löste ihren Sicherheitsgurt und griff hinter sich nach einer Aktenmappe, grinste und winkte, als sie mich sah. Sie trug einen Rock, ein Haarband, Absätze, die auf dem Linoleum in der Küche klackerten, als sie mir nach drinnen folgte. Ich wischte mir die Hände an einem Lappen ab und goß den Kessel voll, um Tee zu machen. Sie hängte ihr Tuch hinter der Tür auf und zog die Schuhe aus. Sie begann, sich die Füße zu massieren, erzählte von ihrem Tag, während ich Zigaretten für uns beide anzündete. Aber dann fiel mir nicht ein, worüber wir reden würden. Ich versuchte, mich an unsere Unterhaltung in dem Haus bei den Steinbrüchen zu erinnern, doch das war zu schwierig. Während der Nachmittag sich hinzog, merkte ich, daß ich überhaupt nichts mehr denken konnte. Einmal kam ich an einem Stoppelfeld mit Strohballen darauf vorbei. Ich konzentrierte mich auf die Straße einen Meter vor den Rädern, unternahm keinen Versuch, mir seine Lage zu merken. Vielleicht wußte ich, daß ich nicht mehr zurückkommen würde. Meine Beine waren schwer, und mehrere Male strauchelte ich. Die Dinge um mich her schimmerten, zu hell, um hinzusehen. Als ich schließlich am Häuschen ankam, ließ ich die Räder auf den vorderen Rasen fallen und legte mich mit dem Gesicht auf dem Boden daneben.

Der Schweiß auf meiner Stirn war kalt, als ich aufwachte. Meine Arme waren unter mir verdreht, und die Schultern taten mir weh. Ich stand auf und ging ins

Haus, trank von dem Hahn im Bad. Ich stand da und starrte mein Spiegelbild an. Die Struktur des Grases hatte sich einer Seite des Gesichts aufgeprägt. Während der vergangenen Wochen war meine Hautfarbe brauner, roter geworden, und auf dem Nasenrücken hatte ich Sommersprossen bekommen. Meine Haare waren jetzt dicker und heller. Ich beugte mich näher hin, prüfte die Linien um die Augen. Wenn ich die Zähne zusammenbiß und die Stirn runzelte, wirkte ich älter. Ich öffnete die Knöpfe meines Hemds und trat einen Schritt zurück, atmete ein, schob die Hände in die Taschen. Meine Schultern waren schmal, die Haut auf meiner Brust glatt und blaß. Ich trat aus meinen Schuhen und ließ den Hahn am Waschbecken laufen, bis das Wasser lau war. Ich zog mich aus und wusch mich mit einem Waschlappen ab.

Es war fast Abendessenszeit, als ich vom Häuschen nach Hause aufbrach. Ich fütterte das Schwein früh, den Rest der Schlempe aus dem Topf und drei Becher Kügelchen aus einem Sack im Wintergarten. Ich klemmte den Plastikkübel für die Schlempe in den Korb von Omchens Fahrrad. Er wurde langsam modrig, mußte ausgewaschen werden, und wie ich in den Wind radelte, roch ich einen feinen Hauch Gemüse. Die Luft war nun kühler und flatterte in den Ärmeln meines Hemds. Von den herannahenden Windschutzscheiben gleißte die Sonne zurück. Viele Autos hatten Boote und Wohnwagen im Schlepp, Rennräder auf dem Dachträger. Ich kam an einer Familie vorbei, die am Straßenrand an einem Tisch Sandwiches aß, an einer Gruppe kleiner Jungen mit Marmeladengläsern und Netzen. Der kleinste Junge pinkelte in eine Milchflasche. Die Hose hatte er um die Knöchel. Als ich von der Schnellstraße abbog, blickte ich mich um, sah, wie der Junge seinen Freunden nachrannte, die Flasche hochhaltend. Sie standen noch kurz beisammen und zerstreuten sich dann.

In den älteren Siedlungen der Stadt waren weite, offene Flächen, Parks mit Schaukeln und Spielplätze. Ich sah Kinder in Badezeug, Alte, die in Liegestühlen saßen. Ein Mann in Unterhemd und kurzer Hose nickte aus seinem Garten zu mir her, als ich vorbeifuhr. Ich nahm eine Abkürzung über einen schmalen Weg zwischen den Häusern durch, hörte zu beiden Seiten Rasenmäher, ein Radio, das aus einem oberen Fenster spielte. Über einen Zaun spähend, sah ich ein Paar gebräunte Beine auf einem Sonnenbett, ein Kaninchen, das im Gras saß. Dann bog ich in Surinders Straße ein und sah Spider und Stan vor mir, die an der Wand gegenüber ihrem Haus warteten.

DREIUNDZWANZIG

In der Schule nannten nur die Lehrer sie mit ihrem richtigen Namen. Es hieß, sie seien Cousins, obwohl sie sehr verschieden aussahen. Die meisten Geschichten über sie drehten sich um Prügeleien und Streitereien, Beschädigungen von Gebäuden, Polizei, die zur Schule gerufen wurde. Ich wußte, daß sie ganz am Rand der Siedlung wohnten, in einer langen Reihe Fertighäuser, die an die Spielplätze grenzten. Von Zeit zu Zeit hatte ich sie gesehen, wie sie während des Unterrichts über die Felder rannten, über den Zaun dahinter sprangen, in den Gärten verschwanden. Immer sah ich sie zusammen, andere Freunde hatten sie kaum. Die meisten Leute versuchten, ihnen aus dem Weg zu gehen.

Als ich mich auf dem Fahrrad Surinders Haus näherte, versuchte ich, schneller zu treten in der Hoffnung, an ihnen vorbeizukommen, doch das Rad war zu schwer und alt, so daß es kaum beschleunigte. Der Kettenschutz rappelte, als ich ein Schlagloch erwischte, und beide sahen sich um. Spider stand auf und schob die Hände in die Taschen, gähnte, während er vom Gehweg trat. Ich versuchte, um ihn herum zu steuern, doch mit einer abrupten Bewegung verstellte er mir den Weg. Er hielt den Lenker fest und lächelte, und ich sah, daß seine Zähne gelb verfärbt waren und abgesplittert, so daß sie fast spitz waren. Das Rad erzitterte, als er dagegenstieß. »Wo hast'n den Schrotthaufen aufgetrieben?« sagte er.

»Das hat meiner Oma gehört«, sagte ich zu ihm.

»So sieht's aus«, sagte er, und ich sah mit an, wie er den Deckel vom Schlempekübel hob. Er bog ihn zurück, drückte ihn in die Seite des Korbs. »Essen auf Rädern?« fragte er mich. Ich schüttelte den Kopf, und er wandte sich zu Stan. »Essen auf Rädern, Stan!« sagte er.

»Curry«, sagte Stan und setzte sich, die Schultern vorgebeugt, die Arme auf die Knie gelegt. Die Sonne stand tief über den Schornsteinen hinter ihm und warf lange Schattenblöcke zu beiden Seiten von uns. Er zeigte mit dem Kinn auf meine Taschen. »Haste Kippen?«

»Ich rauche nicht.«

»O doch.« Er schüttelte den Kopf und blickte zu Boden. Er war größer und dünner als Spider, hatte kurzgeschorene blonde Haare und einen Ring im einen Ohr. Dunkle Sommersprossen zeichneten seine Stirn und Arme. Rote Insekten wimmelten um seine Füße im Schatten der Wand. Er ließ einen großen Spucketropfen neben sie fallen. »Wir haben dich gesehen«, sagte er und zerrieb die Spucke mit dem Stiefel. »Dich und das Mädchen, mit dem du dich rumtreibst.«

Ich gab keine Antwort, und Spider sagte: »Da wohnt sie doch. Da drüben.«

Ich zuckte die Schultern, sah nicht hin. »So?«

»Wir glauben, sie ist deine Freundin, was, Stan?«

»Wir gehen in der Schule in dieselben Kurse«, sagte ich.

»Kurse«, wiederholte Spider. Er drückte die Klingel am Lenker, doch die Feder drinnen war verrostet, und die Zahnrädchen waren festgekeilt. Er begann, die Metallkappe abzuschrauben. »Was soll das denn wieder heißen?«

»Das sind Intellektuelle«, sagte Stan zu ihm. »Die reden bloß über Sachen.«

»Nimm sie dir doch mal vor«, sagte Spider und hielt mir die Kappe auf der flachen Hand hin, gerade so, daß ich nicht drankommen konnte. »Paki-Weiber mögen das.« Ich versuchte, seinen Blick auszuhalten, doch sein Gesicht wurde hart. Er kniff die Augen zusammen und spuckte aus dem Mundwinkel aus.

»Der wird ja rot«, sagte Stan und fing an zu lachen.

Ich holte tief Luft und blickte von ihnen weg. Von der Einfahrt zu unserer Siedlung kam ein alter Mann auf uns zugeschlurft. Er hatte Pantoffeln an und trug eine Einkaufstasche. Als er in die Sonne trat, grüßte er herüber und schüttelte die Tasche. Sie war voller Flaschen. Er war auf der Beerdigung meiner Großmutter gewesen. Als er in einen Garten hineinging, winkte ich, und Spider sah über die Schulter. »Essen auf Rädern!« lachte er und schleuderte mir die Kappe an die Brust. Ich fing sie auf, bevor sie zu Boden fiel. »Und überhaupt ziehen gerade Pakis auf dein Karree«, sagte er. »Genau neben euch. Wir haben sie eben gesehen.«

»Die schwirren überall rum«, sagte Stan. Er stand auf und reckte die Arme, zog eine Schachtel Zigaretten aus der Gesäßtasche. »Dein Bruder findet sie nicht so gut, stimmt's?«

»Nicht, daß ich wüßte.«

»Sagt, sie riechen«, sagte er.

Spider sah zu, wie ich die Kappe wieder auf die Klingel schraubte. Mir zitterten die Hände. »Dann frag ihn mal«, sagte er und zeigte mir lächelnd die Zähne. Ich fuhr los in der Erwartung, aufgehalten zu werden, doch keiner der beiden rührte sich. Als ich an dem Haus des alten Mannes vorbeikam, hörte ich einen Hund am Fenster bellen, und der Mann schrie, er solle ruhig sein.

Ein Backstein prallte laut von den Holzbrettern, die die Fenster schützten, und kollerte übers Pflaster. Drei Jungen jagten hinterher, als wäre es ein Fußball, und versuchten, einander wegzudrängen. Auf dem Durchgang neben dem Bungalow unterhielten sich zwei Frauen, einen leeren Buggy zwischen sich. Die Jungen rannten an ihnen vorbei und verschwanden zum nächsten Karree. Ich lehnte mein Fahrrad unter das vordere

Fenster. Richard saß auf der Türstufe in T-Shirt und Shorts, eine Flasche Limonade zu Füßen, daneben Zigaretten und Streichhölzer. Er trug Schuhe, aber keine Socken, und vorn auf den Beinen hatte er einen Sonnenbrand. Während ich das Hinterrad ankettete, sagte ich: »Was gibt's Neues?«

Er zuckte mit den Schultern. »Nebenan ziehen Pakis ein«, sagte er. »Sonst nicht viel.«

Ich wartete. Auf der gegenüberliegenden Seite des Karrees spähte eine alte Frau um ihre Netzvorhänge herum. Ich sah sie an den meisten Tagen auf dem Weg zurück vom Supermarkt, eine Dose Hundefutter, zwei Flaschen Bier in der Tasche. Immerzu schien sie die Stirn zu runzeln, wegen etwas besorgt zu sein. Als ich nun zu ihr hinsah, trat sie ins Zimmer zurück, ohne jedoch den Vorhang loszulassen. Ihre Hand war knochig, zur Faust geballt.

Richard gähnte und sagte: »Paar Typen von der Stadt waren heute nachmittag dort und haben das Vorhängeschloß abgemacht. Papa sagt, sie waren Stunden drin, haben gebohrt und gehämmert. Er ist sauer, weil er nicht pennen konnte. Dann tauchen die Pakis auf, und der Lärm hört auf, einfach so. Haben wohl für heute Schluß gemacht.« Er blickte hoch. »Jedenfalls sind sie ein paarmal hin und her gerannt. Das letzte Mal waren sie ein halbes Dutzend. Jetzt sind's bloß die zwei.«

An der entferntesten Ecke des Karrees trat ein kleiner, dicker Mann auf seine Veranda. Die Fenster neben ihm waren bleigefaßt, wie bei einem Haus auf dem Land, die Vorhänge hatten ein Rosenmuster. Er nickte meinem Bruder zu und steckte die Hände in die Taschen. Um den Hals hatte er eine Kette, er trug einen weißen Trainingsanzug, blaue Sportschuhe. Die Sonne funkelte auf seiner Brille.

»Ich sag dir«, sagte Richard ruhig, »dagegen hätten wir was auf die Beine stellen sollen. Das ist doch lächerlich. Alle sehen zu, nichts passiert.«

»Was denn zum Beispiel?«

»Irgendwas, Herrgott.« Er trank aus seiner Flasche, starrte auf die Schrift auf dem Etikett. Ich hörte meine Mutter im Wohnzimmer husten. Ich beugte mich um Richard herum, um nach ihr zu sehen. Sie saß in Papas Ecke des Sofas, neben sich auf dem Teppich einen Becher Kaffee. Richard sagte: »Vorhin waren zwei von deinen Kumpels da, Danny. Haben mich um Streichhölzer angehauen. Haben gemeint, sie wollen den Bungalow abbrennen.« Er kratzte sich an seinen sonnenverbrannten Beinen. Die Haut schälte sich.

»Und was hast du zu ihnen gesagt?« fragte ich.

»Ich hab gesagt, mich würd's nicht stören, sie sollten aber bloß aufpassen. Wenn die das da abfackeln, dann rösten wir auch.«

»Sehr witzig«, sagte ich.

Richard lachte und rief dem Mann in dem Trainingsanzug zu: »Neue Nachbarn, Pete!«

»Die werden das für einen Umbau vermessen«, antwortete der Mann und kam auf uns zu. Er hatte Spreizfüße und hielt die Hände in den Taschen. Als er heran war, sagte er: »Wart's ab, Rich, kaum sind die Pakis eingezogen, müssen sie das Klo umbauen lassen.« Mein

Bruder lächelte, und der Mann sagte zu mir: »Ist deine Mama drin, Danny?«

»Ich bin hier, Pete«, sagte sie und stellte sich in den Flur hinter uns. Sie raffte ihre Strickjacke um sich, als wäre ihr kalt. »Dein Essen ist im Kühlschrank, Danny«, sagte sie. »Salat.«

Ich nickte, und Pete sagte: »Wie ich sehe, kriegt ihr neue Nachbarn, Jean, paar von unseren ethnischen Vettern. Ich sag gerade zu Richard, die lassen sich sicher ein neues Klo einbauen. Die brauchen nämlich zwei – Moslems gehen nicht auf die gleiche Toilette.«

»Vielleicht sind's ja gar keine Moslems«, sagte ich.

»Jacke wie Hose«, sagte er zu mir und dann zu Mama: »Bei mir nebenan, das würd mir jedenfalls nicht gefallen, Jean. Meine Schwester hatte sie auf beiden Seiten, da lief die Nähmaschine vierundzwanzig Stunden am Tag.« Er senkte die Stimme und trat näher, wobei er die Brille den Nasenrücken herabschob. »Schließlich hat sie die Polizei gerufen, aber die haben bloß zu ihr gesagt, wenn sie keine Ruhe gibt, dann verhaften sie sie wegen Hausfriedensbruch. Wie findest du das? Man kann nichts mehr sagen.«

Meine Mutter schüttelte den Kopf. Die alte Frau auf der anderen Seite des Karrees blickte schnell in beide Richtungen und trat zurück. Ihre Hand ließ den Vorhang los. Mama sagte: »Hm, na ja«, und wandte sich wieder nach drinnen. »Ißt du jetzt oder nicht, Danny?«

»Gleich«, sagte ich. Die beiden Frauen mit dem Buggy trennten sich und gingen in verschiedenen Richtungen weg, rasch, als hätten sie schon früher weggewollt. Richard schraubte den Deckel auf die Flasche und hob seine Zigaretten und Streichhölzer auf. Er wollte gerade aufstehen, als wir aus dem Bungalow Stimmen hörten. Die Tür ging in ihrer Nische auf, und einige Zeit lang erschien niemand. Es gab mehrere Schlösser, und wir hörten, wie jedes einzelne abgeschlossen wurde, wobei ein Schlüsselbund schwer klirrte. Schließlich trat eine junge Frau rückwärts auf den Gehweg. Sie trug ein langes, rotgemustertes Gewand, eine weite Hose, die an den Knöcheln gerafft war. Der Mann trug einen Bart, eine graue Jacke, Jeans, die völlig eingestaubt waren. Die Frau hakte sich bei ihm ein, und einen Augenblick lang zögerten sie, unsicher, wohin sie sich wenden sollten, dann entschloß sich die Frau, zu uns herüberzukommen. Der Mann blickte geradeaus auf den Gehweg. Er machte lange, langsame Schritte, er hatte O-Beine. Ich wartete, bis die Frau aufblickte, wobei ihre Augen uns rasch überflogen, und lächelte ihr ein »Hallo« zu.

Sie lächelte zurück. »Hallo.« Der Mann blickte her und nickte.

Wir sahen ihnen nach, bis sie gegangen waren, Pete die Hände auf den Hüften, mein Bruder noch immer die Flasche in der Hand. »Moslems«, sagte Pete. »Hab's doch gewußt.«

Richard sagte: »Scheiße noch mal, Danny. Hallo?«

Ich ging hinein. Meine Mutter starrte auf den Fernseher, doch der Ton war abgedreht. Es war eine Quizsendung, die Gesichter redeten und lachten lautlos. Sie sagte: »Und? Sind sie weg?«

»Ja.«

Sie nickte. Eine Frau in einem roten Glitzerkleid wechselte die Nummern auf einer Anzeigetafel. »Warst du heute schon bei Opa, Danny?«

»Beim Essen.«

»Wie ging's ihm? Gut?«

Ich zuckte mit den Schultern. »So wie immer.«

»Ich müßte öfter mal zu ihm gehen«, sagte sie. »Eigentlich sollte er gar nicht dort sein.«

»Wahrscheinlich nicht«, sagte ich und ging in die Küche.

VIERUNDZWANZIG

Ein Insekt summte dicht an meinem Ohr, und ich schlug mit dem Arm danach, wobei ich abrupt erwachte. Es schwebte zur Decke hoch, surrte darunter hinweg und ließ sich am Fenster nieder. Nach einer Weile erkannte ich, daß noch viele andere da waren. Ich griff neben mich und zog ein Taschenbuch aus Surinders Tüte, ein Büchereibuch in einem Plastikeinband. Ich stand auf. Die Decke war niedrig, und ich konnte sie fast ohne zu springen erreichen, doch der Winkel war ungeschickt, und die Insekten schwärmten zu den Wänden aus. Nackt jagte ich sie durchs Zimmer, trat wiederholt auf den Rand der Matratze. Surinder stützte sich auf die Ellbogen. Eine Weile sah sie mir zu, mit schmalen Augen, ein Bein angezogen. Dann sagte sie: »Und was genau soll das werden?«

Ich knallte das Buch an die Wand. »Moskitos totschlagen.«

»Übertreibst du da nicht ein bißchen?«

»Nein.« Ich ging rückwärts, den Hals zur Decke gereckt.

Sie sagte: »Womöglich kommst du mal als einer wieder. Mit etwas Glück zerquetscht dich dann einer.«

»Das sind Blutsauger«, sagte ich.

»Dann mach das Fenster zu, laß sie nicht rein.«

Ich machte einen Satz und erwischte einen, und die Tapete bekam einen Schmierer. Die Flügel blieben am Buch kleben, und ich schnippte die Sauerei mit dem Fingernagel weg. »Das sind zu viele«, sagte ich. »Das Haus ist voll davon.«

»Dann putz halt.«

Ich warf das Buch aufs Bett. »Mal sehen.« Die Hülsen der Fliegen vom vergangenen Sommer lagen im Staub auf dem Fensterbrett. Ich schob sie mir in die Hand und beugte mich zum Fenster hinaus. Die Luft war feucht und warm. Das Gras und das Laub unter mir wirkten blau, und die Farben in Omchens Blumen schienen dunkler, einen Ton tiefer. Die Sonne schien hinter aufquellenden Wolken hervor. Ich kippte die Fliegen aus der Hand und sah ihnen nach, wie sie in die Nesseln hinabtrudelten.

Surinder sagte: »Weißt du, in Indien sind überall Insekten. Bloß beachtet man sie da nicht, weil es so viele sind. Aber in England drehen sie schon bei einer kleinen Fliege durch und holen die Sprühdose raus.«

»Das ist ein Buch«, sagte ich, während ich mich umdrehte. »Ozonfreundlich.«

Sie wischte den Umschlag am Matratzenrand ab und legte es auf die Dielen. »Aber stell dir doch mal vor, wenn da Hunderte von Fliegen wären, und überall Ameisen, riesige Dinger, Motten, und alles voller Mücken. Da würdest du verrückt werden.«

»Wer würde das nicht?«

»Aber man merkt es eben nicht. Wenn überall Fliegen sind, dann läßt man sie einfach in Ruhe. Wie mit der Hitze, wenn es ständig heiß ist, regt man sich nicht mehr darüber auf. Man brät einfach und findet sich damit ab.«

Ich legte mich neben sie. »Du warst doch bloß in den Ferien dort«, sagte ich. »Wenn du da immer sein müßtest, fändest du's schrecklich. Was glaubst du, wie lange würdest du's da aushalten?«

Surinder streckte die Beine auf der Matratze aus. Ihre Haut bildete drei Falten auf dem Bauch. Ich strich ihr mit der Hand über die Brust und spürte, wie die Warze steif wurde, sich nach meiner Hand reckte. Sie stieß mich weg. »Ich weiß nicht«, sagte sie. »Aber wenn ich hier eine Maus sehen würde, würde ich wahrscheinlich ausflippen, aber als wir dort waren, gab es Eidechsen und Mäuse und was noch, und alles krabbelte die Wände hoch, und wir haben uns keine weiteren Gedanken darüber gemacht. Da war eine Mäusefamilie, die ist jeden Abend rausgekommen. Hast du gewußt, daß Mäuse Wände hochklettern können?«

»Das machen die überall«, sagte ich. »Eine hab ich

mal im Wintergarten gesehen.« Surinder sah mich forschend an, und ich lächelte, verschränkte die Hände unterm Kopf. »Ist Jahre her«, sagte ich.

»Hast du schon mal eine Schlange gesehen?«

»Nein. Aber jede Menge Würmer. Schnecken mit und ohne Haus, Frösche…«

»Bei uns gab's die. Und Kühe und Esel…« Sie zählte sie an den Fingern ab. »Schlangen, Ochsen, Hühner, Kamele, alles mögliche – vor allem aber Moskitos. Ich sag dir, ich war voller Beulen.«

»Auch Schweine?« fragte ich sie.

Sie nickte. »Da waren kleine Schweinchen, die einfach so rumliefen. Die gehörten niemandem, ich glaube, die haben sich bloß vom Abfall ernährt. Echt laut, aber die rannten weg, wenn man sie bloß angesehen hat. Wir sind ihnen nicht zu nahe gekommen, weil alle glauben, sie sind schmutzig. Dreckig. Obwohl sie es gar nicht sind.«

»Das glauben die Moslems«, sagte ich.

»Ja, Danny. Und die Juden.« Sie tat so, als gähnte sie, klopfte sich mit der Hand auf den Mund. Ein warmer Wind wehte von den Steinbrüchen her und rüttelte am Fenster. Der Geruch unseres Schweins vermischte sich mit dem Gestank von der Müllkippe. Eine Möwe tauchte in den Blick, weiß vor dem dunkel werdenden Himmel, und Surinder sagte: »Weißt du, die meisten meiner Tanten würden eher die Vögel füttern, als einem Schwein etwas zu geben. Schweine stehen ganz unten in der Hierarchie.«

»Aber trotzdem essen sie sie.«

»Ja.«

»Und Kühe?«

»Die stehen ganz oben.«

»Ißt man die?« fragte ich. Sie gab keine Antwort. »Surinder?«

»Manche wohl«, seufzte sie, »manche nicht. Das ist doch langweilig. Reden wir von was anderem.«

Sie drehte sich auf den Bauch, und ich tat es ihr nach. Wir lagen mit ausgestreckten Ellbogen da, das Kinn auf den Handrücken. Surinders Blumen in der Vase an der Fußleiste waren von schrumpelnden Blütenblättern umgeben. Die Köpfe der Blumen waren kahl, und die Blätter und Stengel hatten sich im Wasser in grünen Mulch verwandelt. In dem Schmutz am Kopfende der Matratze war ein Kondom. Ich hob es hoch und schüttelte es leicht. Die Blase Flüssigkeit war grau geworden. Surinder sah hin, sagte aber nichts, und als ich lächelte, senkte sie die Lider. Sie hatte die Kondome aus dem Laden ihres Vaters mitgebracht. Sie hatte sie genommen, als er gerade wegsah, das Geld später in die Kasse getan. Manchmal, wenn er sie ansah, wurde sie rot, dann glaubte sie, er könne ihr in den Kopf sehen.

Sie murmelte: »Leg das weg, Danny, das ist doch schmutzig.«

Als ich das Kondom fallen ließ, stieg mir von meinen Fingern ein feiner Gummigeruch in die Nase. »Erzähl mir mehr von Indien«, sagte ich.

Sie legte eine Wange auf die Hände und sah mich an. Ihre Augen waren dunkel, reglos, und als sie sprach, war ihre Stimme leise, fast ein Flüstern. »Das Haus, in dem wir wohnten, das war das Haus, in dem ich geboren wäre, wenn meine Familie nicht nach England gegangen wäre. Dort wäre ich groß geworden. Dann hätte ich Töpfe und Pfannen mit Asche ausgescheuert und mit Kuhmist Feuer gemacht. Das ist richtig harte Arbeit dort. Wasser und Strom sind ständig ausgefallen, alle paar Stunden ist die Hauptleitung zusammengebrochen. Man hatte das Gefühl, als wäre man ständig mit Staub überzogen. Das hat mich wirklich genervt. Das Leben ist dort so voll harter Arbeit.«

»Hier ist es auch voll harter Arbeit.«

»Bloß daß es einen hier nicht stört.« Ich zuckte die Schultern, und Surinder sagte: »Was das da ist, hätte ich auch nicht gewußt. Kein Freund, nichts. Wahrscheinlich hätte ich nicht mal weg gedurft, nicht so jedenfalls, nicht, wenn keiner weiß, wo ich bin.« Ihr Armreif drückte ihr in die Seite des Gesichts. Sie hob das Kinn, schüttelte das Handgelenk.

»Aber schön, daß du hier bist.«

»Vielleicht«, sagte sie stirnrunzelnd. »Aber so schlimm wäre es eigentlich gar nicht gewesen. Man wäre es halt gewohnt. Jeden Tag gab es frische Kuhmilch und Joghurt und jede Menge Obst. Und die Frauen dort haben mehr zu bestimmen, man respektiert sie viel mehr, man macht, was sie einem sagen. Da rennen nicht so viele Machos rum.«

»Wie wer?«

Sie stützte sich auf die Ellbogen, streifte den Reif von ihrer Hand. »Du zum Beispiel.«

»Ich bin kein Macho.«

Surinder lächelte. Sie kreiste den Stahlreif um die Finger, rieb das Metall, wo es schmutzig war. »Wahrscheinlich wäre ich jetzt sowieso verheiratet.«

»Mit dem fetten Widerling?«

»Wahrscheinlich.« Sie hielt sich den Reif vor ein Auge, betrachtete mich durch ihn hindurch. »Aber vielleicht wär's ja ganz okay gewesen, wer weiß. Hätte alles anders ausgesehen. Wenn ich Jahre um Jahre bei ihm geblieben wäre, vielleicht hätte ich mich dann auch in ihn verliebt. So ist's jedenfalls vorgesehen, und nach ungefähr hundert Jahren ist es dir dann auch egal, daß er häßlich ist.« Sie setzte sich auf die Matratzenkante, ein Bein unter sich, das andere im Staub der Dielen. Sie wirkte jetzt befangen, schnippte sich Haare aus dem Gesicht, mied meinen Blick. »Hier«, sagte sie und zog meinen Arm unter mir hervor. Sie versuchte, mir den Reif über die Hand zu streifen, drückte mit den Fingern meine zusammen. Doch der Reif war zu klein und verkeilte sich an meinen Knöcheln.

»Ich mach das«, sagte ich. Ich saß ihr gegenüber. Meine Hand war breit, und der Reif grub sich in meinen Daumenballen. Stück um Stück preßte ich ihn hinab, abwechselnd an einer, dann an der anderen Seite, fuhr dabei mit den Fingernägeln unter den Reif. Surinder sah zu. »Wie nennt man den?« fragte ich.

»Kara.« Sie klang widerstrebend, seufzte, während sie sprach. »Der soll den Arm schützen, mit dem du das Schwert führst.«

»Ja?«

»Er soll die Einheit Gottes darstellen.« Ihr Blick

begegnete meinem, und sie lächelte. »So was ähnliches jedenfalls.«

Plötzlich rutschte der Reif darüber, hing lose um mein Handgelenk. Ich lutschte die Abschürfung am Knöchel. »Das Schwert heißt *kirpan*«, sagte ich.

»Sehr gut.«

»Erzähl mir noch mehr«, sagte ich.

»Wovon?«

»Heiraten zum Beispiel.«

Surinder langte nach unsere Sachen und zog sie zu sich her. »Manche arrangierten Ehen sind okay«, sagte sie. »Manchmal klappt's.« Sie stieß die Arme in die Ärmel ihres T-Shirts, zog es sich über den Kopf. »Mein Bruder wollte nicht, anfangs nicht, aber das ist so eine Art Gemeinschaftsding, das sagen einem alle – das bringt alle zusammen, weil die Hochzeit aufgeteilt wird, das ist nicht nur das Paar. Das sind zwei Familien.« Sie trennte die Beine ihrer Jeans von meiner. »Und jetzt ist er glücklich, er ist froh, daß er's getan hat.«

Der Reif war leichter, als ich gedacht hatte. Ich schüttelte den Arm und bewunderte ihn. Bläuliche Streifen liefen mir über den Handrücken. Ich fragte sie: »Möchtest du Opa besuchen kommen?«

Surinder zog die Jeans über die Knöchel und beim Aufstehen weiter über die Hüften. Die Luft wurde kühler, es wurde dunkler. Sie hob ihre Blumenvase auf und ging zum Fenster hin. »Ja, könnte ich mal machen«, sagte sie. Der Regen auf dem Dach kam unvermittelt und stark. Sie leerte die Vase in den Garten und schloß das Fenster. Als sie sich umdrehte, sagte sie: »Den Reif kriegst du jetzt nicht mehr ab. Was ist, wenn dein Opa danach fragt?«

»Ich sage ihm, daß es ein *kara* ist und einem den Kampfarm schützen soll und daß er die Einheit Gottes bedeutet.«

»Und wenn er nach mir fragt?«

»Dann sage ich, daß du ihn mir geschenkt hast.«

Surinder lächelte. Sie bückte sich nach ihrem Buch und sagte: »Ich geh runter zum Lesen.«

»Warte.« Ich zog meine Jeans auf den Schoß und fühlte in den Taschen. Mir zitterten die Finger, und als ich den Ring meiner Großmutter gefunden hatte, kriegte ich ihn nicht richtig zu fassen, und er fiel mir aus der Hand. Er war kalt und glatt. Ich legte ihn auf meinen Handteller. »Hier.«

»Was ist das?«

»Omchens Ring.«

Sie hob den Blick, wir sahen einander an, sie lächelte, unsicher. Dann schüttelte sie den Kopf und sagte: »Nein, Danny, behalt ihn.«

»Das ist ein gerechter Tausch«, sagte ich.

»Den könnte ich nicht annehmen.«

»Warum nicht?«

»Ich weiß nicht, ich könnte es einfach nicht.«

Ich schloß die Faust über dem Ring und seufzte, ließ mich auf die Matratze zurücksinken. Von einem feuchten Fleck an der Decke tröpfelte es herab, spritzte auf die Dielen. »Ich werd einfach nicht schlau aus dir«, sagte ich. »Ich weiß nie, was du wirklich denkst.«

Eine lange Pause entstand, dann sagte sie leise: »Ich weiß auch nicht, was ich wirklich denke.« Ich wartete, sah auf den Regen hinaus, doch sie sagte nichts weiter. Ich hörte, wie die Tür auf und wieder zu ging, und horchte ihren Schritten nach, als sie die Treppe hinabging. Als es über mir donnerte, flogen die Moskitos auf, ließen sich an anderen Stellen wieder nieder. Ich sah sie beim nächsten Blitz.

FÜNFUNDZWANZIG

Mein Bruder sagte: »Dann ist es also endgültig. Sie nehmen ihn?«

Rachael nickte lächelnd. »Sagt Tom.«

»So ein Mist«, sagte er und spuckte in die Spüle. Er öffnete den Hahn mit zwei Drehungen seiner Hand und ging in die Hocke, um in den Schrank darunter zu sehen. Sein Gesicht wurde rot. Das Wasser trommelte in die Abwaschschüssel und spritzte von da auf Arbeitsplatte und Kacheln. Mama beugte sich über ihn hinweg, um es kleiner zu drehen.

»Bleibst du zum Essen, Rachael?« fragte sie.

Meine Schwester öffnete für Lucy die Knie und schüttelte den Kopf. »Heut abend nicht, Mama«, murmelte sie, während sie Richard zusah, wie er durch die Spülmittel und Abtrockentücher wühlte. Plötzlich fegte er alles auf den Fußboden und fischte die Nagelbürste heraus. Er warf sie in die Spüle und packte die übrigen Sachen wieder auf das Regalbrett. Als er anfing, sich die Fingernägel zu scheuern, sagte Rachael: »Dreckarbeit, was, Richard?«

»Besser, als den ganzen Tag auf dem Arsch zu hokken.«

»Brummiger Onkel Richard«, flüsterte Rachael, und Lucy drehte sich um und versteckte sich an der Schulter ihrer Mutter.

Draußen regnete es stetig. Aus dem Überlaufrohr prasselte es am Fenster vorbei, spritzte auf den Mülleimer und den Rand der Veranda. In dem wässrigen Licht der Küche wirkte das Zifferblatt der Uhr grün. Es war halb sechs. Mein Vater drehte an seinem Kofferradio, fand einen Jingle für unseren Lokalsender und stellte den Ton leiser. Mama zog eine Schürze aus der Schublade. Während sie sie auseinanderfaltete, sagte sie: »Ich hab mir überlegt, also – euer Opa war einer der ersten, der sich in dieser Stadt niedergelassen hat. Man sollte meinen, daß ihm das ein paar Rechte gibt. Er sagt, er ist praktisch zu Fuß hierher gekommen. Das sagen viele von den Männern, denen aus Schottland. Stimmt's, Danny?«

Ich blickte zu Boden, stellte mich in die Mitte des Türrahmens. Meine Zehen waren auf dem Küchenlinoleum, die Absätze standen auf dem Wohnzimmerteppich. Ich konnte hören, wie Katie hinter mir durch die Fernsehkanäle zappte. »Weiß ich nicht«, sagte ich.

»Man sollte meinen, daß das was zählt«, sagte Mama,

während sie die Schürzenbänder verknotete. »Früher wär das so gewesen.«

Rachael sah unter ihrem Pony zu mir her, die Nase in Lucys Haare vergraben. Ich hob die Augenbrauen, und sie sagte: »Bist du wegen dem Schwein schon zu einem Entschluß gekommen, Danny?« Ich zuckte mit den Schultern. Sie machte mich nach: »Was soll das denn nun heißen?«

»Das heißt: *Eigentlich nicht. Nein, darüber habe ich mir noch keine Gedanken gemacht.*«

»Der ist bei den Feen«, sagte mein Vater. »Traumland.« Er legte seine Zigarette in einer Untertasse ab und sah unter den Stuhl nach seinen Schuhen. Die rauhe Haut in seinem Nacken war beim Friseur ausrasiert worden, und hinter beiden Ohren waren Kratzspuren zu sehen. Ich beobachtete, wie er den linken Schuh neben den linken Fuß stellte, den anderen auf den Tisch neben seinen Ellbogen. Aus dem Wandschrank holte er dann einen blauen Schuhkarton und schüttelte ein gelbes Tuch heraus. Er faltete es einmal, legte es sich dann über die Kniescheibe.

Mama sagte: »Kann das nicht bis nach dem Essen warten?«

»Nein«, sagte er und nahm einen Zug aus seiner Zigarette. Er zog die Bürsten auseinander, stieß braunen Rauch aus und tupfte die Borsten der kleineren Bürste in die Creme. Während er den Schuh an der Seite einrieb, sagte er zu meiner Schwester: »Weißt du, Rachael, ich hab mit denen schon zusammengearbeitet, das sind ganz anständige Leute, mit denen kannst du eine Kanne Tee teilen, aber die gehören einfach nicht hierher. Tom hätte das berücksichtigen müssen. Die Stadt soll einfach nicht die Nachbarschaft durcheinandermischen.«

Rachael sagte ruhig: »Tom hatte nichts damit zu tun, Papa.«

»Jedenfalls die Stadt«, sagte mein Vater. »Toms Arbeitgeber.«

Er prüfte den Schuhabsatz, sich dessen bewußt, daß sie ihn beobachtete. Nach einigen Augenblicken wandte Rachael sich kopfschüttelnd ab und sagte zu meiner Mutter: »Seit wann möchtest du denn, daß Opa hier in der Siedlung wohnt?«

»Die Siedlung ist nicht schlecht«, sagte Mama. Sie schüttete Kartoffeln in einen Kochtopf. »Das war hier nie schlecht zum Wohnen.«

»Bis jetzt«, sagte Richard.

»Du hast mich nie über die Siedlung klagen hören«, sagte meine Mutter. Sie tauchte die Hände in die Abwaschschüssel und wischte sich die Finger an ihrer Schürze ab. Richard beiseite schiebend, zog sie den Schlempekübel unter der Spüle hervor, hob ihn kurz auf Kinnhöhe. Sie verzog das Gesicht. »Das riecht, Danny«, sagte sie. »Das muß mal gewaschen werden.« Ich gab keine Antwort, worauf sie den Eimer zurück in den Schrank warf und die Tür mit dem Knie zuschlug. Während sie eine Handvoll Schalen in den Treteimer kippte, sagte sie: »Dafür bist du verantwortlich, nicht ich.« Ich nickte. Sie nahm ein Messer und hielt es über das Hackbrett. Gesicht und Hals waren rosa. Das Radio knisterte. Plötzlich drehte sie sich um und brüllte: »Hast du gehört!«

»Ja«, sagte ich. Papas Bürste schrubbte vor und zurück auf seinem Schuh. Im Wohnzimmer konnte ich das Testmatch hören. Gerade passierte etwas Aufregendes, denn die Menge johlte und der Kommentator lachte. Ich reckte den Hals und sah das Licht, das vom Bildschirm auf die gegenüberliegende Wand geworfen wurde, und Katie, die oben auf dem Sofa saß und darauf starrte.

Papa legte, ein Lächeln unterdrückend, seinen Schuh auf dem Knie ab. »Eins mußt du dir bei der ganzen Sache merken, Danny«, sagte er. »Unsere neuen Nachbarn brauchen nicht zu erfahren, was du den ganzen Tag so treibst. Schweinemann. Denen würde das nicht gefallen. Oh, *plapper, plapper, plapper.*« Er machte einen indischen Akzent nach und wiegte dabei den Kopf hin und her. »Heiliges Tier«, erklärte er. »Das würde denen nicht gefallen.«

»Das ist nicht heilig«, sagte ich zu ihm. »Ganz im Gegenteil.« Doch er hörte nicht zu. Er legte die Bürste beiseite und nahm das Tuch, polierte damit die Schuhspitze. Als das Wasser ganz aus der Spüle abgelaufen war, lehnte Richard sich an die Arbeitsplatte zurück. Er wedelte die Nässe von den Händen.

»Ich glaub, das Schwein pfeift auf dem letzten Loch«, sagte er lächelnd. »Das ist am Abnibbeln. Was meinst du, Danny?« Ich gab keine Antwort, sondern fixierte ihn. In letzter Zeit kam das Schwein morgens immer langsamer aus seinem Verschlag, wirkte müde und teilnahmslos, konnte nicht mehr sein ganzes Futter im Trog fressen. Das hatte ich Richard nicht erzählt; ich begriff nicht, woher er das wissen konnte. Noch immer lächelnd, sagte er zu meinem Vater: »Ich hab's ihm gesagt. Wenn er für sein Schwein noch was will, dann regelt das Craig. Aber wenn er zu lange damit wartet, ist es zu spät. Früher oder später reißen sie das ganze Grundstück da eh ab. Haus, Garten, alles. Der Park wird riesig, wenn er mal steht und läuft.« Er langte zum Schalter und knipste die Neonleuchte an. Die Röhre summte und flackerte. »Vielleicht geben die dir da sogar 'nen Job, Danny. Irgendwann brauchen die Leute zum Verkleiden – Kostüme von früher und so weiter.«

Ich sagte: »*Was* weiter?«, doch er grinste und gab keine Antwort, verschränkte die Arme vor der Brust.

Mama riß am Herd ein Streichholz an, dann noch eines, ließ fast die Schachtel fallen. Die Streichhölzer waren feucht und wollten nicht angehen, und sie warf die Schachtel auf den Fenstersims, in eine Wasserlache. Der Rahmen leckte. Sie schnalzte mit der Zunge und schnappte sich das Feuerzeug meines Vaters. Sie mußte es mehrmals schütteln, und als die Gasringe endlich brannten, stand sie da und betrachtete die Flammen, die Arme angespannt an den Seiten. Ich spürte eine Bewegung und blickte hinab. Katie hatte sich neben mich in die Tür geschoben. Sie griff nach meinem Reif und versuchte, ihn mir übers Handgelenk zu schieben. »Schade ist das«, sagte dann Mama. »Früher haben sie den Garten mal schön gepflegt.«

»Der Garten ist gar nicht so schlecht«, sagte Richard. »Der braucht bloß ein Mädchen, das ihm bei der Hausarbeit hilft.«

»Bloß nicht«, sagte Mama. Sie blickte sich nach den Zigaretten meines Vaters um. »Hörst du überhaupt zu, Danny?«

Ich zuckte mit den Schultern, und Katie sagte: »Du hast ein Armband an!«

»Das ist ein Armreif«, sagte ich zu ihr. »Kein Armband.« Ich zog den Arm hoch, und sie lachte, zerrte mit ihrem ganzen Gewicht. Sie hängte sich mit beiden Händen daran.

Meine Mutter warf einen Blick auf den Reif, hielt eine frische Zigarette zwischen zwei Fingerspitzen. »Und das ist hoffentlich nicht von deiner Großmutter«, sagte sie.

Meine Schwester seufzte tief auf. Ihr Gesicht war gerötet, die Haare klebten ihr feucht auf der Stirn. Sie leckte sich den Daumenballen und schmierte damit Lucy um den Mund. »Spiel jetzt mit Katie«, flüsterte sie und ließ sich auf den Stuhl zurücksacken. Mehrere Sekunden lang sahen sich die Mädchen über die Küche hinweg an, mein Vater dazwischen, dann stampfte Katie mit dem Fuß auf, und ihre Schwester kreischte auf und kroch unvermittelt unter den Tisch. Papa erwischte seine Schuhcreme, bevor sie zu Boden fiel. Er atmete tief ein und hob dann zu Rachael hin die Augenbrauen. Die Mädchen giggelten. Rachael sagte: »Könntest du bitte das Fenster aufmachen, Mama?«

»Es regnet.«

»Ist aber ziemlich stickig.«

Widerstrebend legte meine Mutter ihre Zigarette ab. Sie entriegelte die hintere Tür und zog sie bis zur Kette auf. Der Garten draußen war dunkel. Das Geräusch des Regens wurde lauter, und Papa drehte an seinem Radio. Er ließ die Schuhe auf den Boden fallen und zog sie sich an, band sorgsam die Schnürsenkel zu. Er blickte in den Glanz der Schuhkappen. Mama zeigte in den Regen hinaus und sagte: »Weißt du, Rachael, in dem Bungalow war seit Jahren keiner mehr. Jahrelang hat der leergestanden. Früher war der mal für alte Leute vorgesehen, oder? Da sollte man doch meinen, daß sie ihn auch einem alten Paar geben, einem von hier. Aber das Paar da, die sind nicht mal alt, abgesehen von allem andern. Was ich bis jetzt gesehen hab, sind die sogar sehr jung.«

»Dann ginge also jeder alte Mensch?« fragte Rachael und wedelte mit der Hand durch Mamas Rauch. »Dann muß es gar nicht Opa sein?«

Meine Mutter nahm ein Päckchen Würstchen von der Arbeitsplatte und ritzte die Hülle mit dem Daumennagel an. Sie riß sie auf. »Ob er nun für deinen Großvater ist oder nicht, Rachael, dieser Bungalow war für alte Leute bestimmt. Aber jetzt hat die Stadt andere Vorstellungen. Sobald sie diese Pakistani auf die Warteliste kriegen, kommen wir gar nicht mehr in Betracht, da haben die auf einmal kein Interesse mehr.« Sie stach jedes Würstchen mit dem Messer an und ließ sie dann in die Bratpfanne fallen.

»Vielleicht hast du ja recht«, seufzte Rachael. »Ich will mich gar nicht streiten.«

Richard nahm einen Zug von der Zigarette meiner Mutter. Er lächelte in sich hinein, schaute zu den Mädchen hinab. Ich folgte seinem Blick. Um Lucys Sandalen herum hatte sich eine gelbe Lache gebildet. Sie hockte da, das Röckchen von den Knien zurückgezogen. Katie kam unter dem Tisch hervor und stellte sich neben mich an die Tür. Sie schaute zu mir hoch, und ich sagte: »Lucy hat sich naß gemacht, Rachael.«

Meine Mutter blickte hinab und stöhnte. Sie stieß Richard beiseite, holte aus der Speisekammer Eimer und Mop. Während sie den Mop in der Spüle einweichte, sagte sie: »Wahrscheinlich kriegen wir die ganzen Gerüche von denen ab, wenn die da einziehen.«

»Das wird genauso riechen wie bei allen andern auch«, sagte Rachael scharf. Sie zerrte Lucy auf die Beine. »Nach oben«, murmelte sie.

Ich trat zurück ins Wohnzimmer, stellte mich so hin, daß ich den Fernseher sehen konnte. Während Katie Rachael nachlief, rief meine Mutter hinter ihnen her: »Paß auf, daß sie nicht den Teppich volltropft!« und schüttelte den Kopf, als wollte sie einen schlechten Geschmack vertreiben.

»Ißt Rachael mit?« sagte mein Vater dann.

»Nein«, sagte Mama.

Papa sah zu Richard hin, hob die Brauen. »Hat man sie gefragt?«

»Ja«, sagte Mama und wischte mit dem feuchten Mop übers Linoleum, wobei sie die polierten Kappen seiner Schuhe bespritzte. Richard zog die Tür hinter sich zu und legte sich aufs Sofa. Als meine Eltern in der

Küche anfingen zu schreien, sagte er: »Was ist das denn für ein Armreif, Danny?«

Ich blickte vom Fernseher weg auf den Regen, der auf dem Fenster Schlieren zog. »Der bedeutet die Einheit Gottes«, sagte ich.

SECHSUNDZWANZIG

DIE EINGANGSHALLE des Altersheims war an drei Seiten von hohen Fenstern erhellt und voller Topfpflanzen und Blumen. Ein metallener Teewagen stand leer vor einem mit PRIVAT bezeichneten Zimmer. Doppelte Feuertüren führten in den großen Besucherraum, und rechts war ein Gang, der an einer Reihe dunkel furnierter Türen entlang zur Wäscherei und den Küchen führte. Hinter der ersten dieser Türen war das Büro der Oberschwester. Sie stand an ihrem Schreibtisch, blickte aufs Telefon. Mit einer Hand strich sie sich durchs Haar. Als sie uns sah, winkte sie, und Surinder zögerte. »Möchte sie denn mit uns reden?« flüsterte sie.

Der Aufzug war besetzt. »Glaub ich nicht«, sagte ich, und wir machten uns schon auf den Weg die Treppe hoch, als das Telefon klingelte.

Im Besucherraum im zweiten Stock hatte der Teppichboden eine andere Farbe, und neben dem Fernseher stand ein Vogelkäfig. Hohe Fenster gaben den Blick auf den Parkplatz und eine Häuserreihe auf der anderen Straßenseite frei. Unsere Fahrräder lehnten am Bungalow des Hausmeisters. Im Schatten einer Trennwand aus Weidengeflecht saßen die alten Leute in derselben Haltung wie an jedem anderen Tag. Die meisten waren Frauen, und einige strickten. Als wir zwischen ihren Sesseln hindurchgingen, sagte eine alte Frau: »Komm mir mit der Schwatten da nicht zu nahe«, und betrachtete uns nervös, ihre blauen Augen wie Knöpfe. Ich nahm Surinder an der Hand und führte sie an einem Klavier, einer mit einem Rolladen verschlossenen Bar vorbei und den breiten Gang entlang zum Zimmer meines Großvaters. Ihre Hand war feucht, und als wir an seiner Tür ankamen, riß sie sich von mir los. Ich klopfte zweimal. Opa saß auf der Bettkante, legte sein Taschentuch zusammen und blickte ins Leere. Als ich Surinder ins Zimmer führte, wirkte er einen Augenblick lang verwirrt, als wäre er gerade aufgewacht. Ich sagte: »Das ist Surinder, Opa.«

Sein Gesicht war unrasiert. Er nickte unsicher.

»Sie hilft mir mit dem Häuschen, versorgt das Schwein.«

»Das Schwein? Ah ja.«

»Und den Garten«, sagte sie.

»Sehr schön.« Er sah zu, wie ich mich setzte, und deutete für Surinder dann auf seinen Rollstuhl. »Setz dich doch«, sagte er. Er steckte das Taschentuch ein und blickte zu seinen Zigaretten hin. Dann faltete er die Hände im Schoß.

»Möchtest du was trinken, Opa?« sagte ich und legte die Schachtel Zigaretten neben ihn auf die Tagesdecke.

»Ja, Junge. Ja.«

»Whisky?«

»Ich trink heut 'ne Dose, Junge«, sagte er.

Er nickte, als ich die Tür seines Nachttischs aufmachte, und beugte sich ein wenig zu mir her, als erwartete er, daß etwas herausfiele. Als ich ihm die Dose Bier gab, mühte er sich, mit dem Fingernagel unter den Dosenring zu kommen. Surinder sagte: »Soll ich das machen?« und rückte auf die Kante des Rollstuhls. Doch er gab die Dose mir zurück und wartete, während ich sie aufriß und das Bier eingoß. Surinder blieb auf der Kante sitzen, die Hände zwischen den Knien, und sah sich im Zimmer um.

Die einzigen Geräusche waren dann das Schäumen des Biers, das regelmäßige Ticken von Opas Wecker. Er führte das Glas an den Mund und schluckte, wischte sich mit dem Handrücken die Lippen ab. Er blickte zu Surinder hin, wie sie das Zimmer betrachtete, und trank noch einen Schluck. Schließlich sagte er: »Ich hab nur die eine Dose, aber mögt ihr vielleicht einen Kleinen?« Er nickte zu der Flasche Whisky hin.

Ich blickte zu Surinder hin, und sie sagte: »Ja.« Dann: »Danke.«

Er zündete sich eine Zigarette an, während ich zwei Whisky einschenkte. Wir sagten alle »Prost«. Mir fiel auf, daß er ungekämmt, das Bettzeug hinter ihm zerwühlt war. Er tat einige kurze Züge an seiner Zigarette, und als er sicher war, daß sie brannte, wandte er sich Surinder zu und betrachtete sie. Schließlich sagte er: »Dann führt das Vieh sich also gut auf?«

Surinder sprach laut und deutlich. »Ja«, sagte sie, »es macht sich sehr gut.«

»Weil es nämlich ein ganz schlimmer alter Miesepeter sein kann. Wenn es sein Fressen nicht kriegt.« Er zwinkerte mir zu. »Ist doch so, oder, Junge? Die Alten werden fürchterlich miesepetrig, wenn sie ihr Essen nicht kriegen.«

»Das stimmt.«

»Ja.« Dann war er eine Weile still, blickte in sich hinein, trank und rauchte nicht. Surinder zog die Augenbrauen hoch, und ich zuckte die Schultern, stellte mein kleines Glas auf den Nachttisch. Surinder führte ihres an den Mund, trank einen kleinen Schluck und hustete. Ich nahm Opas Uhr und zog sie auf. Stirnrunzelnd wandte er sich Surinder zu. »Ich weiß noch das erste Mal, als ich ein Schwein zu Gesicht bekommen habe«, sagte er. »Ich hab gesehen, wie sie es geschlachtet haben. Das ist ein Anblick, den man nicht vergißt. Es war im Dezember, weißt du, und mein Vater, der hat immer mal wieder da im Schlachthof mit angepackt. Im Schlachthof hat nämlich der Vater meiner Frau gearbeitet.« Opa trank einen Schluck Bier und zog an seiner Zigarette. »Hab ich dir das schon mal erzählt, Junge?«

»Nein«, sagte ich. Ich hörte zu.

»Also, mein Vater hat immer eine kleine Tonpfeife geraucht, und er hat sie auch auf dem Weg zur Arbeit geraucht – das war Gelegenheitsarbeit, er war selber kein Schlachter –, und an dem Abend bin ich hinter ihm hergezockelt. Ich weiß noch, es war grausig kalt, und auf dem Boden lag Schnee, und ich bin hinter ihm in seinen Fußstapfen gegangen. Die Luft ist beim Atmen zu Dampf geworden, und ich hab so getan, als hätte ich auch eine Pfeife.« Er führte die Zigarette an den Mund und sog die Luft ein, stieß Phantasierauch aus. »Aber wie wir beim Schlachthof angekommen sind, hat er sich umgeblickt und mich gesehen und weggescheucht wie einen Hund, weil er nicht wollte, daß ich mit reinkomme, weißt du. Er hat nicht gewollt, daß ich sehe, was da drin passiert. Also bin ich hinten rum gegangen.

Na, und da waren auch schon andere Jungen, meistens kurze, und ich hab mich durchgedrängelt, damit ich besser sehen konnte. Wir haben auf einer hohen Mauer gestanden und uns zu den Fenstern hoch gereckt – und das waren grausig dreckige Fenster, verrußt, voll mit Mücken vom Sommer. Das Licht drinnen kam von einem Glühstrumpf. Und da kam mein Vater, rückwärts durch die Tür – der ist rückwärts reingekommen, so geschlurft, versteht ihr? Mitten auf dem Fußboden war eine Rinne, und er hatte die Füße zu beiden Seiten von der Rinne. Er hat an einem Seil gezogen, war ganz zurückgebogen, und am Ende von dem Seil war ein Schwein, das erste, das ich gesehen habe. Aber als das Schwein mit dem Kopf zur Tür herein war, hat es wohl gemeint, das reicht jetzt, und hat nicht mehr weiter gewollt, es hat die Beine steif gemacht und keinen Zentimeter mehr weiter gewollt. Das Tier hatte Angst, Kindchen.« Opa senkte die Stimme und beugte sich zu Surinder hin. »Es hat gequiekt. Vor lauter Angst, verstehst du?« Er runzelte die Stirn. Surinder nickte.

»Na, und Agnes' Alter – so hat meine Frau geheißen, Kindchen –, der hat da in der Tür gestanden. Er hatte das Schwein genau da, wo er's haben wollte, das hat ihm gerade so gepaßt. Damals haben sie Kniehosen und Halbstiefel getragen und eine Schürze aus Öltuch, und der hatte Unterarme wie Schenkel. Das war ein mächtiger Kerl von einem Mann, rothaarig, weißt du, rote Haare die ganzen Arme runter. Und der hatte ein Schlachterbeil. Na, und der hat das Schwein damit auf den Hinterkopf geschlagen, und das ist dann auf der Stelle in die Rinne gesackt. Ein Schlag, und es war am Boden. Aber es war nicht tot. Der Mann hat nämlich sein Handwerk verstanden. Der hat es betäubt, hat das Ding wie einen Stempel gehalten und es bewußtlos geschlagen. Weil er wollte, daß das Herz weiterschlägt, damit es das ganze Blut rauspumpt, wenn er ihm die Kehle durchschneidet – weil man das für Blutwurst genommen hat. Blut und Haferschrot.« Er leckte sich die Lippen, und Surinder lächelte.

»Jedenfalls haben sie ihm dann die Kehle durchgeschnitten«, sagte er zu ihr, »und dann haben sie das Blut in das Becken gepumpt. Mein Vater und ein anderer Mann, die haben die Füße auf das Schwein gestellt und seine Vorderbeine wie eine Pumpe auf und ab gedrückt. Und Agnes' Mutter, die war auch dabei – die hatte eine Männermütze auf, wie Agnes auch immer, und ein schwarzes Tuch – die hat das Blut in dem Bekken umgerührt. Sie war bloß eine kleine Frau, vielleicht eins vierzig – so ein kleiner Zwerg –, und die hatte ein Gesicht wie ein Mundvoll Zitronen. Hat grausig bitter ausgesehen, die Frau. Und derb wie ein Pferd war die, die hatte keine Angst, hat immer das Maul aufgemacht, immer ihre Meinung gesagt.

Also, ein Schwein muß man so schnell wie möglich abschaben, da braucht man viel heißes Wasser. Und ich weiß noch, mein Vater und der andere kleine Kerl da, die haben das Wasser getragen, dampfende Kessel voll Wasser, das sie in eine Wanne geschüttet haben. Die haben das Schwein an allen vieren hochgehoben – hepp! – und in das Wasser abgelassen. Inzwischen war das ja tot, Kindchen. Und dann haben sich alle hingekniet und die Haare weggeschabt. Mit stumpfen Messern nämlich. Weil man ja die Haut nicht verletzen wollte. Also, ich weiß noch, die Fenster waren schon ganz angelaufen, und ein paar von den anderen Jungs, die hatten kein Interesse mehr oder haben Platz gemacht und die nächsten vorgelassen – aber ich bin stehengeblieben. Ich hatte so eine Ahnung, was als nächstes kommen würde. Ich hab einen Flaschenzug gesehen, der von der Decke hing, und tatsächlich haben sie den für das Schwein genommen, haben es an den Hinterbeinen hochgezogen. Und Agnes' Vater, der hat ein scharfes Messer genommen und hat das Vieh der Länge nach aufgeschlitzt.« Opa wandte sich mir zu. »Auf beide Seiten der Klinge legst du einen Finger,

Junge, und dann mußt du schneiden und ziehen, schneiden und ziehen. Da ist eine kleine Falte Fett und Haut, die muß man auseinanderziehen. Dann haben mein Vater und der andere ein Becken unter den Schlitz gehalten, und Agnes' Vater, der hat reingelangt und kurz gezogen, und dann sind die ganzen Gedärme rausgekommen, so richtig rausgeplumpst – grau waren die, ein ekliger Anblick. Und dann hat er einen Haufen Scheiße an die Wand am andern Ende geschmissen, einen großen Klumpen Scheiße.« Er fing an zu lachen und sagte dann: »Tut mir leid, Mädchen.«

Surinder grinste und schüttelte den Kopf.

»Na, das war eben auch eine Kunst. Die Lungen und das Herz haben sie getrennt rausgeholt und auf eine Platte gelegt. Und Agnes' Mutter hat das alles gewaschen. Dann haben sie den Kopf an beiden Seiten hinterm Rückgrat abgeschnitten, weggeschnitten, und den hat mein Vater dann mit nach Hause gebracht. Hat für seine Mühe ein paar Pfennige gekriegt, nicht viel, und den Kopf, eingewickelt in Zeitungspapier. Ich bin ihm hinterher. Ich hab geguckt, ob Blut in den Schnee getropft ist, aber es war schon alles ausgelaufen. Alles weg.« Opas Zigarette war zu einem Stummel abgebrannt, und ich reichte ihm einen Aschenbecher. Er zündete sich eine neue an und sagte: »Damals hat man eine ganze Menge aus einem Schweinskopf rausgekriegt. Das Hirn hat man in einen Musselinbeutel gebunden, wenn's einem nichts ausgemacht hat, Hirn zu essen – auf Toast hat das richtig gut geschmeckt, hat ausgesehen wie Fischmilch.«

Opa nickte, und Surinder fragte ihn: »Haben Sie auch eigene Schweine geschlachtet?«

»Nein, die eigenen haben wir nicht geschlachtet.« Er faßte sie am Arm. »Weißt du, Agnes hatte von all dem genug gesehen, und sie hatte keine Lust mehr dazu – die ganze Arbeit –, also haben wir unsere weggegeben. Da ist immer ein Bauer gekommen, der hat sie abgeholt.«

»Ted«, sagte Surinder.

»Ja, Ted.« Mein Großvater sah sie verblüfft an, als hätte er den Namen vergessen. »Ja, das war Ted. Aber der wird jetzt tot sein. Der war schon alt, als ich ihn gekannt hab. Dann haben seine Söhne alles gemacht, die sind für ihn gekommen.« Zu mir sagte er: »Dein Omchen ist mit denen nie zurechtgekommen. Den Jungen. Die hat sich auf Ted verlassen, weißt du, der war immer sehr zuvorkommend. Weil Agnes, weißt du, die war immer ein grausig abergläubisches Wesen. Deine Leute sind ja auch ein bißchen so, oder, Kindchen? Bei den Sachen, die man machen kann oder nicht, wenn's ums Essen geht. Und Agnes, die hätte ein Schwein nie freitags schlachten lassen, sie hat gemeint, das bringt Unglück. Und wenn man das Schwein bei abnehmendem Mond hat schlachten lassen, dann hat das bedeutet, daß das Fleisch sich nicht hält. Und bei Vollmond noch was anderes. Und noch andere Sachen. Die weiß ich nicht mehr alle, aber Ted – der hat sie gewußt, und der hat alles so gemacht, wie Agnes es gewollt hat. Und ich weiß noch, wir haben das Vieh bis auf die letzte Faser genutzt, nichts ist weggeschmissen worden. Das einzige, was man nicht essen kann, ist das Quieken! So hat man früher gesagt.«

»Das Schwein war wichtig«, sagte Surinder. Sie trank den Rest ihres Whiskys.

»O ja, das war wichtig. Das war nämlich so – jeden Silvester haben wir ein neues Schwein gekauft, und dann haben wir es das ganze nächste Jahr hindurch mit den Essensresten gemästet und es dann nächstes Weihnachten schlachten lassen. Und das war wichtig, das war was Nachbarschaftliches, alles ist aufgeteilt worden. Wir haben bei den Nachbarn die Reste geholt, und wenn das Fleisch dann vom Schlachter gekommen ist, haben alle ein kleines Stück abgekriegt. Versteht ihr, man hat mit den Leuten auskommen müssen. Und manchmal haben wir mehr als ein Schwein gehabt, aber denen ist das Futter nie ausgegangen. Da hat immer einer an die Tür geklopft und hat einen Rest von irgendwas für den Topf gehabt. Ich weiß noch, in einem Jahr hatten wir vier Schweine, die haben wir alle aufgezogen und dann verkauft. Das war das Jahr, in dem Richard auf die Welt gekommen ist, Dannys Bruder. Kennst du seinen Bruder, Kindchen?«

»Ich hab ihn schon gesehen«, sagte sie.

»Ja.« Opa streckte die Hand nach seiner Uhr aus, streifte sie sich um das Handgelenk. »Ja, Richard. Ich weiß nicht, wann ich ihn das letzte Mal gesehen hab. Seh ihn jetzt nicht mehr so viel.«

»Danny sagte, sie würden vielleicht in den Bungalow nebenan ziehen, in die Siedlung.«

Das Gesicht meines Großvaters verdüsterte sich,

und er sagte: »Ja, na ja, vielleicht wollen die, daß ich nebenan einziehe, Kindchen. Aber ich nicht. Ich hab keine Lust mehr umzuziehen.«

»Ihnen geht's gut hier«, sagte Surinder.

Lange Zeit schwieg mein Großvater, und als er schließlich antwortete, wandte er sich an mich. »Es ist halt so, weißt du, Junge, ich hab kein Herz mehr. Ich bin jetzt ein alter Mann, ich hab kein Herz mehr. Das ist mit deinem Omchen mitgegangen. Das sag ich jetzt so. Agnes ist weg, und alles, was ich brauche, krieg ich hier. Also hat's keinen Sinn, wenn man mich hier weg-holt.«

»Nein«, sagte ich.

»Ich gehöre jetzt hierher«, sagte er.

»Ja.«

Er nahm seine Flasche Whisky und sagte zu Surinder: »Möchtest du noch einen, Kindchen?«, doch sie legte die Hand über ihr Glas.

»Ich muß bald gehen«, sagte sie.

»Ja«, sagte er. »Aber vielleicht kommst du ja mal wieder.«

Surinder lächelte, gab aber keine Antwort. Mein Großvater gab mir sein leeres Bierglas. »Ist noch was in der Dose, Junge?«

Ich drehte sie auf den Kopf. »Alles weg«, sagte ich.

SIEBENUNDZWANZIG

Der Korb meiner Großmutter hing von einem Dachbalken im Wintergarten herab. Als ich ihn herunternehmen wollte, blieb ein Spinnwebfaden an meinen Fingern hängen. Im Korb waren ein paar graue Erdkrümel und einige vertrocknete und verschrumpelte Blätter. Auf der Werkbank lag neben dem Schleifrad eine Gartenschere. Ich nahm sie und sah eine Spinne in Deckung rennen, eine weitere hinterher. Ich legte die Schere in den Korb und steckte eines von Omchens Messern in die Tasche, fegte die Spinnen auf den Boden. Draußen wartete Surinder am Bohnenspalier, die Hände tief in den Taschen von Omchens Regenmantel. Ein Wind wehte durch die Blätter des Apfelbaums und zauste ihre Haare. »Kalt?« rief ich.

Sie nickte, zuckte halb die Schultern. Ich stellte den

Korb auf den Boden und gab ihr die Schere. »Was nimmst du?« fragte sie.

»Das.« Ich klappte die Klinge aus dem Griff. »Das hat Opa gemacht. Da sind seine Initialen im Holz.« Doch als ich das Messer hochhielt, langte Surinder in den Busch, kauerte sich mit dem Rücken zu mir hin. Sie schnitt den Stiel einer Bohnenschote ab. Ich sagte: »Geht das denn mit der Schere?«

Ihre Stimme war gedämpft. »Ja.«

Eine Zeitlang arbeiteten wir schweigend, das Spalier knarrte im Wind, die Blätter raschelten. Weiter weg trug ein Bagger einen Erdhaufen ab, lud Geröll auf einen Laster. Ein zweiter Laster fuhr gerade weg. Auf der Kuppe des Hügels erschienen kurz zwei Männer in gelbem Helm, Stangen und Klemmbretter in der Hand. Ich hielt einen Augenblick inne, um sie zu beobachten. Surinder schüttete eine Handvoll Schoten in den Korb und ging auf die andere Seite des Busches. Ich sagte durch das Laub: »Mama war bei der Behörde, weißt du. Wegen dem Bungalow.«

Sie arbeitete langsam, langte nach oben. »Und?«

»Sie hatte ihre besten Sachen an und so. Hat sich extra den Tag freigenommen.« Ich hob die Stimme über den Wind. »War auch nötig – sie haben sie stundenlang warten lassen. Dann, glaubt sie, haben sie einfach alles, was sie gesagt hat, ignoriert, und jetzt ist sie stinksauer. Sie sagt, sie will eine Eingabe machen.«

Nach einer Pause sagte Surinder: »Was hat sie zu denen gesagt?«

»Bloß wegen dem Bungalow.«

»Was denn?«

»Na ja, sie behauptet, der wär bloß für alte Leute vorgesehen gewesen – dafür wär er überhaupt erst gebaut worden – und die Stadt hätte ihn Opa versprochen.«

»Aber sie will doch gar nicht, daß er da wohnt.«

Ich holte Luft. »Wollte sie auch nicht, aber jetzt sagt sie, es geht ums Prinzip. Und sie will wissen, was mit der Warteliste passiert ist... So Sachen.«

Surinder kam zu mir herum. Sie leerte eine Tasche mit Bohnenschoten aus. »Und worum geht ihre Eingabe?«

»Sie hat sie noch nicht gemacht.«

»Aber?«

»Das geht darum, daß die Leute, die in der Siedlung wohnen, bestimmen dürfen, wer da einzieht. Das war eines. Oder daß bloß alte Leute, die so und so viele Jahre in der Stadt gewohnt haben, einen Bungalow kriegen.«

»Deine Mama ist eine blöde Kuh«, sagte Surinder.

Achselzuckend sagte ich: »Wahrscheinlich.« Ich blickte auf die Schote in meiner Hand, fuhr mit dem Daumen über die Hülle, die klare Kontur der Bohnen darin. Als ich sie in den Korb warf, sagte ich: »Omchen hat immer die Samen aufgehoben. Fürs nächste Jahr.«

Surinder ließ ihre Schere auf die Erde fallen. »Ich weiß.«

»Ich glaube, ich mach das gar nicht erst«, sagte ich.

Sie nickte, stopfte ihre Haare in den Kragen des Regenmantels. »Ich geh Agnes ansehen«, sagte sie. Sie bahnte sich einen Weg durch die Nesseln, die uns umgaben, und schlenderte mit gesenktem Kopf am Gemüse entlang, wobei sie im Vorbeigehen über die Blätter der Pflanzen strich. An der Stallmauer stellte sie sich auf Zehenspitzen und beugte sich vor. Der Busch neben mir war noch schwer von Schoten. Nach ein paar Minuten ließ ich den Korb stehen und folgte ihr.

Früher hatte es einmal deutliche Wege durch den Gemüsegarten gegeben, schmale Pfade plattgedrückten Erdreichs, die nun mit Gräsern und Unkraut überzogen waren. Zwischen das Kartoffelbeet und das andere Gemüse waren Holzbretter gelegt. Sie waren nun in die Erde getreten, kaum noch zu erkennen, aber an manchen Stellen hörte man sie noch oder sie gaben unter dem Gewicht nach. Als Junge hatte ich den lautesten Punkt in der Spalte zwischen den beiden längsten Brettern entdeckt, und da war ich immer auf und nieder gesprungen, hatte meiner Großmutter zugerufen, sie solle mal hersehen. Oft hatte sie mich verärgert von da weggescheucht.

An der Stelle blieb ich nun stehen, ging mit dem ganzen Gewicht auf das Holz und blickte auf die Kartoffeln hinab. Die Blätter einiger der Pflanzen waren schon welk, vom Regen gelb geworden. Ich stieß die Erde weg und sah, daß mehrere Knollen faul waren, von Larven und Insekten wimmelten. Hinter mir war eine Reihe Schalotten. Ich hatte sie vierzehn Tage davor gezogen und zum Trocknen in der Sonne liegenlassen. Jetzt waren die Blätter braune Schlieren, die bald verrottet sein würden. Surinder redete leise mit dem Schwein. Ich nahm ein Bündel Schalotten und schnitt die Stiele mit dem Messer ab.

Sie blickte in den Verschlag des Schweins, das Kinn auf eine Faust gestützt. Ich stupste sie mit dem Ellbogen an und sagte: »Willst du eine?«

»Zwiebeln?«

»Schalotten.« Sie schüttelte den Kopf, und ich sagte: »Omchen hatte auch immer ein paar davon. Wir könnten sie einpflanzen, wenn du magst.«

»Jetzt?«

»Nächstes Frühjahr. Vielleicht im Februar.«

Sie nickte kurz. Dann sagte sie leise: »Bist du denn sicher, daß es den Garten im Februar noch gibt, Danny?«

»Ich wüßte nicht, warum nicht.« Ich trennte die Knollen, zielte mit einer auf den Fußball in der Ecke des Stalls.

»Glaubst du, Agnes ist dann noch da?«

»Ja«, sagte ich achselzuckend. »Warum nicht?«

»Mir sieht sie ein bißchen fertig aus.«

Ich feuerte noch eine Knolle auf den Fußball. »Die wird schon wieder«, sagte ich. Die Schalotte traf auf die Wand und kullerte quer über den Boden des Pferchs. Wir hörten ein Rascheln aus dem Verschlag, ein leises Grunzen. Wacklig kam das Schwein hervor, feuchtes Gras auf dem Rücken. In den Haaren ihrer Hinterbeine hing getrockneter Dung. Bevor es sich der Knolle näherte, schnüffelte es in die Luft, hob die Schnauze, die Ohren halb gespitzt. Ich sagte: »Ich müßte mir mal wieder seine Streu ansehen.«

»Warum holst du denn nicht den Tierarzt?«

Ich zuckte mit den Schultern. »Womöglich darf es nicht einmal hier sein.«

»Hast du deinem Opa gesagt, daß es krank ist?«

»Ich wollte ihn nicht aufregen«, sagte ich. Und dann: »Er würde dich übrigens gern wiedersehen – ständig fragt er nach dir, wann du wiederkommst. Er sagt aber immer deinen Namen falsch – er nennt dich Selina, oder Sabrina.«

Ich lächelte. Surinder sagte. »Warum sagst du mir das?«

»Was?«

»Das ist, als würdest du sagen, der kann deinen Paki-Namen nicht aussprechen. Ha ha.«

»Surinder!«

Sie seufzte tief und wandte sich von mir ab, starrte in den Garten. Bald darauf lehnte sie sich an den Ytong zurück und verschränkte die Arme auf der Brust. »Entschuldige«, sagte sie. Eine Haarsträhne wehte ihr übers Gesicht. Sie fegte sie mit den Fingern weg. »Der war nett, dein Opa«, sagte sie. »Blöd für ihn.«

»Wie meinst du das?«

»Wie er da so den ganzen Tag eingesperrt ist und dein Omchen vermißt und alles.«

»Dem geht's doch ganz gut.«

»Dem geht's nicht gut, Danny. Der ist richtig einsam. Du willst das einfach nicht wahrhaben. Bloß weil er in einem Heim voll mit anderen einsamen Alten lebt, soll's ihm ganz gut gehen? Das war ganz schrecklich da drin.«

Ich kletterte auf die Stallmauer. »Jedenfalls schmeckt es ihm dort«, sagte ich, »und man kümmert sich um ihn. Sie waschen ihm seine Sachen, machen ihm das Bett und alles. Jeden Abend fahren sie ihn runter in die Bar.« Ich ließ mich in den Stall fallen. Das Schwein trank aus seinem Becken. »Und du hast ihn doch selber gehört, er will nicht weg da.«

»Aber trotzdem ist er einsam.«

»Dem geht's ganz gut«, sagte ich.

»Das Zimmer war so kahl, Danny.«

»Aber er kann doch nirgends anders hin.«

»Wahrscheinlich, weil die Pakis seinen Bungalow haben.«

»Nein!«

Die Lautstärke meiner Stimme überraschte mich. Einige Minuten lang war Stille zwischen uns. Zwischen dem Gemüse klirrten Alustreifen, und ich wartete, sagte nichts. Schließlich sagte sie: »Ich verstehe nicht, warum er nicht bei euch im Haus mit wohnen kann, Danny. Wie kann es gut sein, daß er in dem schrecklichen Heim voller seniler alter Frauen ist, aber nicht gut, daß er bei seiner eigenen Familie wohnt?«

Ich seufzte. »Aber die wollen ihn nicht, Surinder. Das wäre noch viel schlimmer. Das ist doch gar keine Familie mehr, jedenfalls keine richtige, die streiten sich doch bloß ständig. Der fände das schrecklich.«

»Dieses Land kotzt mich an«, sagte sie.

»Was hat das denn damit zu tun?«

Surinder schüttelte den Kopf, blickte zu den Steinbrüchen hin. Gleich darauf stieß sie sich von der Wand ab und ging zu den Apfelbäumen. Sie schlug den Kragen von Omchens Regenmantel hoch und beugte sich, die Schultern hochgezogen, in den Wind. Hinter mir stand das Schwein ganz still an seinem Trog. Seine Schnauze war naß, tropfte. Ich warf die übrigen Schalotten auf den Misthaufen und kroch in seinen Verschlag.

Als wir zwei Wochen zuvor das letzte Mal die Schweinestreu ausgebreitet hatten, hatte ich sie mit frisch gerechtem Gras vom Rasen vermischt. Der Rasenmäher stand noch vor dem Haus, das verbliebene Gras war zu dick zum Schneiden, und mittlerweile war das Lager des Schweins feucht und mulchig, war geschrumpft und dunkler geworden. Es roch säuerlich. Ich überlegte, ob ich das Ganze hochheben und über die Mauer werfen sollte, aber dann hätte es überhaupt kein Lager gehabt. Statt dessen stieß ich es mit dem Fuß hinaus, machte mich daran, das trockene vom feuchten Gras zu trennen. Die Fliegen, die die Dunghaufen umschwirrt hatten, kamen nun auch zu mir, und das Schwein zog sich in seinen Verschlag zurück und ließ sich auf dem Beton nieder. Als das Gras endlich begann, sich im Wind zu zerstreuen, nahm ich ein Bündel auf und trug es zum Gewächshaus hin, wobei ich das Gatter hinter mir unverriegelt ließ.

Der erste Regen schlug gegen die Glasscheiben, als ich die Tür aufmachte. Die Luft drinnen war völlig ohne Feuchtigkeit. Omchens Tomatenpflanzen waren in ihren Töpfen vertrocknet, die Blätter spröde, teils abgefallen. Ich ließ das Bündel auf den Boden fallen und verteilte es mit den Füßen. Vielleicht würde es trocknen, wenn das Wetter besser würde. Ich stand da, die Hände in den Hüften. In der Ecke neben mir stapelten sich Holzkästen, ein paar Plastiktöpfe, ungeöffnete Samenpäckchen. Ich sah ein vergilbtes Spinatbild. Der Anleitung auf der Rückseite des Päckchens zufolge sollte man dünn in schmalen Furchen säen. Ich tippte den Inhalt in meine Hand und rührte mit dem Finger darin herum, wobei ich nach Surinder hinaussah.

Sie ging zwischen den Bäumen und dem hohen Unkraut am äußersten Rand des Gartens umher. Ich konnte die rosa Blumen der Weidenröschen sehen, purpurrote Disteln, ein paar Köpfe Wiesenkerbel. Die Zweige der Apfelbäume schlugen im Wind. Graue Wolkenstreifen zogen darüber hinweg. Ein paar Minuten lang beobachtete ich sie, versuchte, mir meine Großmutter vorzustellen, die Gestalt, die sie in den Bäumen immer gebildet hatte. Es war ein Teil ihres Gartens, den sie schon vor meiner Geburt aufgegeben hatte. Zwischen dem Unkraut verborgen waren Überreste von Hühnerställen, einer Bank, auf der sie im Sommer immer mit meinem Großvater gesessen hatte. Manchmal hatte ich sie zu dem Bahndurchstich hinunterschauen sehen oder hinüber zu den Erdhaufen, einen Korb voller Obst am Arm. Von weitem wirkte sie entfernt, in sich eingeschlossen, doch sie lächelte, wenn ich zu ihr hinging. Oft fragte sie mich: »Was kannst du mir erzählen?« Dann wieder sagte sie nichts, und ich erinnerte mich an ihr Schweigen, wenn ich neben ihr stand.

Wenn ich jetzt zu Surinder hinginge, stellte ich mir

vor, dann würde auch sie lächeln, und wir könnten beieinanderstehen, den Regen von den Steinbrüchen herziehensehen. Ich sah mich nach einem Margarinetopf um und schüttete meine Samen vorsichtig hinein. Doch als ich aufblickte, war Surinder weg. Sie ging ihren Weg zurück durch das Unkraut, schnell, als wäre jemand hinter ihr her. Ich klopfte mit den Knöcheln gegen die Scheibe und winkte. Sie hob die Knie, versuchte zu rennen und stolperte fast. Als ich hinausging, nahm ich einen Spaten in die Hand.

»Eine Ratte, ich hab sie gerade gesehen!«

»Wo?«

»Da drin. Riesig. So einen großen langen Schwanz, ich hab gedacht, es ist eine Schlange.«

Ich schlug mit der Rückseite der Schaufel ein paar Nesseln platt, ging dabei vorwärts.

»Was hast du denn vor?«

»Sie totschlagen.«

»Die ist wahrscheinlich bloß von der Müllkippe rübergekommen, Danny. Laß sie doch.«

Doch ich haute gegen die Nesseln, duckte mich, als sie mir um die Ohren flogen. »Schon gut«, sagte ich. »Ich mach das.«

»Danny!« schrie sie. »Laß das!«

Sie war den Tränen nah, wütend auf mich. Atemlos sagte ich: »Wenn ich sie nicht kriege, dann vermehren sie sich. Nächstes Jahr sind sie dann überall.«

»Ist doch egal!«

»Aber mir nicht!«

Ich legte den Spaten über die Schulter und blickte ihr

ins Gesicht. Der Regen fiel stetig zwischen uns. Drüben rannten die Männer mit den gelben Helmen ins Trockene. Oben am Garten war das Schwein aus seinem Stall gekommen. Es stand ganz still da, stemmte sich gegen den Wind. »Das Schwein ist draußen«, sagte ich schließlich. »Ich tu's mal wieder rein.«

»Scheiße, Danny.« Ich rührte mich nicht. Der Regen sprenkelte Surinders Regenmantel, tropfte von ihren Haaren herab. Sie weinte. Ganz leise sagte sie: »Das ist doch sinnlos, Danny«. und ich ließ den Spaten ins Unkraut fallen, sah ihr nach, wie sie zum Haus zurückging.

ACHTUNDZWANZIG

Jeden Morgen ging ich vor dem Frühstück aus dem Haus, nahm Essen für den Tag mit, ein paar Zigaretten aus der Handtasche meiner Mutter. Ich radelte los, wenn der Nebel aus den Feldern stieg, die Luft warm auf den Armen und die Straßen fast leer. Jeden Abend blieb ich ein bißchen länger, kam unter einem geröteten Himmel nach Hause. Mehrere Tage lang sah ich Surinder nicht. An einem Nachmittag nahm ich ein Buch zur Hand, das sie dagelassen hatte, einen Roman, und eine Stunde las ich ohne Unterbrechung. Dann legte ich es beiseite, aufgeschlagen auf die Kaminkacheln, und schaltete den Fernseher an. Später schrieb ich ein paar Sätze aus dem Geschichtsbuch ab, was mich aber bald langweilte. Die meiste Zeit saß ich da und sah Cricket und schlief lange Stunden oben auf der

Matratze. Ich zog alle Vorhänge zu und mied den Garten. Hausarbeiten machte ich keine. Zur Mittagszeit, wenn ich meinen Großvater besuchen ging, ließ ich die Hintertür unverschlossen und eine Notiz auf dem Tisch für den Fall, daß Surinder vorbeikam. *Bin bald zurück,* lautete sie. *Opa ist krank.*

Ein Arzt war bei ihm gewesen. »Deinem Opa geht es gerade nicht so gut«, sagte mir die Oberin. »Aber keine Sorge, bald ist er wieder auf dem Damm.« Dann schrie sie Opa an: »Du mußt mit den Kippen und dem Alkohol ein bißchen kürzer treten, Joe. Und nicht mehr hinter losen Weibsbildern her sein!« Seine Augen wurden groß, und er lachte, doch dann fing er an zu husten und konnte nicht mehr aufhören. Ich holte ihm Wasser vom Hahn in der Ecke. Die Oberin hielt ihm das Glas an den Mund und strich ihm mit der Hand in Kreisbewegungen über den Rücken, wobei ihr der Rock über den Hüften spannte. Danach lag er drei Tage lang auf einem Haufen Kissen, bis zur Taille mit einer Frottierplüschdecke zugedeckt. Er döste vor sich hin, war überrascht, mein Gesicht zu sehen, wenn er aufwachte, und nickte, als er mich erkannte. An den Namen Surinder konnte er sich nicht erinnern, fragte aber statt dessen: »Was treibt denn deine Freundin so, Danny?« Ich behauptete, sie arbeite im Garten, kümmere sich um das Schwein. Er lächelte, senkte dabei die Lider. Ich zog seine Uhr auf und blätterte seine Zeitung durch, wartete, bis ich eine Stunde geblieben war. Die Vorhänge waren vor der Sonne zugezogen, versperrten den Blick auf den Friedhof.

Am Freitagmorgen, ich schob gerade Omchens Fahrrad aus dem Tor, kam mein Vater von seiner Nachtschicht nach Hause. Er sagte: »Wieder unterwegs zum Hof, Danny?« und lächelte, als er sich näherte. Ich nickte. Er hielt eine Tüte Brötchen an sich gedrückt, seine Mütze und eine Zeitung unterm Arm. »Keine Lust auf Brötchen?« fragte er. »Spiegeleier?«

Ich bestieg das Rad. »Nein, danke.«

Er nickte zum Haus hin. »Mama schon auf?«

»Noch nicht.«

»Richard?«

»Ich glaube, ich hab ihn gehört.«

Mein Vater hielt mir das Tor auf, blinzelte zu den Schlafzimmerfenstern hoch. Die Krawatte lag ihm um die Schultern, das Jackett war offen. Er schien nur widerwillig hineingehen zu wollen. Bald würde Mama aufwachen und wieder mit ihrer Hausarbeit anfangen. Sie nannte es Frühjahrsputz und begann damit gleich nach dem Aufstehen und dann wieder, wenn sie am Nachmittag aus der Fabrik kam. Sie hatte alle Fenster geputzt und die Vorhänge gewaschen und gebügelt, die Zierstücke so aufgestellt, daß sie auf das Karree hinaussahen. Sie arbeitete wie eine Wilde, sagte nur etwas, wenn wir ihr im Weg waren. Sie wollte sich von keinem helfen lassen. Abends zog ich die Schuhe dann an der Hintertür aus und wusch mir die Hände, bevor ich ins Wohnzimmer trat. Das Haus roch nach Raumspray und Politur.

»Wie macht sich das Schwein?« fragte Papa mich.

»Ganz gut«, sagte ich achselzuckend.

»Will es immer noch nichts fressen?«

»Dem geht's gut.«

Er wartete, erwartete mehr, doch ich stellte einen Fuß aufs Pedal, wollte los. Die Namen Spider und Stan waren über die Zaunlatten hinter ihm gesprüht. Das Graffiti war neu. Papa zeigte mit dem Daumen zum Haus. »Ich geh mal rein jetzt.«

»Ja«, sagte ich.

Er nickte. »Na gut, Junge. Und arbeite nicht zu viel.«

»Nein«, sagte ich. Und er sah mir nach, als ich von ihm wegradelte.

Das Schwein hatte nichts mehr gefressen, seit ich Surinder zuletzt gesehen hatte. Als ich beim Häuschen ankam, lag es im Eingang zu seinem Verschlag auf der Seite. Es grunzte leise, als die Gartentür an ihren Angeln aufschwang, drehte die Augen zu mir her, als ich mit ihm redete. Ich lehnte das Rad gegen die Stallwand und ging zu seinem Trog. Die Schlempe, die ich ihm am Abend zuvor hineingeschüttet hatte, hatte eine Haut bekommen, roch säuerlich nach Kotze. »Ich bring dir Frühstück«, sagte ich. Aber es dauerte noch ein paar Minuten, bis ich in die Küche ging.

Auf den Erdwällen arbeiteten schon Leute, Männer mit Schutzhelm und im Unterhemd, andere mit Jacke. Aus der Ferne war schwer zu erkennen, was sie da taten. Maschinen hatten sie keine, bis auf die Möwen, die über ihnen schwebten, und ein schwaches Stimmengewirr gab es kein Geräusch. Ich legte die Arme auf die Mauer. Der Gestank aus dem Stall war stärker, als ich ihn bis da erlebt hatte, und der Dung des

Schweins zumeist flüssig. In einer Ecke des Gartens, zur Müllkippe hin, konnte ich den Dunghaufen sehen, den Omchen für ihren Gemüsegarten angelegt hatte. Er verlief schräg vom oberen Ende der Mauer bis in die Nesseln und Gräser darum herum. Er war mit Tau überzogen. Omchen hatte nicht gewollt, daß man ihn sah, und ihn immer ins Erdreich gerecht, bevor sie neuen darauftat. Ich hatte unter einem der beiden Apfelbäume einen neuen angefangen. Nun schwebte ein Nebel aus Mücken darüber.

Die Vorhänge in der Küche waren zugezogen, und das Licht war orange und trübe. Ich zündete das Gas unter dem Schlempetopf mit einem Streichholz an, nahm eine Zigarette aus der Hemdtasche und hielt sie in die Flamme. Mein Notizbuch lag noch auf dem Tisch. Als die Zigarette brannte, zog ich einen Stuhl heraus, nahm meinen Bleistift und schlug eine neue Seite auf. Vom ersten Zug drehte sich mir der Kopf. Ich schloß die Augen und lehnte mich zurück, erinnerte mich an den Grashang am Tag von Omchens Beerdigung, wie Surinder über mir gesessen hatte, hinter ihr die flimmernde Sonne. Neben uns hatte eine Tragetasche mit Büchereibüchern darin gestanden. Ich stützte das Kinn in eine Hand und schrieb *Liebe Surinder.* Ich vermutete, daß sie jetzt in der Bücherei war.

Falls du vorbeikommst – ich bin Opa besuchen gegangen – es geht ihm nicht besonders gut – ein bißchen erkältet – es wird aber schon wieder besser. Er fragt ganz oft nach Dir – anscheinend möchte er Dich noch immer gern wiedersehen! Agnes übrigens auch, und ich (ich bin nicht lange weg). Als ich an der

Zigarette zog und auf mein Notizbuch blickte, stellte ich mir vor, wie Surinder durch den Bach am Fuß des Hangs watete, ihre Beine den Ölfilm auf der Oberfläche durchbrachen. Ich war hinter ihr gegangen, der Eindruck ihres Körpers umschwebte mich, wurde kühl in der Sonne. Das Wasser roch, und sie hatte die Arme um sich geschlungen, weil es kalt war. Ich erinnerte mich an den Löwenzahn, den sie sich um den Finger gewickelt hatte, und versuchte, mich daran zu erinnern, was sie zu mir gesagt hatte.

Sinnlos, Dich zu fragen, wo Du bleibst, aber ich hab gedacht, daß ich die Schule stecke, ich weiß nicht, aber ich sehe keinen Sinn mehr, nicht für mich. Ich könnte ja versuchen, erst mal hier im Häuschen durchzuhalten – richtig einziehen und irgendwo einen Job kriegen, vielleicht sogar LeisureLand. Ich glaube, zu Hause halte ich es sowieso nicht mehr aus (übrigens war die Eingabe wohl ein Schlag ins Wasser – Mama rotiert mit dem Staubtuch usw.). Vielleicht könntest Du mich ja doch noch besuchen kommen – wenn Du magst? Hier gibt's immer Schweinescheiße zum Wegputzen. Ich glaube, vielleicht versuche ich doch noch, sie zu züchten, es ernsthaft anpacken, mich registrieren lassen und so weiter. Die Schlempe auf dem Herd fing an zu blubbern. Ich trat die Zigarette mit dem Fuß aus und stand auf, um mir eine neue anzuzünden. Bevor ich mich wieder setzte, zog ich den Ring meiner Großmutter aus der Tasche und legte ihn auf den Tisch neben das Notizbuch. Ich schrieb: *Ich möchte Dir noch immer Omchens Ring schenken. Ich hätte gern, daß Du ihn behältst. Vielleicht könntest Du ihn ja an ein Kettchen oder so was tun, dann würde niemand ihn sehen – es liegt an Dir, aber ich fände es schön, wenn Du ihn hättest.* Ich stand wieder auf. Es gab noch mehr zu schreiben, und eine Zeitlang stand ich da und sah auf die Seite, auf die grauen Bleistiftwörter hinab, sagte mir im Kopf, was ich nicht hinzufügen konnte. Ich bückte mich nach dem Metalleimer unter der Spüle, füllte ihn mit Wasser und steckte mir ein Geschirrtuch in den Gürtel. Ich ging nach draußen.

An der Seite des Häuschens lehnte eine Schaufel in der Sonne. Ich legte sie mir über die Schulter und ging damit zum Stall hoch. Aus dem Eimer spritzte Wasser auf meine Schuhe, er schepperte, als ich ihn auf dem Beton abstellte. Das Schwein spitzte die Ohren und beobachtete mich, unternahm aber keinen Versuch aufzustehen. Irgendwo in der Nähe redeten zwei Männer. Sie stiegen in den Bahndurchstich hinab. Einer trug ein Tweedjackett, darüber eine leuchtendgelbe Weste sowie grüne Gummistiefel. Ich glaubte, ihn vom Anfang der Woche her zu erkennen, vielleicht einer der Landvermesser, aber jetzt hatten die Männer keine Instrumente dabei. Als sie verschwunden waren, wandte ich mich um und schaufelte die alte Schlempe aus dem Trog, kippte die Brühe über die Mauer.

Ich schrubbte den Trog innen mit einer Scheuerbürste und wischte ihn mit dem Geschirrtuch aus. Der Rest der Schlempe war wie Porridge, und ich schüttete das Wasser darüber, spülte es dann mit der Hand heraus. Ich wusch das Tuch aus und ging damit zum Mülleimer, hielt bei dem Gestank den Atem an, als ich den Deckel abnahm. Als ich dastand und zu dem leeren

Gelände des Stahlwerks hinübersah, hörte ich, wie die Stimmen der Männer immer leiser wurden. Offenbar folgten sie dem Schienenstrang, entfernten sich vom Häuschen. In der Küche köchelte der nächste Topf Futter auf dem Herd. Ich glaubte, er werde fertig sein, wenn ich den Stall ausgeräumt hatte. Ich ging zum Gewächshaus und holte die Schubkarre.

Als ich dann mit der frischen Schlempe aus der Küche kam, waren meine Jeans und mein Hemd mit Dung beschmiert. Eine dicke Schmutzschicht klebte an meinen Schuhen und ließ sie etliche Nummern größer erscheinen. Beim Gehen blickte ich zu ihnen hinab und lächelte. Ich war froh, schmutzig zu sein. Auf der Nase hatte ich dunkle Flecken, in den Haaren Dungspritzer. Das Schwein hustete, als es mich sah. Ich kauerte mich daneben hin und strich ihm über Ohren und Schnauze, ermunterte es sanft, aufzustehen. Sein Körper zitterte, als es sich aufrappelte, und ich sah, daß seine Knie geschwollen waren. Es lief in die Sonne, atmete rauh, doch als es zu fressen begann, wirkte es zufrieden. Die Stimmen der Männer hörte es nicht. Sie tauchten am Ende des Gartens aus dem Durchstich auf und gingen hinten ums Häuschen herum. Während sie zwischen den Geröllhaufen auf den Nachbargrundstücken umherschlenderten, sah ich mir den Mann in der gelben Weste genauer an und erkannte ihn als den Bauern mit dem Landrover.

Ich ging zur Hecke hinter Omchens Rosen und stellte mich hin. Die Männer unterhielten sich leise beim Gehen, betrachteten den Boden, die Stimmen gedämpft, unverständlich. Der zweite Mann war jünger, und als er sich bückte, um einen alten Stiefel vom Gras aufzuheben, fiel ihm der Pony über die Augen. Er schüttelte den Kopf und warf den Stiefel weg. Der Bauer blickte auf, um zu sehen, wo er landete. Auf seinem Gesicht zeichnete sich Überraschung ab, als er mich bemerkte. Er zog die Augenbrauen noch weiter hoch und lächelte. Ich sagte: »Was machen Sie da?«

»Wie bitte?«

Er trat durch das hohe Unkraut auf mich zu, der andere Mann hinter ihm her. Ich blinzelte in die Sonne. »Ich hab mir bloß überlegt, was Sie wohl machen.«

»Grübeln«, sagte er und lächelte noch mehr. Sein Gesicht war breit und gebräunt, auf den Wangen pokkennarbig. Wie die Männer vor mir standen, erschienen sie mir sehr groß, ihre Sachen zu sauber, als würden sie sie zum ersten Mal tragen. Der Bauer fragte mich höflich, auf das Häuschen zeigend: »Sind deine Eltern zu Hause?«

»Die wohnen hier nicht«, sagte ich. »Das gehört meinen Großeltern.«

»Aha.« Er nickte. »Natürlich. Ob ich sie wohl mal sprechen könnte?«

»Die sind nicht da.«

»Nicht«, sagte er. »Verstehe.« Er schnüffelte, blickte auf meine Jeans hinab. »Sie halten vermutlich Schweine.«

»Ja.«

Sein Blick glitt über den Garten hinter mir; der andere Mann sah ihm zu. Befriedigt nickte er wieder und sagte lächelnd: »Kennen wir uns nicht? Mir ist, als hätte ich dich schon mal gesehen.«

Ich sagte: »Kaufen Sie das Land da?«

Der jüngere Mann zupfte sich an der Nase und sah auf seine Füße hinab. Er lächelte. Einen Augenblick lang überlegte der Bauer, verengte die Augen und lachte unvermittelt auf. Er sagte: »Das haben wir schon hinter uns, mein Freund. Ein *fait accompli.*« Er wartete auf meine Reaktion, und ich nickte, verlagerte mein Gewicht auf ein Bein. Ich zuckte mit den Schultern, als ginge mich das nichts an. Mit einem Blick auf den anderen Mann sagte er: »Nun, ich muß weiter, aber wir werden uns wohl wiedersehen. Sag doch deinen Großeltern, daß ich da war.« Ich gab keine Antwort, und er lächelte wieder. »Na, dann tschüß.« Und beide Männer wandten sich um, der Bauer hob beim Weggehen die Hand.

Ich stand drinnen am Küchentisch und las meinen Brief an Surinder durch. Ich stützte mich mit einem Ellbogen auf den Tisch und nahm den Bleistift. Eine Minute verging, noch eine, und ganz langsam, die Wörter aus der Entfernung betrachtend, schrieb ich: *Ich liebe Dich.* Dann sah ich es mir noch einmal an, und vorsichtig riß ich die Seite aus dem Heft, faltete sie langsam in meine Faust. Ich warf sie in den Mülleimer und ging nach oben ins Schlafzimmer.

NEUNUNDZWANZIG

Als Surinder den Weg herabkam, stand ich im Halbdunkel des unteren Schlafzimmers und beobachtete sie durch die Vorhänge. Sie trug ihren Anorak, darunter ein gelbes T-Shirt. Ihre Haare wehten offen um ihre Schultern, und sie wirkte befangen, ging übertrieben langsam. Ihre Fingerspitzen strichen durch die Blätter der Hecke. Sie blickte kurz zu mir her, dann hoch zum Dach und hinüber zum Gemüse. Ich zog die Vorhänge zu und warf das Bettzeug über die Kissen. Als sie in die Küche trat, ließ ich gerade Wasser in den Kessel. »Hast du geschlafen?« fragte sie.

Ich zuckte die Schultern.

»Deine Haare stehen richtig ab.« Ich strich mir mit der Hand über den Kopf, und sie setzte hinzu: »Agnes sieht auch ziemlich verpennt aus.«

»Die ist die ganze Zeit verpennt«, sagte ich zu ihr. »Die ist krank.«

Surinder nickte und zog einen Stuhl unterm Tisch hervor. Ich sagte: »Wo warst du denn die ganze Woche?«

»Bücherei.« Als sie saß, las sie laut aus meinem Notizbuch: »Bin bald zurück. Opa ist krank.« Ihr Gesicht ließ weder Erschrecken noch Besorgnis erkennen, und sie sagte: »Dann hast du mich also erwartet?«

»Ja«, sagte ich leichthin, »es geht ihm schon wieder besser, danke der Nachfrage.«

»Entschuldige.« Sie neigte den Kopf, bis ich sie ansah, wiederholte dann leise: »Bitte entschuldige.«

Ich konzentrierte meinen Blick auf eine Delle in dem Kessel. Als das Wasser anfing zu kochen, wackelte der Kessel auf dem Gestell. Ich sagte: »Hast du was Interessantes gelesen?«

»So einiges. Manches war interessant. Und du?«

»Ich hab Omchens Post geöffnet.«

»Und?«

»Bloß Rechnungen und so Zeug. Langweilig. Hab's gar nicht erst gelesen.«

Ein langes Schweigen folgte. Nach einigen Minuten seufzte Surinder tief auf, trommelte mit den Fingernägeln auf den Tisch. Plötzlich stand sie auf und ging, die Hände in den Taschen, in der Küche umher, betrachtete die Teller und Tassen in der Spüle, Omchens Regenmantel an der Tür, den alten Kalender über dem Herd. Sie ging in den Wintergarten, doch da gab es nichts, was sie nicht schon gesehen hatte. Mit zwei Bechern Tee folgte ich ihr ins Hinterzimmer des Häuschens. Sie starrte auf das Cricket im Fernseher. Er leuchtete hellgrün in dem Dämmer, und als ich das Licht anknipste, sah ich, daß die Uhr stehengeblieben war. »Wie spät ist es?« sagte ich. Sie zeigte mir ihre Uhr, ein billiges Plastikarmband. »Wo hast du die her?«

»Aus dem Laden.« Sie posierte, die Arme zu beiden Seiten ausgestreckt, knickste. »Gut, was?«

»Nein.« Ich nahm das Foto meiner Großeltern in ihren Flitterwochen, schob es in die Tasche. Dann zog ich die Uhr auf und stellte sie wieder auf den Kaminsims, fuhr mit den Fingern die Kacheln entlang. »Alles muß hier abgestaubt werden. Ein Elend.«

»Du bist hier das Elend.«

Ich zeigte ihr die Zähne, ein steifes Lächeln. »Okay?«

»Schon besser.«

»Sollen wir nach oben?«

Sie blies auf ihren Becher, nickte, als ich an ihr vorbeiging.

Die Treppe herab zog es kräftig. Einen Augenblick lang waren wir vom Licht des vorderen Schlafzimmers erhellt, dann knallte die Tür über uns zu. Ich fand mich in der plötzlichen Dunkelheit zurecht, doch meine Beine waren schwer, als zöge ich Surinder hinter mir her. Nahe der obersten Stufe stolperte ich, verspritzte meinen Tee an der Wand. Als ich zurückblickte, wirkte sie wie ganz weit unten. Ich hielt die Tür auf, bis sie zu mir hochkam, spürte ihre Wärme, als sie unter meinem Arm hindurchging. Ihre Haare strichen mir übers Gesicht. Ich ging hinein und setzte mich auf die Matratze.

Surinder blieb noch eine Weile stehen. Auch hier

blickte sie sich im Zimmer um, auf die kahlen, fleckigen Wände und die Decke. Das Bettzeug hing auf die Dielen hinab, verdreht und schmuddelig. Ich legte die Hand auf das Leintuch. »Setzt du dich denn wenigstens hin?« sagte ich. Doch sie ging zum Fenster und machte es zu. Sie zitterte leicht. Die Blätter hatten draußen geraschelt, und Wind kam auf. Jetzt war Stille. Sie schaute in den Garten hinab, als suchte sie etwas, kam dann schließlich her und setzte sich neben mich. Sie hielt ihren Becher unters Kinn und zog die Knie an. Ihre Schulter berührte meine, und ich sagte: »Möchtest du dir denn nicht den Anorak ausziehen?«

»Ich bleibe nicht lang«, sagte sie. »Ich möchte wieder zurück.«

»Warum bist du dann hergekommen?«

»Wollte einfach, wollte sehen, wie's dir geht.«

»Danke.« Auf dem Fußboden lag eine Schachtel Zigaretten. Ich sagte: »Willst du 'ne Kippe?«

Sie schüttelte den Kopf, zwang sich zu einem Lächeln. »Will's mir abgewöhnen«, flüsterte sie.

Ich zögerte, ließ die Schachtel zu. Sie bildete eine hübsche Form in meiner Hand, ein hübsches Gewicht, und ich drehte sie um, schob den Deckel mit dem Daumen zurück. Die schwammigen Filterenden waren weiß und sauber, der Tabak roch süß. Ich zog eine Zigarette heraus. »Ich auch«, sagte ich. »Nach der.« Wir sahen zu, wie die Zigarette schwelte. Die brennende Spitze fraß sich knisternd und knackend nach hinten, machte aus dem Papier Asche. »Hörst du das?« flüsterte ich. »Horch.«

Surinder sah mich an und sagte: »Ist dein Opa sehr krank?«

»Er ist bloß alt«, sagte ich und inhalierte. »Er vermißt Omchen. Am Montag ist er gestürzt, ist aus dem Bett gefallen und mußte ewig warten, bis einer gekommen ist. Dabei hat er sich erkältet. Er sagt, er wär auf dem Fußboden eingeschlafen und hätt von Omchen geträumt, aber er kann sich nicht mehr erinnern, was sie gesagt hat. Die ganze Zeit versucht er, sich daran zu erinnern, und wird ganz frustriert. Er findet es ganz schlimm, wenn er sich an etwas nicht erinnern kann.«

»Hast du ihm vom Schwein erzählt?«

»Nein, das würde ihn bloß aufregen«, seufzte ich. »Über solche Sachen, so praktische Sachen hat ja Omchen Bescheid gewußt.«

Surinder wartete. Sie sagte: »Der fände es schade, wenn er den Garten jetzt so sähe, oder?«

Ich nickte. Das Unkraut aus den angrenzenden Grundstücken breitete sich schon zwischen Omchens Rosen aus, und die Hecken wucherten, hatten neue Triebe, an manchen Stellen so hoch wie die Apfelbäume. Einmal hatte es da klare Begrenzungen gegeben, einen Rasen, der genau an den Blumenbeeten endete, sauber geschnittene Hecken. An sonnigen Tagen hatte ich im Liegestuhl neben Opa gelegen, hatte seiner Stimme zugehört und meiner Großmutter zugesehen. Immerzu war da der Lärm vom Stahlwerk gewesen, waren Lastwagen die Hauptstraße entlanggerumpelt. Jetzt unterschied sich der Rasen in nichts von dem umliegenden Land. Im Gemüsegarten wurden die

Blätter des Gemüses von Insekten und Raupen abgefressen. Die Bäume ließen ihre Früchte auf Nesseln fallen. Ich sagte: »Sollen wir raus aufs Land? Wir könnten Stroh holen. Es von einem Feld oder so klauen.«

Surinder sagte: »Jetzt nicht, Danny.«

Ihre Stimme war sehr leise, und ich sagte: »Das Schwein riecht ziemlich, was?«

»Das ist nicht Agnes«, seufzte sie, »das ist die Müllkippe. Die stinkt.« Ich zerdrückte die Zigarette mit dem Absatz, stieß den Rauch durch die Nase aus. »Das ist ekelhaft, Danny. Das riecht genauso wie hinter Papas Laden, wo die Mülltonnen stehen. Das schlägt einem entgegen, sobald man die Einfahrt hochkommt.«

»Wahrscheinlich schütten die sie sowieso bald zu«, sagte ich. »Oder räumen sie ab oder so was. Mein Bruder glaubt, die wollen eine Modelleisenbahn bau en. Dann lassen sie den ganzen Tag Dampfzüge durch die Steinbrüche schnaufen.« Ich ließ mich auf die Matratze zurückfallen und zog mir das Bettzeug über die Beine. »Vielleicht machen sie auch ein Museum draus. Sie könnten aus Omchen und Opa Wachsfiguren machen, Keramikschweine und so 'n Kram verkaufen. Vielleicht bieten sie uns ja sogar auch einen Job an.« Surinder trank von ihrem Becher, stellte ihn dann neben meinen ins Regal. Sie lächelte nicht. Ich sagte müde: »Da war einer hier. Der Bauer, dem wir draußen begegnet sind, der mit dem Landrover.«

»Hier?« Sie machte ein verblüfftes, ärgerliches Gesicht. »Warum?«

»Einfach bloß rumschnüffeln.« Ich zog mir die Decke zum Kinn hoch. »Hat gesagt, er hat das Land gekauft. Hat alles abgeschritten, alles vermessen.«

»Das ist ja ekelhaft!« Sie legte sich neben mich auf den Bauch. »Der ist ganz widerlich, Danny. Wozu braucht der das denn?«

»Keine Ahnung. Aber er kommt wieder, um mit Omchen darüber zu reden.« Surinder kniff die Augen zusammen. Ich hob ein Ende der Daunendecke hoch. »Willst du mit drunter?« Einen Moment lang schien sie abgeneigt, doch dann schob sie sich auf die Mitte der Matratze und ließ sich von mir einhüllen. Sie kreuzte die Arme über der Brust, die Hände auf den Schulterblättern. Ich legte die Hand in die Rundung ihrer Taille. Ihre Stirn mit der meinen berührend, murmelte ich: »Weißt du, bevor der aufgekreuzt ist, hab ich dir einen Brief geschrieben.«

»Worüber?«

»Über uns.« Ich zuckte mit den Schultern. »Das Häuschen und das Schwein und alles.«

»Ist das ›uns‹?«

»Wohl nicht.« Mit einiger Mühe streifte ich die Schuhe ab, hörte sie auf die Dielen poltern.

»Was machst du da?«

»Nichts.« Ich küßte sie.

»Sag mir, was du geschrieben hast.«

»Na, über Opa, wie er krank war und so.«

»Das ist nicht über uns.«

»Nein. Aber dann auch, daß ich von der Schule weg will.« Ich langte zwischen uns, zog ihren Gürtel durch die Schnalle und öffnete den obersten Knopf ihrer Jeans. »Ich hab geschrieben, daß ich hier richtig herziehen will, mir vielleicht einen Job besorge und versuche, Schweine zu züchten, alles ordentlich mache.«

Ihr Anorak raschelte. Sie packte mich am Handgelenk, über meinem Reif. »Bloß du?«

»Wärst du auch mitgekommen?«

Sie saugte ihre Unterlippe ein, schüttelte sanft den Kopf.

»Das hab ich mir gedacht«, sagte ich.

Surinder beobachtete mein Gesicht, während ich sie küßte, ihren passiven Mund, der halb lächelte. »Was noch?« sagte sie.

»Nichts weiter …« Ich entwand mich ihrem Griff und fand den nächsten Knopf, drückte ihn durchs Loch. »Das ist jetzt nicht mehr so wichtig«, sagte ich. Ich zog ihr die eine Seite ihrer Jeans über die Hüfte, und sie hob sich ein klein wenig an, um mir zu helfen, kreuzte dann wieder die Arme über der Brust. Ihr Gesicht war dicht an meinem, zu nah, um es klar zu sehen, und als ich ein Lid senkte, tat sie es mir nach, wie ein Spiegel.

»Das *ist* wichtig«, beharrte sie.

»War eh kein richtiger Brief«, sagte ich. »Halbe Seite.«

»Danny!«

»Surinder?«

Ich lächelte, als ich mir die Decke über den Kopf zog. In der Wärme ihrer Nähe konnte ich den Rauch auf meinen Fingern riechen, die Feuchtigkeit, die Jahre in den Decken, eine Muffigkeit aus der Kindheit. Ich streifte ihr die Jeans zu den Knöcheln hinab, drückte die Nase an ihre Haut. Ihr Geruch war vertraut; er war klamm und süß, und manchmal hatte sie ihn auf meinen Händen, in meinen Sachen zurückgelassen. Ich atmete tief ein. Ich wollte mich erinnern.

Als ich auftauchte, umklammerte sie mich mit den Armen. »Das klingt alles ganz langweilig«, sagte sie. »Warum hast du ihn geschrieben?«

»Ich hab nicht geglaubt, daß ich dich je wiedersehe.«

Sie zog meine Oberlippe zwischen die Zähne, biß mich sanft. »Und was machen wir jetzt?«

»Weglaufen und heiraten?«

Surinder lächelte, doch das Lächeln verging rasch. Die Hände lose um meinen Hals geschlungen, musterte sie mein Gesicht, drückte die Nase gegen meine. Ein Tränenschleier trübte ihre Augen. Leise sagte sie: »Ziehst du die Hose aus, Danny?«

Das Licht schwand, als die Wolken über den Steinbrüchen dunkler wurden. Die Schreie der Möwen wurden vom Wind mitgerissen. Ich löste meinen Gürtel und krümmte den Rücken auf der Matratze, zerrte Jeans und Unterhose herab. Surinder rollte sich unter der Decke zusammen, das Gesicht auf ihrem Haarkissen, sah zu, wie ich meine Jeans zusammenfaltete, sie sorgfältig auf den Fußboden neben mir legte. Sie zog ihren Anorak nicht aus, und ich knöpfte mir das Hemd nicht auf. Ich rollte mich auf meine Seite, drückte die Beine zwischen die ihren. »Sag mir, was du noch geschrieben hast«, sagte sie.

»Nichts«, sagte ich. Ich holte tief Luft. »Bloß daß ich wollte, daß du Omchens Ring hast.«

»Wieder?«

»Als Erinnerung.«

»Damit er mich an dich erinnert?«

»Für immer und ewig.«

Surinder stützte sich auf Ellbogen und Knie, kauerte sich über mich. »Okay«, sagte sie. »Wenn du ihn mir geben willst.« Sie kitzelte mich mit ihren Haaren im Gesicht. Ich grinste, als ich sie wegblies.

»Er ist in meiner Jeans.«

»Nachher«, sagte sie.

Als sie mich in sich hineinführte, faßte ich sie sanft an der Hand. Langsam schob sie sich vor und zurück. Die offenen Flügel ihres Anoraks hingen zu beiden Seiten von mir herab, rochen nach Plastik und Parfüm, ihrem Schweiß aus dem Garten. Ich vergrub das Gesicht in ihrer Schulter und drückte sie an mich. Sie wiegte meinen Kopf in den Händen. Ich murmelte ihren Namen, und als ich die Augen schloß, spürte ich nur ihre Weichheit, und dann, als unser Atem schwerer wurde, eine feuchte, ferne Empfindung, die Sekunden später wieder vorbei war. Es war das letzte Mal. Surinder bewegte sich weiter auf mir. Und als ich ihr Gesicht fand, um es zu küssen, sah ich, daß sie weinte. Ich zog die Decke von unseren Beinen über uns. Reglos lagen wir im Dunkeln da.

Schließlich flüsterte sie: »Kann ich jetzt die Kippe haben?«

»Sollen wir uns eine teilen?«

»Okay.« Sie setzte sich aufrecht, wischte sich die Augen am T-Shirt ab. Ich zündete die Zigarette mit einem Streichholz an, und sie sagte: »Wie geht's deiner schwangeren Schwester jetzt, Danny?«

»Immer noch schwanger«, sagte ich achselzuckend. »Sie hält sich aus allem raus. Warum?«

Surinder nahm die Zigarette an. »Einfach so.«

»Hm.« Und ich nickte, wartete, bis ich wieder mit Rauchen dran war. »Und deine schwangere Schwägerin?« fragte ich.

»Wieder nach Hause gegangen.«

Ich nickte.

»Wieder in den Laden. Die machen ihn wieder auf.«

»Hm.«

Eine lange Pause entstand. Surinder nahm einen tiefen Zug aus der Zigarette, wandte sich ab, als sie den Rauch ausstieß. Sie hustete, prustete wegen des Rauchs, und da merkte ich, daß sie schluchzte. Ihre Schultern hoben sich, und ich schlang die Arme um sie, versuchte, ihre Erschütterungen zu stillen. Die Zigarette fiel ihr aus den Fingern auf die Dielen. »Was ist?« murmelte ich, doch sie gab keine Antwort. Ich berührte ihr Gesicht, spürte ihre Tränen auf der Hand. »Wein doch nicht«, flüsterte ich.

Die Stimmen unten waren gedämpft, kamen wie von weit her. Ich hob ein wenig den Kopf, um sie zu hören, und erkannte meinen Bruder. Er redete mit Papa. Sie waren unter uns im Schlafzimmer meiner Großeltern. Einige Augenblicke lang regte ich mich nicht, empfand weder Hast noch Angst. Ich legte die

Wange auf Surinders, horchte, wie sie ins Hinterzimmer gingen. Dann wurde am Riegel am unteren Treppenabsatz hantiert. »Scheiße«, seufzte ich und langte nach meiner Jeans. Surinder sah mich an, die Augen geschwollen, verständnislos. Ich wedelte mit der Hand vor meinem Gesicht durch einen grauen Dunst Zigarettenrauch, rappelte mich hoch, raffte ihre Sachen zusammen. »Schnell«, sagte ich.

Ihr Gesicht war ruhig und resigniert, und sie beeilte sich nicht. Als sie die Beine in die Jeans steckte, starrte sie wie gedankenverloren zu Boden. Als Richard oben an der Treppe ankam, war sie barfuß, knöpfte sich noch den Hosenschlitz zu. Sie hielt seinem Blick stand, bis er rot zu werden begann, kauerte sich dann an der Matratze hin und zog ihre Unterhose aus dem Bettzeug. Sie stopfte sie in ihre Anoraktasche und schlüpfte in ihre Sandalen, sah mich dabei ausdruckslos an. Zwischen uns war die Matratze. Ich trat auf sie zu, mir war, als durchquerte ich das ganze Zimmer.

Richard sagte: »Du mieses kleines Arschloch, Danny.« Seine Stimme war rauh und zittrig, und er rief zu meinem Vater hinab: »Er ist hier oben!« Dann, den Blick auf Surinder, noch roter werdend: »Mit einem Mädchen!« Als ich den Kopf meines Vaters die Treppe hochkommen sah, faßte ich Surinder an der Hand. Sie war kalt. Ich merkte, daß ich schwitzte. Richard sagte: »Das ist eine Paki, Papa. Seine Freundin ist eine Scheiß-Pakistani.«

DREISSIG

Am darauffolgenden Morgen wachte ich später als sonst auf und blieb viel länger liegen, als würde ich aufs Bett gedrückt und könnte mich nicht bewegen. Auf dem Karree draußen hörte ich meinen Bruder lachen, einen plötzlichen Schrei und das Knallen einer Bierdose. Die Vordertür stand offen. Mehrere Stimmen konkurrierten miteinander, wurden mit einem Schlag lauter, als sie in unseren Flur kamen. Ich hörte, wie Richard versuchte, sie zu beruhigen, und wie die Haustür zuging. Eine kurze Pause trat ein, es wurde leise gemurmelt, dann setzte sich das Gelächter in unserem Wohnzimmer fort. Regen trommelte an mein Fenster, wurde lauter, wenn der Wind wehte, ließ sachte nach. Das Licht war körnig und blau. Gegenstände wirkten undeutlich und schienen sich zu bewegen, wenn ich sie ansah. Ich griff hinter mich und zog an der Lampenschnur, starrte zur Decke hoch.

Im Traum hatte ich versucht, den Vorderreifen des Rades meiner Großmutter aufzupumpen. Ich kniete in Surinders Vorgarten, und neben mir auf der Mauer saßen Spider und Stan, die sich eine meiner Zigaretten teilten. Sie warteten darauf, daß unsere neuen Nachbarn eintrafen, und obwohl es Tag war, hatte die Luft um uns herum die Struktur der Dunkelheit. Surinders Schlafzimmerfenster war hell erleuchtet. »Sie wird in der Bücherei sein«, sagte Stan zu mir. Doch ich tat so, als hätte ich ihn nicht gehört. Ich pumpte weiter Luft in den Reifen, wobei ich ihnen die Konstruktion des Ventils auseinandersetzte, den Druck in der Pumpe in Pond pro Quadratzentimeter und die Anatomie meines Arms. Ich sprach in einem leisen, informativen Ton, doch ihre Gesichter zeigten keinerlei Interesse. Der Reifen blieb platt.

Als Surinder neben mir erschien, trug sie ein schwarzes Umstandskleid, das meiner Schwester gehörte. Mir fiel auf, daß ihre Brüste viel größer waren, und ich fragte mich, wieviel Luft sie wohl enthielten. Sie blickte Spider und Stan verachtungsvoll an, und ich flüsterte ihr ins Ohr: »Ich hab ihnen die Kippe gegeben. Ich hab gedacht, dann gehen sie, aber ich werd sie nicht los.«

Sie schraubte einen Füller zu und sagte kühl: »Wie geht's Agnes?«

Achselzuckend sagte ich: »Hoffnungslos, heute morgen hab ich versucht, Luft in sie reinzukriegen, aber die Pumpe ist kaputt.«

»Dann stört der Ring sie gar nicht?«

Surinder zeigte mir ihr Profil, und ich sah, daß sie in einem Nasenflügel einen goldenen Ring hatte. Er schimmerte im Dunkeln. Als ich näher hinsah, um zu erkennen, ob es der von Omchen war, hörte ich Gelächter hinter mir und wirbelte herum zu Spider und Stan. Sie nahmen gerade das Fahrrad auseinander, schlugen die Teile mit Hämmern ab. Stan hielt sich das Vorderrad an die Nase. Spider schlang sich die Fahrradkette als Armband ums Handgelenk. Das Hämmern hatte mich geweckt.

Die Haustür ging auf und wurde zugeschlagen. Ich stand rasch auf und spähte zwischen den Vorhängen hinaus. Ich erkannte Richards Freunde nicht. Einer blieb beim Bungalow stehen und schaute in den Vorbau. Lachend rannte er hinter den anderen her. Er legte Richard die Hand auf die Schulter, und sie wandten sich zur Mitte der Siedlung, schritten forsch aus, ihre Schritte hallten im Durchgang. Ich ließ die Vorhänge fallen und griff nach dem Wecker. Es war nach elf, und ich vermutete, sie gingen zum Pub. Ich hatte nicht gemerkt, daß es schon so spät war.

In der Küche zog ich mir meine Turnschuhe an und setzte Wasser auf. Draußen hatte sich der Regen zu einem Nieseln abgeschwächt, und die Luft roch nach feuchtem Beton. Große nasse Flächen verdunkelten die Häuserfronten. Pfützen hatten sich gebildet, wo die Gehwegplatten uneben waren. Auf dem Weg zu der Bungalowtür verschränkte ich die Arme vor der Brust und zog den Kopf ein. Das Wasser, das sich unterhalb der Türstufe gesammelt hatte, war rosa. Ich erinnerte mich an die Fleischbrocken, die Ted zum Häuschen meiner Großeltern gebracht hatte, wie sie das Zeitungspapier, in das sie eingewickelt waren, durchnäßt und den Küchentisch befleckt hatten. Ich glaubte zu wissen, was ich sehen würde. Doch den Scheißehaufen im Vorbau hatte ich nicht erwartet.

Auch Toilettenpapier war da, durchweichte blaue Blätter, abgerissen von der Rolle in unserem Haus. Der Gestank drückte mir die Kehle zu, und ich hielt mir eine Hand vor den Mund. Ich suchte nach etwas Geschriebenem, doch die Graffiti waren schon seit Monaten da. Die Schweinefüße waren an die Tür genagelt. Sie waren verkehrt herum und sehnig, und das Fleisch hatte jede Farbe verloren. Die wenigen verbliebenen Haare waren grau. Den Atem anhaltend, versuchte ich, sie abzubekommen, doch es ging nicht, und ich glaubte, mir würde schlecht. Ich trat zurück und sah den Mantel meines Bruders in unserem Flur. Ich rannte hin. Er hing an einem Haken am Fuß der Treppe, wo Richard ihn nach Omchens Beerdigung hingehängt hatte. Ich erinnerte mich, wie er hinten in der Kapelle erschienen war, und dann zwischen den Kränzen draußen, blaß und verschwitzt in der Sonne. Er hatte einen Scherz wegen der Schinkenpreise gemacht, mich am Arm gepackt, als ich an ihm vorbei wollte. Als ich den Mantel abnahm, hörte ich oben die Klospülung. Mein Vater erschien auf dem Treppenabsatz. Ein paar Augenblicke starrte er mich an, ohne etwas zu sagen, schüttelte dann den Kopf und ging ins Schlafzimmer. Ich leerte seinen

Werkzeugkasten auf dem Teppich aus und suchte nach seiner Zange.

In der Nische legte ich Richards Mantel über die Scheiße und trampelte sie platt. Der eklige Geruch blieb, und während ich die Nägel aus der Tür zog, biß ich die Zähne zusammen, versuchte, nicht einzuatmen. Als die Füße schließlich abgingen, rissen sie zwei Splitter mit aus der Wand, und man konnte das gelbe Holz unter dem roten Anstrich sehen. Die alte Frau auf der anderen Seite des Karrees beobachtete mich zwischen ihren Vorhängen hindurch. Ich nahm den Mantel meines Bruders am Kragen und zog ihn aus dem Vorbau, schleifte ihn zur Veranda von Petes Haus in der Ecke. Ich ließ ihn vor der Tür liegen und ging mit den Füßen, in denen noch immer die Nägel steckten, zurück zu unserem Haus. In der Küche kochte schon das Wasser über. Es spritzte auf den Fußboden, eine Dampfwolke stieg an die Decke. Ich zog meine Jacke an und verließ das Haus durch die Hintertür.

Richard war nicht im Pub. Der Raum war matt beleuchtet und leer, die Biermatten säuberlich auf den Tischen ausgerichtet. In den Aschern waren keine Zigarettenkippen, nirgends leere Gläser. In einer Ecke zuckte ein Videospiel orange und grün, klackerte los, als ich in die Bar trat. Ein paar Männer blickten ohne Neugier auf. Ich überflog ihre Gesichter und wandte mich zu den Toiletten, plötzlicher dichter Uringestank. Eine Männerstimme schrie »Raus hier!«, doch ich ließ die Türen hinter mir zuschwingen und trat eine Kabine nach der andern auf. Als ich wieder herauskam, hob der

Wirt gerade die Barklappe. Sein Bauch war riesig, und er mußte sich auf die Zehen stellen, um sich hindurchzuquetschen. »Ich such meinen Bruder«, sagte ich. »Er ist nicht da.« Und beim Gehen stieß ich einen Stuhl um.

Ich radelte in einem feuchten und böigen Wind, die Schweinefüße im Korb. Asphalt und Himmel vor mir waren grau, zu beiden Seiten der Straße neigten sich Bäume im Wind. Dunkle Wolken jagten von den Steinbrüchen über meinen Kopf hinweg. Die Windschutzscheiben der Autos, die mir entgegenkamen, waren regenverspritzt, das Geniesel von den Scheinwerfern trüb erleuchtet. Das Rad ließ sich nicht schneller fahren, und bald erlahmten mir die Glieder von seinem Gewicht. Ich ließ den Kopf hängen und trat schlapp in die Pedale, den Blick auf der Straße, die unter den Rädern abrollte.

Als ich von der Schnellstraße abbog, rutschte das Rad auf dem feuchten Kies der Abfahrt. Vor mir konnte ich den roten Transit erkennen, die Hecktüren halb geöffnet. Er war am Tor zu Omchens Garten geparkt. Ich rutschte vom Sattel und rannte den Hügel hoch, das klappernde Rad neben mir mitzerrend. Richards Freund Craig war im Gemüsegarten, gegen die Stallmauer gelehnt. Er blickte auf und sah zu mir her. Er kaute und wartete offenbar. Ich ließ das Rad auf den Boden fallen und nahm die Füße aus dem Korb, ging langsam auf den Stall zu, roch die Feuchtigkeit der Luft, den Gestank der Müllkippe. »Na?« sagte er. »Was gibt's?«

Ich wollte sprechen, doch mein Mund war zu angespannt. Ich hielt ihm die Füße hin, sah ihn nur verschwommen. »Was soll das?« fragte er lächelnd, und an seiner Stimme erkannte ich, daß er es nicht wußte. Ich schüttelte den Kopf. Im Stall lag das Schwein auf der Seite, die Augen glasig und leblos, wie auf uns gerichtet. Er sagte: »Ist wahrscheinlich bloß eine Erkältung, es wird langsam alt. Ich würde noch heute nachmittag den Tierarzt holen. Vielleicht erholt es sich noch mal.« Der Bauch des Schweins füllte sich, die Schnauze wurde schmal. Ich zählte seine Füße, biß die Zähne zusammen vor Erleichterung, die in mir hochstieg. »Solltest ihm wirklich Stroh besorgen«, fuhr er fort. »Das Gras ist feucht da drin. Modrig.« Ich warf ihm einen Blick zu und bemerkte den goldenen Ring in seinem Ohr. Ich dachte an Surinder, wie sie das erste Mal mit mir am Stall gestanden hatte, wie sie mir am Morgen im Traum erschienen war. Sie würde nicht mehr ins Häuschen kommen, auch nicht mehr Opa besuchen. Und ich wußte nun, daß ich nicht mehr in die Schule gehen würde. Ich wischte mir die Augen am Ärmel ab, die Füße noch immer in der Hand, und hörte, wie Craig mich fragte: »Was ist denn jetzt mit diesen Hachsen?«

»Nichts.« Ich warf sie aus dem Garten, in Richtung seines roten Transporters. Ich lächelte. »Nichts weiter.« Das Schwein beobachtete mich. Ich lehnte mich an die Mauer und pfiff, doch es reagierte nicht.

Craig sagte: »Das riecht jetzt vielleicht von der Müllkippe her.«

»Ja.«

»Hab gehört, Richard hat da jetzt 'n Job gekriegt. Nichts als Zeitverschwendung, das.«

Ich erinnerte mich und sagte: »Die haben ihn gefeuert. Die Besitzer haben gewechselt.«

Er nickte. »Hätt ich mir denken können«, sagte er und zeigte auf das Schwein, während er zum Transporter ging. »Ruf aber den Tierarzt an. Vielleicht kommt's durch.«

Doch meine Großeltern hatten kein Telefon. Omchen mochte es nicht. Als der Transporter die Einfahrt zurücksetzte, ging ich hinein, den Regenmantel holen. Das Innenfutter roch nach Surinder. Ich bekam ihr Parfüm ab, als ich ihn vom Haken nahm. Auch in den Ärmeln war es, am Kragen, und den Rest des Nachmittags atmete ich ihren Geruch ein, während ich den Garten ausräumte. Ich riß die Pflöcke und Schnüre heraus, mit denen das Gemüse meiner Großmutter abgesteckt war, sammelte die Stöckchen ein, an die sie ihre Samenpackungen befestigt hatte; die Farben waren verblaßt, die Namen kaum noch lesbar. Ich warf alles auf die Schubkarre. Hier und da hatte sie einen Bambusstock hineingesteckt, an dessen Ende ein Streifen Alufolie hing. Sie sollten die Vögel vertreiben, doch das hatte seit meiner Kindheit nicht mehr funktioniert. Ich zog sie aus dem Boden und schmiß sie auf die Karre, begann, das Bohnenspalier abzubauen. Schließlich grub ich das Gemüse um. Drei Stunden lang schob ich eine Fuhre nach der andern in die Ecke des Gartens, kippte die Reste des Gemüsegartens in den Bahndurchstich. Feuchte Erde klebte an meinen Turnschuhen, und der Regen tropfte mir vom Gesicht. Ich hielt inne, um alles zu betrachten, ließ den Spaten hintüber auf einen Dunghaufen fallen. Omchens Korb stand noch auf der Erde, doch es gab jetzt keinen Garten mehr, nichts, was noch von ihr übrig war. Bald würde auch das Häuschen abgerissen werden. Ich überlegte, ob sich die Müllkippe ausbreiten, offiziell werden, von der Stadt genehmigt würde. Vielleicht würden sie wieder mit *LeisureLand* anfangen, neue Fabriken hinstellen. Das *LeisureLand*-Plakat am andern Ende der Kippe war mit Vogelscheiße überzogen, und die Farbe blätterte ab, zeigte Flecken grauen Holzes. Nichts regte sich bei den Steinbrüchen.

Das Schwein hatte sich nicht gerührt, während ich arbeitete, und obwohl ich regelmäßig zu ihm hineinschaute, zeigte es kein Interesse an mir. Der Schlempetopf drinnen war schimmelig und kalt. Ich kippte den Topf in die Spüle und zog die Schublade auf, in der die Messer meiner Großmutter waren. Ich wählte das größte aus und prüfte die Schneide mit dem Ballen des Zeigefingers. Sie mochte stumpf oder scharf sein, ich konnte keinen Unterschied feststellen. Ich machte eine Kerbe in den Tisch zwischen den Brandflecken von den Zigaretten. Der Schnitt war flach und breit, und ich ging mit dem Messer zum Schleifrad im Wintergarten. Ich drehte den Griff mit Schwung, und als das Rad schneller als mein Arm rotierte, preßte ich die Klinge gegen den Stein.

Ich hockte beim Schwein in seinem Verschlag und

betrachtete den müden Puls seiner Halsschlagader. Wenn ich mich bewegte, blickte es zu mir her, meistens aber starrte es ins Leere. Seine Schnauze war warm und trocken. Als ich ihm die Klinge an die Gurgel setzte, zuckte es nicht. Der Regen fiel dicht, spritzte in den Pfützen auf dem Stallboden. Mir fiel ein, wie mein Großvater den Schlachthof beschrieben hatte, ich überlegte, ob ich es vorher betäuben, aus dem Wintergarten einen Hammer holen sollte. Ich malte mir einen Schlag auf den Schädel aus und legte das Messer neben mich auf den Boden. Ich stand draußen im Regen und ermunterte es aufzustehen, rief es, wie meine Großmutter es getan hatte. Mit Mühe rappelte das Schwein sich hoch, stand wacklig da, mit zitternden Beinen, und ich schrie: »Ja! Gut so!« Doch es drehte sich um und ging noch weiter in den Verschlag hinein. Es ließ sich auf das Gras sacken, die Beine nahezu gerade, noch immer zitternd. Ich kroch hinein neben es und saß da, an die Rückwand des Verschlags gelehnt, blickte hinaus auf seinen Pferch und das Gehege zum Tor, auf die Mauer, wo unsere Gesichter erschienen wären. Der Regen fiel vertikal, trommelte aufs Dach, den Stallboden. Ich hob seinen Kopf auf meinen Schoß.

Als ich hineinging, wurde es schon dunkel, und es schüttete noch immer. Ich probierte den Lichtschalter. Kein Strom. Im Wintergarten spürte ich die Kühle und Feuchtigkeit von den draußen verbrachten Stunden und die Kälte, die immer da gewesen war. Ich fand das Kohlenloch am Geruch und streckte die Hand nach dem Eimer aus. Als ich kleiner war, hatte ich mich dort versteckt. Später hatte Omchen mich dann zum Kohlenholen geschickt. Ich fand mich auch blind zurecht, doch als ich mich nun bückte, um den Eimer vollzuschaufeln, überfiel mich plötzlich eine Angst, und ich hob den Kopf. Ich starrte in die Schwärze, wollte, daß ein Bild sich formte, vertraute Formen am gewohnten Platz. Die schwere Feuchtigkeit in meinen Jeans scheuerte an meiner Haut. Ich zitterte und spürte, wie meine Beine und Arme weiterbebten. Mir klapperten die Zähne. Ich ließ den Kohleneimer stehen, wo er war, und tastete mich zur Treppe hin.

In dem Dämmer des hinteren Schlafzimmers stand ich reglos da, bis meine Augen sich an das Dunkel gewöhnt hatten. Das wenige Licht schimmerte im Draht des Bettgestells. Ich setzte mich auf den Rahmen, spannte die Hände über dem Geflecht. Der Rahmen schwang gegen die Wand. Ich blickte mein Spiegelbild im Schrankspiegel an, die Tapete hinter mir, den schwarzen Himmel im Fenster, wo das Stahlwerk einmal gewesen war. Irgendwo auf dem Schrank war ein Paraffinöfchen. Ich stellte mich auf den Nachttisch und stöberte in den Schachteln und dem Staub, bis ich ihn gefunden hatte. Ein Tier sauste die Decke entlang, vielleicht eine Maus, ein Vogel auf dem Speicher. Ich zog meine nasse Jeans aus und warf sie aufs Bettgestell, ging ins vordere Zimmer.

Auf den leeren Borden konnte ich Blütenblätter sehen, weiß und geschrumpelt im Mondschein. Eines von Surinders Büchern lag umgekehrt und aufgeschlagen neben der Matratze. Sie hatte eine Haarbürste vergessen. Eine Schachtel Streichhölzer lag da, die Stummel der Zigaretten, die wir gestern geraucht hatten. Den Rest der Schachtel hatte Richard mitgenommen. Ich zündete das Öfchen mit einem Streichholz an und trat ans Fenster; die blaue Flamme flackerte im Glas, brannte hinter mir, ein leises Fauchen, während ich in den Garten hinausblickte. Der Wind kam sanft von fern, gedämpft, dann war es still. Regen lief das Fenster hinab.

Ich konnte das Blut riechen, das durch meine Jeans gesickert war, spürte, wie es an meinen Beinen trocknete. Das Schwein lag noch im Verschlag, daneben das Messer im Gras. Am Morgen würde ich ein Loch dafür graben, weg vom Kompost, vom Rattennest, vielleicht unter den Bäumen. Ich blickte hinab, zerrte Surinders Reif über meine Hand. Er riß mir die Haut auf, als er über den Daumen ging, und ich fluchte, biß die Zähne zusammen. Ich hielt ihn mir vors Auge, wie sie es getan hatte, starrte in mein Bild in der Scheibe, schwach in dem schummrigen Licht. Sein richtiger Name begann mit einem K. K für *kara*. Die anderen Wörter hatte sie mir auch beigebracht, und ich versuchte, mich an sie zu erinnern, versuchte, mich an ihre Stimme in diesem Zimmer zu erinnern, an alles, was sie zu mir gesagt hatte, was wir getan hatten. Ich wollte es nicht vergessen.

Danksagung

Ich möchte der Association for Scottish Literary Studies danken, die das erste Kapitel dieses Romans in ihrer Anthologie *Pig Squealing (New Writing Scotland 10)* veröffentlicht hat, ebenso Tony Drane, der mich in diese Richtung wies, Robert Hamberger, der mich auf die Geschichte brachte, Ged Lawson, der mir das Schwein gab, Alastair Whitson und Tim Preston, die das Manuskript lasen, besonders aber Lynne Bryan, für alles.